THE QUEEN OF CRIME
繁體中文版
20週年
紀念珍藏

李斯特岱奇案

阿嘉莎・克莉絲蒂——著
和強——譯

The Listerdale Mystery

策畫者的話

通俗是一種功力

吳念真（導演、作家）

通俗是一種功力。絕對自覺的通俗更是一種絕對的功力。

這樣的話從我這種俗氣的人的嘴巴說出來，大概很多人要笑破褲底了。不過，笑完之後請容我稍稍申訴。這申訴說得或許會比較長一點，以及，通俗一點。

小時候身材很爛，各種遊戲競爭完全任人宰割，唯一隱遁逃避的方法是躲起來看書或聽大人瞎掰。那年頭窮鄉僻壤的小孩能看的書不多，小學二年級時最喜歡的是超大本的《文壇》，老師借的。看著看著，某天老師發現我的造句竟出現：「捧著：朝陽捧著一臉笑顏為群山剪綵」這樣亂七八糟的文字，就拒絕再讓我看那些超齡的東西了。

老師的書不給看，我開始抓大人的書看。一種是厚得跟磚塊一樣的日文書，對我來說那完全是天書，但插圖好看，經常有限制級的素描。另一種書是比較薄的，通常藏得很嚴密，只是裡面有太多專有名詞、重複的單字和毫無限制的標點，比如「啊啊啊」、「……！！！」

老讓我百思不解。有一天，充滿求知欲地詢問大人竟然換來一巴掌後，那種閱讀的機會和樂趣也隨著消失了。

所幸這些閱讀的失落感，很快從大人的龍門陣中重新得到養分。講到這裡，我似乎先得跟一個村中長輩游條春先生致敬，並願他在天之靈安息。

我所成長的礦區，幾乎全是為著黃金而從四面八方擁至的冒險型人物，每人幾乎都有一段異於常人的傳奇故事。這些故事當事人說來未必精采，但一透過游條春先生的嘴巴重現，有時連當事人都聽得忘我，甚至涕泗縱橫，彷彿聽的是別人的故事。

條春伯沒當過日本兵，可是他可以綜合一堆台籍日本兵的遭遇，一如連續劇般從入伍、受訓、逃亡荒島，面對同鄉同袍的死亡，並取下他們的骨骸寄望帶回故鄉，乃至骨骸過多搞不清哪是誰的等等，讓聽的人完全隨他的敘述或悲或笑，彷彿跟他一起打了一場太平洋戰爭。此外他也可以把新聞事件說得讓一個三、四年級的小孩，到現在仍記得當時腦中被觸動的畫面。例如當年瑠公圳分屍案的凶手做案之後帶著小孩到安東街吃麵（這讓我一直以為台北的安東街是條專門賣麵的街道），還有甘迺迪總統被暗殺、賈桂琳抱住她先生、安全人員跳上飛快的車子保護賈桂琳……當然，這記憶全來自條春伯的嘴巴而不是報紙。我的記憶全是畫面，有畫面，是因為條春伯說得精采，說得有如親臨他至死都還搞不清地理位置的達拉斯命案現場。

於是這小孩長大後無條件地相信：通俗是一種功力，絕對自覺的通俗更是一種絕對的功力。透過那樣自覺的通俗傳播，即使連大字都不識一個的人，都能得到和高階閱讀者一樣的感動、快樂、共鳴，和所謂的知識、文化自然順暢的接軌。也許就是因為這些活生生的例子，俗氣的自己始終相信：講理念容易講故事難，講人人皆懂、皆能入迷的故事更難，而能隨時把這樣的故事講個不停的人，絕對值得立碑立傳。

條春伯嚴格地說是有自覺的轉述者，至於創作者，我的心目中有兩個。一個是日本導演山田洋次，一個是推理小說家阿嘉莎．克莉絲蒂。

山田洋次創造了寅次郎這個集合所有男人優點跟缺點的角色，在以《男人真命苦》為名的系列下，總共完成百部左右的電影。它們的敘述風格、開頭、結尾的方法不變，唯一改變的是故事，是時代，是遍歷日本小鄉小鎮的場景。數十年來，看《男人真命苦》幾已成為日本人每年的一種儀式，一如新春的神社參拜。

數十年前訪問過山田導演，他說，當他發現電影已然有它被期待的性格時，電影已經不是導演自己的。他說：當所有人都感動於美人魚的歌聲時，你願意為了讓她擁有跟你一樣的腳，而讓她失去人間少有的嗓音嗎？

人間少有的嗓音與動人的歌聲，都來自山田導演絕對自覺的通俗創造。

再如阿嘉莎．克莉絲蒂，如果我們光拿出她說過的故事和聽過她故事的人口數字，就足以嚇死你。五十多年的寫作生涯，她總共寫出六十六本長篇推理小說，外加一百多篇短篇小說和劇本。其中有二十六本推理小說被改編，拍了四十多部電影和電視劇集。作品被翻譯成一百零三種文字的版本，銷量超過二十億本。

夠了。你還想知道什麼？知道二十億本的意義是什麼嗎？二十億本的意義是全世界平均三個人就有一個人讀過她的書，聽過她說的故事。

說來巧合，她和山田洋次一樣，創造出個性鮮明的固定主角（當然，前前後後她弄出來好幾個），然後由他（或是她）帶引我們走進一個犯罪現場，追尋真正的罪犯。

故事就這樣？沒錯，應該說這是通常的架構。那你要我看什麼？不急，真的不急，克莉絲蒂會慢慢冒出一堆足夠讓你疑惑、驚嚇、意外，甚至滿足你的想像力、考驗你的耐心和智商的事件來。

推理小說不都是這樣嗎？你說得沒錯，大部分是這樣，不一樣的是……對了，她像條春伯，像山田洋次，她真會說，而且她用文字說。

文字的敘述可以讓全世界幾代的人「聽」得過癮、「聽」個不停，除了聖經，也許就是克莉絲蒂。她不是神，但她真的夠神。

數十年前，台灣剛剛出現她的推理系列中譯本，那時是我結婚前，常有同齡的文藝青年來我租住的地方借宿，瞄到我在看克莉絲蒂，表情詭異地說：「啊？你在看三毛促銷的這個喔？」

我只記得他抓了一本進廁所，清晨四點多，他敲開我的房門說：「幹，我實在很討厭那個白羅……再拿一本來看看，我跟你說真的，要不是你的書，我真的很想把那個矮儸壓到馬桶吃屎！」

我知道他毀了，愛吃又假客氣，撐著尊嚴騙自己。克莉絲蒂再度優雅地撕破一個高貴的知識份子的假面具，她的手法簡單，那手法叫通俗，絕對自覺的通俗，無與倫比、無法招架的功力。

昔日的文藝青年如今跟我一樣，已然老去，但不時還會看到他寫一些充滿理念和使命感極重的文章，在報紙和雜誌上出現。我知道他要說什麼，只是常常疑惑他想跟誰說；同樣，我記得他說過什麼，但轉眼間忘記他說了什麼。但請原諒我，幾十年前那個晚上，他在我家看完的那兩本克莉絲蒂的小說內容，我可還記得清清楚楚。

也許有一天再遇到他的時候，我會問他之後是否還看過克莉絲蒂其他的書，如果沒有，我會跟他說，想讀要趁早，因為你會老、會來不及。至於白羅那個矮儸，大概永遠不會消失。哦，對了，還有一個叫瑪波，你說不定會來不及認識……

從他種視角到跨界嘗試的閱讀體驗

路那（推理評論家）

說到阿嘉莎．克莉絲蒂，即使是不太常閱讀推理小說的讀者，也很難不聯想到有個完美鬍子的偵探白羅、老小姐瑪波，又或者是她享譽國際的《東方快車謀殺案》、《一個都不留》等名著吧。

克莉絲蒂的廣受歡迎，還在於台灣近乎出版了她的全集。儘管台灣的出版能量相當驚人，但放眼國內外作家，有此殊榮者也在少數。這些作品中，除了廣受歡迎的系列作外，另有數量相對較少的獨立作品。這些作品或受累於知名度不高，或受累於缺乏讀者熟悉的偵探角色，而較少進入讀者的視野之中，然而，這不表示它們本身不值得一讀。

在這裡，我要先岔出去談一下柯南．道爾（Conan Doyle）與莫里斯．盧布朗（Maurice Leblanc）。這兩位除了同樣大受歡迎之外，他們其實也同受被角色綁架之苦——柯南．道爾一心想當個嚴肅作者，為此不惜「殺害」福爾摩斯，卻又在大眾壓力之下不得不讓他神奇地死而復生的事件，相信大家都耳熟能詳。然而，或許不是很多人知道，創造了亞森．羅蘋此一大受歡迎怪盜角色的盧布朗，最終也因羅蘋大受歡迎，且擅長易容的形象深植人心，導致他不得不將新偵探角色吉姆．巴內特（Jim Barnett）降級為羅蘋的分身。與道爾交好的克莉絲蒂，自然理解箇中艱辛，或許也因此早早意識到她不能再重蹈覆轍，是以她不僅致力於故事的創造，同樣致力於角色性格的劃分。但此事並非一蹴可幾。舉例而言，短篇小說〈情牽波倫沙〉的偵探，發表時由帕克．潘擔任偵探角色，稍後又更替為白羅一事，即讓人意識到帕克．潘與白羅之間的共性：相同的公務員退休身分、同樣與偵探小說家奧利薇夫人為好友，帕克．潘的祕書萊蒙小姐日後成為白羅的祕書等，種種線索都暗示著帕克．潘與白羅可能享有的共同根源。然而，是什麼讓帕克．潘沒有被白羅「吸收」，一如巴內特與羅蘋？閱讀《帕克潘調查簿》與收錄於《情牽波倫沙》的兩個短篇時，不妨仔細考察白羅與帕克．潘的不同之處。

除了角色外，故事情節的他種視角乃至於跨界嘗試，也是非系列作品的一大看點。《李斯特岱奇案》、《死亡之犬》、《殘光夜影》等短篇小說集中收錄的作品，有之後遭改頭換面的靈感之作，也有溢出推理小說規制，蔓延至靈異、恐怖、言情等領域之作。它們的開頭，與我們習慣的克莉絲蒂推理小說似無甚差異，然則在一個十字岔路的輕巧滑脫，卻足以造就全然不同的類型閱讀體驗。

同樣的體驗，在非系列長篇小說中亦可一見。不用系列角色，意味著不須遵守類型既定的規範，或受限於角色既有的設定，遂得以更加無拘無束的形式自在揮灑。眾所周知，克莉絲蒂絕非信奉范·達因（S. S. Van Dine）「故事中不能摻有戀愛成分」戒律的一人，相反地，她頗擅長於小說中加入情感元素。她筆下的系列偵探，無論白羅或瑪波，自身均不涉浪漫情感，而多以神仙教父／教母的姿態從旁協助，從而使小說中的推理情節與羅曼史主次分明，僅為點綴。但她筆下這些聰慧的男女，是否始終只能作為系列偵探的配角存在？對此，克莉絲蒂的回答是，許多時候，擺脫了神仙教父／教母的他們，會顯現出更令人矚目的風采。

另一方面，推理小說的大體布局，從謎團初現、偵查過程到真相大白，與羅曼史主角們從陌生到相知到決定是否相守，也自有其契合之處。是以，在克莉絲蒂的非系列作品中，有不少長篇故事均以處於曖昧狀態的男女作為偵查或敘事主體，如《西塔佛祕案》、《為什麼不找伊文斯？》、《死亡終有時》與《白馬酒館》等。其中的情感除了經典的兩情相悅外，亦存在著無私的奉獻，與狡獪的以情感作為武器等多種樣態。

克莉絲蒂同樣擅長以三角關係作為障眼法，從角色間的誤會到敘事手法的誤導等，在在能使讀者以為掌握了十之八九的關係圖，瞬間翻出別樣花色。《無盡的夜》保留了克莉絲蒂時常描繪的羅曼關係，卻撤去了推理小說的型態，改以令人聯想到達芬·杜莫里哀（Daphne du Maurier）的奇情（sensation）風格，確實令人耳目一新，難怪克莉絲蒂會將之選為十大最愛之七。而其自選最愛第八的《畸屋》，則巧妙地擺脫了傳統推理小說家族敘事中以惡意為基底的設定，別出心裁地講述了謀殺如何發生在一個充滿善意的家族之中。《畸屋》之「畸」，既源於同樣具備扼殺力量的善意，也源於天生之惡——克莉絲蒂對善與惡之觀點，由是鋪陳出了一個頗為耐人尋味的視角。

一般而言，以克莉絲蒂為首的黃金時期推理小說家的作品，不太會令人聯想到國際政治、社會情勢等，感覺起來就「硬邦邦」，一點也不「舒逸」（cozy）的事物。它應該是以鄉村、大飯店、（前）殖民地為核心，間或夾雜一兩句讀者也不甚在意的時局觀察以加固背景的狀態。但克莉絲蒂出生於一八九〇年，生平歷經奧匈帝國與俄羅斯帝國的崩潰、兩次世界大戰、經濟大恐慌等，樁樁件件都是近代歷史難以抹滅的大事件，她可能當真無動於衷嗎？是以，早在一九二七年，克莉絲蒂便以白羅為主角，寫出諜報小說《四大天王》，其後更塑造出湯米與陶品絲這對橫跨二次世界大戰的夫妻檔業餘情報員。然而這對歡喜鴛鴦的氛圍，或許終究難以展現克莉絲蒂對戰後國際形勢演變之思慮。職是之故，她持續創作鴛鴦神探的系列之餘，在他們力所未逮之處，再度啟用了非系列角色，《巴格達風雲》、《未知的旅途》、《法蘭克福機場怪客》均是此類作品，試圖傳遞她在《四大天王》中即已反覆論及的「幕後的力量」。

這個「幕後的力量」又是什麼呢？見識過帝國的崩潰，對於早年的克莉絲蒂來說，共產主義無疑是危險的。在她第二部出版品《隱身魔鬼》中，克莉絲蒂將幕後黑手設定為布爾什維克的信徒。然而，伴隨著一九二四年工黨政府首次執政，克莉絲蒂對相關思潮的憂慮似有緩和態勢，此後，她的小說中偶爾會出現被眾人視為嫌疑犯的左翼同情者最終卻得證清白的情節。

伴隨著二戰結束與冷戰的開啟，許多涉及諜報的故事紛紛以蘇俄作為陰謀主腦。但克莉絲蒂頗具深意地將《巴格達風雲》與《未知的旅途》背後的陰謀組織者拐了彎，不以冷戰雙方作為主使者，而是更廣泛地指向「無政府主義者」、「理想主義者」。這樣的觀點，在以新納粹為主軸的《法蘭克福機場怪客》中亦曾多次表述——但這不是說她就放棄了一些既存觀點。不意外地，赫伯特・馬庫色（Herbert Marcuse）、法蘭茲・法農（Frantz Fanon）這些思想家仍舊不討克莉絲蒂的喜歡。

克莉絲蒂對法農等人的抗拒，與她對大英帝國的忠誠，以及對中東（特別是埃及）的偏愛或許不無關聯。眾所周知，克莉絲蒂於一九三〇年結婚的第二任丈夫是考古學家，她因此與中東和考古結緣。當時，方於一九二二年在名義上脫離英國管治的埃及，是個年輕的新興國家，尚未能擺脫殖民宗主國的影響，克莉絲蒂對埃及乃至於中東的描繪，是以多半本於殖民者的視線而開展。她的背景與經驗，決定了她理解的視角。然則，這並不表示她無意了解該地的歷史淵源——以古埃及為背景的《死亡終有時》正是最好的例證。這部入選英國犯罪作家協會「史上百大犯罪小說」第八十三名的精采作品，向讀者講述的不只是一個關於謀殺的故事，更是千年前定居於此的埃及人究竟如何生活的故事。

在《巴格達風雲》中，有一段主角與主謀對峙時的敘述：「人命無關緊要……這是愛德華的信條。那個用瀝青黏補起來、三千年前的粗陶碗突然無來由地閃現在維多莉亞心頭。那些東西當然要緊。小小的日常用品、待養的家人、構築成一個住家的牆壁，還有一兩件被當作寶貝的財產。」顯而易見，對克莉絲蒂而言，考古文物的珍貴，不在於它們悠久歷史或蘊藏的知識，而在於當代人得以透過它們深刻感受過往人們的生活。正是這樣的感受，構築出對人與生命的尊重。這樣的尊重，正是克莉絲蒂推理小說的基石所在吧！

在娛樂之外，還有許許多多閱讀克莉絲蒂的方式，正如同在知名的偵探系列之外，仍存在著許許多多精采的非系列作品一般。你所看到的克莉絲蒂，又是什麼樣子呢？

獻詞

阿嘉莎．克莉絲蒂是世界讀者最眾，也最廣受喜愛的女作家。
身為克莉絲蒂的孫兒，我相信奶奶會非常樂見這次出版，
因為她極以自己作品中的趣味與娛樂為豪。
歡迎所有喜歡本系列的台灣新讀者參與這場饗宴！

——馬修．培察（Mathew Prichard）

李斯特岱出奇案

目錄

01 李斯特岱奇案……017
02 菲洛梅別墅……043
03 火車上的女孩……075
04 唱首六便士之歌……101
05 愛德華．魯賓遜的男子氣概……127
06 意外……147
07 珍妮找工作……161
08 豐收的星期日……191
09 伊斯威特先生奇遇記……207

10 金色的機遇……231
11 王公的綠寶石……247
12 天鵝輓歌……271

01

李斯特岱奇案

The Listerdale Mystery

聖文森夫人正在累計金額。偶爾她會嘆口氣，手不由自主地滑向隱隱作痛的前額。她一向不喜歡算術。但是，很不幸地，這些日子她的生活似乎全由一種特殊的總金額組成……她不停地把一些數目雖小卻又不得不的開支加總，而結果總是令她倍感意外、吃驚。

當然，總金額不可能那麼多！她又回頭重新查看那些數字。在計算硬幣時，她的確犯了個小小的錯誤，但其他金額都沒錯。

聖文森夫人又嘆了口氣，此刻她實在頭痛得很厲害。門開了，她一抬頭，正看到女兒芭芭拉走進來。芭芭拉．聖文森是個非常漂亮的女孩，她的五官和母親一樣精巧，也同樣高傲地揚著頭，只是她的眼睛是黑色而非藍色，而且，她的嘴也不一樣，紅色的嘴唇噘著，看上去倒也不無幾分吸引力。

「媽媽，」她喊道，「你還在算那些可怕的陳年舊帳啊？把它們扔進火堆裡吧。」

「我們必須知道自己的狀況才行。」聖文森夫人忐忑不安地說。

女孩聳了聳肩。

「我們的狀況一向沒什麼兩樣，」女兒冷冰冰地說，「處境維艱。就像往常一樣，只剩最後一便士。」

聖文森夫人嘆了口氣。

「我希望……」說著說著她又停了下來。

「我得找些事來做，」芭芭拉語氣生硬。「而且得快點找到。無論如何，我已經參加了速記打字課程。可是，就我所知，其他上百萬的女孩也一樣！『有什麼工作經驗？』『沒有，但是……』『哦，早安，謝謝，我們會通知你錄取結果。』但他們從未通知過！我必須再去另找一份工作，任何工作都行。」

「別這樣，親愛的，」母親懇求。「再等一等吧。」

芭芭拉走到窗邊，茫然地向外望，她並未注意到對面那排髒兮兮的房子。

「有時候，」她緩緩說道，「我真後悔讓艾米表姐去年冬天帶我一起去埃及。唉！我知道自己玩得很開心……我從未這麼開心過，而且以後也不可能再這麼開心。我的確開心，開心極了。然而，眼前這卻叫人煩躁不安。我的意思是……必須重新面對這一切。」

她用手在房間裡揮了一下。聖文森夫人皺起眉頭，視線隨之移動。這是一間配置廉價家具的典型公寓房間，花盆裡種的蜘蛛抱蛋滿是灰塵，屋裡的家具純粹只能權當擺設，壁紙俗氣又破爛。種種跡象顯示，房客的個性與房東太太格格不入；幾件精製的瓷器上滿是修補過的裂紋，如果求售，根本分文不值。沙發靠背上擱著一塊刺繡，另有一幅水彩畫，上面有個年輕女子，身上的服飾是二十年前的樣式，聖文森夫人靠得很近，不會看錯的。

「如果我們對過去一無所知，」芭芭拉接著說，「那倒也無所謂，可是，一想到安斯黛莊園……」

她停了下來，簡直不相信自己會重提那個可愛的家。幾世紀以來，它一直屬於聖文森家族，而今卻落入了異姓之手。

「要是父親不曾投機、借錢的話……」

「親愛的，」聖文森夫人說，「你父親從來就壓根不是個生意人。」她以優雅的堅定語氣說著。

芭芭拉走過來，茫然地吻了她一下，喃喃說道：「可憐的媽媽，我再也不說了。」

聖文森夫人再次提筆，俯身趴在桌上。芭芭拉又回到窗邊，過了一會兒，女孩說道：「母親，今天早晨，我收到……收到吉姆．馬斯特頓的消息。他想來看我。」

聖文森夫人放下手中的筆，目光敏銳地抬起頭。

「來這裡？」她驚呼。

「是啊，我們又沒辦法請他去麗緻飯店吃飯。」芭芭拉譏諷道。

她母親看起來不太高興，再度以深深的厭惡感環視屋內。

「沒錯，」芭芭拉說，「這是個討人厭的地方，明明窮酸卻又愛擺闊！乍聽之下好像不錯……一個用石灰刷得白撲撲的小屋，鄉間風情，設計精美的印花棉布，盛開的玫瑰，德比郡王冠茶水服務，自己刷洗杯子，就像書上寫的那樣。但在現實生活中，一個人得從辦公室最底層做起，這就是倫敦。邋遢的女房東、樓梯上髒兮兮的孩子、看起來永遠像是混血兒的房客、味道不怎麼樣而又充當早餐的黑鱈魚……諸如此類。」

「要是……」聖文森夫人說，「但我真的開始擔心連這裡的房租也支付不了多久。」

「這就意味著我們得搬去某個臥室兼客廳的房間……這對於你我來說真是可怕！」芭芭

拉說。

「屋裡還得擺個櫥櫃，給魯伯特用。當吉姆來的時候，我就邊織東西邊在樓下的那個四壁斑駁的可怕房間接待他，而他會邊發出那種最最可怕的咳嗽聲邊瞪著我們！」

一陣沉默。

「芭芭拉，」聖文森夫人終於開口。「你……我是說，你……」

她停下來，臉上有些脹紅。

「你不必斟酌怎麼說才好，母親，」芭芭拉說，「時下已經沒有人這麼含蓄了，我想，你的意思是要我嫁給吉姆？如果他問我，我就立刻答應，就怕他不開口。」

「啊，芭芭拉，我親愛的。」

「嗯，這可不像看著我和艾米表姐一起出去，周旋於（就像中、短篇小說裡所說的）上流社會中。他真的喜歡我。如今，他要來見我，在這樣的屋子裡！你知道，他是個可笑的傢伙，挑剔又保守。但我……我就是喜歡他這一點，這使我想起安斯黛和那個村子，那裡樣樣都落後一百年，卻又是這麼……這麼……哦！真不知道該怎麼說……這麼芬芳，就像是薰衣草一樣！」

她笑了，對於自己的迫不及待有點害羞。聖文森夫人開口了，語氣裡帶著一種執著的淳樸。

「我很願意你嫁給吉姆．馬斯特頓，」她說，「他……算是我們的一員。他很有錢，不過我倒不怎麼在意這一點。」

「我介意，」芭芭拉說，「我窮怕了。」

「可是，芭芭拉，你不該……」

「只為了這一點？是的，我真的很在意。我……哦！母親，難道你看不出我很在意這點嗎？」

聖文森夫人看上去憂心忡忡。

「真希望他能在一個合適的場合見你，親愛的。」她愁眉苦臉地說。

「哦，好了！」芭芭拉說，「何必擔心？我們不如盡力而為，然後坦然面對。真抱歉我剛才鬧脾氣。親愛的，開心點。」

她彎下腰，輕輕吻了一下母親的額頭，才走出門外。聖文森夫人不再試著算帳，在並不舒服的沙發上坐了下來。她的思緒縈繞，像隻被關進籠子裡的松鼠一樣。

「老實說，外觀的確能讓男人卻步，而且是一開始，不是等到他們真的訂了婚之後……到了那時候，他自然就會知道她是個多麼甜美、可愛的女孩。可是年輕人總是容易受環境氣氛的影響。現在的魯伯特已經不比從前了，我不是一味袒護自己的孩子，絕對不是，但是我絕對不贊成魯伯特和那個菸草商的醜閨女訂婚。我敢說，她也許是個好女孩，但她和我們不是同類。這整件事太不容易了，可憐的小芭芭拉，要是我能夠做什麼——任何事情都行——就好了。但是錢要從哪裡來？我們已經變賣了所有東西，好讓魯伯特能夠起步，可是我們甚至連這都負擔不起。」

為了轉移注意力，聖文森夫人拿起一份早報，看起頭版的廣告來。這些廣告大多數她早已牢記在心，有人需要資金，有人手頭有資金又急於出手，有人想要買牙齒（她總是很納悶為什麼），還有人想高價出售皮草和長袍。

突然，她坐直身子好集中注意力。她一遍又一遍讀著報上那些鉛字：「只租給溫文爾雅的人士。位於西敏的小屋，布置精美，僅提供給那些願意細心照料它的人。只要象徵性支付微不足道的房租即可，仲介免談。」

一則相當普通的廣告。她讀過許多同樣或是……噢，幾乎一樣的廣告。「象徵性支付微不足道的房租即可」，這正是圈套所在。

然而，由於感到煩躁不安，而且急著從惱人的思緒中解脫，所以她馬上戴好帽子，搭乘一輛鄰近的公車，然後找到廣告上留下的地址。

那個地址是一家房屋仲介公司，不是剛開張、熙熙攘攘的那種，而是一個東倒西歪的老公司。她有些膽怯地掏出那則從報上撕下的廣告，打聽詳細的情況。

接待她的白髮老紳士若有所思地摸了摸下巴。

「好極了，是的，好極了，夫人。那棟房子，廣告上提到的那棟房子是夏維特街七號。你要租下它嗎？」

「我想先知道房租多少錢？」聖文森夫人問道。

「哦！房租啊。具體的數目還沒確定，不過我可以向你保證，那純粹只是象徵性的租金，微不足道。」

「每個人對『象徵性』的看法不盡相同。」聖文森夫人說。

老年紳士不禁格格格笑了兩聲。

「是的，這是個老把戲，老把戲了。不過，你大可相信我的話，這件事絕不是騙局。也許每週一兩個基尼[1]，不會比這更貴。」

聖文森夫人決定把房子租下來。當然，看起來她不太可能支付得起這間房子的費用。但是，她還是想要看一看，這房子以這種低價出租，其中一定有什麼嚴重的缺陷。

但是，當她抬頭看到夏維特街七號的外觀時，心中不禁一顫。好一棟漂亮的房子，安娜女王時代的建築，而且狀況良好！一位管家前來開門。他頭髮灰白，微微有些落腮鬍，臉上沉思的表情像個大主教。聖文森夫人心想，一位心地善良的大主教。

他寬厚溫和地同意了她的租用。

「當然，夫人，我會帶你四處看一看，這棟房子現在隨時可以住人。」

他在前面帶路，開門，一一介紹房間。

「這是客廳，這是粉刷過的書房，從這裡通向盥洗室，夫人。」

這房子完美無缺，如同夢境一般。家具都是出自同一時期，每一件都有磨損的痕跡，但都經過精心打磨。鬆軟的地毯呈現美麗的暗沉古舊之色，每個房間裡都有幾盆鮮花。從屋後可以俯瞰格林公園，整棟寓所散發著舊世界的古典魅力。

淚水湧上聖文森夫人的雙眼，不過她竭力忍住了。安斯黛莊園看起來也是這樣，安斯黛……

她不知道管家是否注意到了她的情緒。如果注意到了，那麼他真是個訓練有素的僕人，半點也沒有流露出來。她喜歡這些上了年紀的僕人，和他們在一起，人們會覺得安全、自在。他們就像朋友一樣。

「這是棟漂亮的房子，」她輕柔地說，「非常漂亮，能夠參觀它，我感到很高興。」

「你是要一個人住嗎，夫人？」

「我和我兒子和女兒一起住，恐怕我……」

她沒有再往下說。她太想住在這裡了，太想了。

她本能地覺察到管家明白她的意思。他沒有看她，只是超然、淡淡地說：「夫人，我碰巧知道這屋子的主人最重視房客適不適合。對他來講，房租無關緊要。他希望房客必須是個願意照料並且喜歡這裡的人。」

「我相當喜歡這裡。」聖文森夫人低聲說。

1　基尼（Guinea），英國舊金幣。

她轉身向屋外走去。

「謝謝你帶我參觀。」她彬彬有禮地說。

「不客氣，夫人。」

他端端正正站在門口，看著她沿著街道離去。她心裡對自己說：「他心裡明白，也為我感到難過，他是那種守舊的人，希望我住在那兒……而不是個勞工，或是什麼鈕扣製造商之類的！我們這種人正在消逝，可是我們很團結。」

最後，她決定不再回房屋仲介那裡。有什麼用呢？就算她付得起房租，但是還得考慮傭人。在那樣的屋子裡一定得有傭人。

第二天早餐時，她在盤子旁邊發現一封信，是那家房屋仲介寄來的。信中提出讓她在夏維特街七號租用六個月，租金每週兩基尼，信上還說：「我想你已經考慮過這一點了吧？也就是傭人的費用房東會出。這的確是個與眾不同的提議。」

的確，她感到非常驚訝，竟然大聲把信讀了出來。接下來，問題連珠炮般接踵而至，於是，她重新將昨天的經歷描述了一遍。

「親愛的媽媽，你可真是守口如瓶！」芭芭拉喊道，「真有這種好事嗎？」

魯伯特清了清嗓子，才開始他的拷問。

「這背後一定有內幕。依我看，這件事很可疑，非常可疑。」

「說實話，我不這麼想，」芭芭拉吸了吸鼻子說，「嗯！為什麼這背後就應該有什麼內幕呢？魯伯特，你老是這樣，原本沒事，你卻老愛弄得神祕兮兮的。你讀太多那些可怕的偵探小說了。」

「這麼便宜的房租根本就是在開玩笑。在這個城市裡，」他又強調說，「一個人對於各式各樣的怪事總會變得警覺起來。告訴你們，這件事非常可疑。」

「別胡說了，」芭芭拉說，「這房子的主人是個有錢人，他喜歡它。當他離開時，想要找體面的人住進去，就這麼回事。對他來說，錢可能根本就不算什麼。」

「你說地址在什麼地方？」魯伯特問他母親。

「夏維特街七號。」

「呵！」他把椅子向後一推。「我說，這真是令人興奮。這正是當初李斯特岱勳爵失蹤的地方。」

「你敢確定嗎？」聖文森夫人狐疑地問道。

「百分之百確定。他在倫敦到處都有寓所，但他只住在這裡。某天傍晚，他說要外出去俱樂部，從此之後就沒有人再見過他。大家猜測他逃到東非或是什麼地方，但是沒人知道原因。沒錯，他一定是在那棟寓所裡被人謀殺了。剛才你不是說那裡有很多鑲板？」

「是的，」聖文森夫人有氣無力地說，「可是……」

魯伯特不讓她說完，他興致勃勃地接著說下去。

「鑲板！你們聽到了。一定是通往什麼地方的祕密通道，屍體被扔在那兒，而且一直在裡面，也許事先做過防腐處理。」

「魯伯特，親愛的，別再胡說了。」他的母親說。

「別傻了，」芭芭拉說，「你帶那個染金髮的女郎去看了太多電影。」

魯伯特嚴肅地站起身來——儘管他身材瘦長，而且很年輕，還是表現得極其莊重。他發出了最後通牒。

「你租下這棟房子，媽媽。我來調查這起神祕事件，你看著好了，我可以弄個水落石出。」

魯伯特擔心上班遲到，所以匆匆離去了。

兩個女人彼此對看著。

「我們要去住嗎，母親？」芭芭拉戰戰兢兢地問。「哦！如果我們能去，那該多好。」

「那些傭人，」聖文森夫人悲哀地說，「得吃飯，你知道。我是說，當然我們需要他們做事……但這正是缺點。如果我們只是獨處，就可以輕而易舉地湊合著吃。」

她可憐巴巴地望著芭芭拉。女孩點點頭。

「這件事我們得好好考慮。」母親說道。

不過，事實上她已經下定決心了。她看到女孩眼中跳動的火花，心想：「吉姆．馬斯特頓一定得在合適的場所見她。這是個機會，一個絕好的機會，我不能錯過它。」

她坐下來，寫信給房屋仲介，表示接受他們的提議。

§

「關汀，百合花從哪兒來的？我可買不起昂貴的鮮花。」

「夫人，它們是王室的夏維特莊園送來的，這一向是這裡的習俗。」

管家退了下去。聖文森夫人如釋重負。關汀走了之後該怎麼辦？他處理每一件事都這麼不費吹灰之力。她心想：「整件事實在太完美了，簡直不像真的。我馬上就會從夢中醒來，我知道一定會，而且發現不過是好夢一場。我在這裡真開心……已經兩個月了，真是光陰似箭。」

她生活得委實非常開心。管家關汀帶著夏維特街七號的貴族氣息，說道：「你還是把一切都交給我，夫人，」他恭恭敬敬地說，「你會發現這是最好的做法。」

每週，他都把家計簿拿給她看，他們的支出總是低得驚人。除了關汀之外，只有兩個傭人，一個廚師和一個女僕。他們舉止得體，做事勤快，可是，負責管家的是關汀。餐桌上有時會出現野味和家禽，這就使得聖文森夫人倍感焦慮。關汀安慰她，這些是從李斯特岱勳爵的鄉間居所——王室夏維特莊園，或是從他在約克郡的野地那邊送來的。

「我們通常都是這麼做的，夫人。」

聖文森夫人心中暗忖，不知失蹤的李斯特岱勳爵是否同意這種說法。她懷疑關汀自作主張，顯然，他喜歡這麼做，在他眼裡，再怎麼做都不過分。

關汀的說法引起了她的好奇。當聖文森夫人再次見到仲介商時，她簡短提到李斯特岱勳爵。白髮老紳士立刻做出答覆。

的確，李斯特岱勳爵人在東非，十八個月以來都一直在那兒，老紳士這麼說。

「我們這位客戶真是怪人，」他臉上綻開了笑容。「他離開倫敦的方式真是不尋常，也許你還記得，他沒有和任何人打過招呼就離開了。報紙盯住這條消息，甚至蘇格蘭警場也在調查這件事。幸運的是，人們收到李斯特岱勳爵本人從東非傳來的消息，他全權委託他的表弟卡法克斯上校，卡法克斯上校替李斯特岱勳爵處理了所有事情。是的，這的確不太尋常。勳爵老愛去荒蕪野地旅行，他還在卡片上說他幾年內都不打算重返英格蘭，儘管他的年事已高。」

「當然，他年紀還不算太老。」聖文森夫人說。

她心中突然掠過一張瘦削、長滿鬍子的臉，像個伊莉莎白時期的水手，她曾在一本附有插圖的雜誌上見過。

「中年，」白髮紳士說，「五十三歲，德布雷特英國貴族年鑑上是這麼記載的。」

聖文森夫人將以上這段對話轉述給魯伯特聽，用以反駁這位年輕人的揣測。

然而，魯伯特卻毫不氣餒。

「在我看來，這反而更可疑。」他宣稱，「這個卡法克斯上校是誰？搞不好李斯特岱勳爵出了什麼意外，他就可以承襲頭銜。東非寄來的信件也許是偽造的。等到三年或幾年之後，這個卡法克斯就可以宣稱勳爵已死而繼承他的頭銜。同時，他也可以得到房產。我說，這非常可疑。」

他甚至不怕有失身分，親自勘查這間寓所。每當閒暇時，他會去敲敲鑲板，進行精確的測量，以推測可能的密室位置。但是，他漸漸對李斯特岱勳爵失蹤之謎失去了興趣，同時，他對菸草商閨女的話題也不再那麼熱心，這些從家中的氛圍就可以感覺得出來。

對芭芭拉來說，這房子為她帶來極大的滿足感。吉姆．馬斯特頓已經來過家裡，而且經常來訪。他和聖文森夫人相處得極其融洽。有一天，他對芭芭拉說了一些讓她大感吃驚的話。

「你知道，這個神奇美妙的環境就像是為你母親而造。」

「為母親而造？」

「是的，這簡直就像為她而造！她和這地方非常相稱。你知道，關於這屋子有些古怪的傳聞……一些怪誕又無法解釋的事情。」

「別變得像魯伯特似的，」芭芭拉懇求道，「他確信是那個邪惡的卡法克斯上校謀殺了李斯特岱勳爵，然後把他的屍體藏在地板下面。」

馬斯特頓笑了起來。

「我欣賞魯伯特那種偵探的熱情。不過，我指的不是那種事。然而，這裡是有一種特別的氣氛，一種讓人無法理解的氛圍。」

當他們在夏維特街住了三個月之後。某天，芭芭拉興匆匆地跑到母親面前。

「吉姆和我……我們訂婚了。是的，昨天晚上，哦，母親！就像是童話成了真。」

「哦，親愛的！我太高興，太高興了。」

母親和女兒緊緊擁抱。

「你知道，吉姆幾乎和我一樣愛你。」最後芭芭拉說，一邊惡作劇地笑著。

聖文森夫人臉紅了，看上去更加可愛。

「他的確是，」女兒堅稱。「你覺得這棟房子可以為我創造一個優美的環境，事實上，這裡一直都是最適合你的地方。魯伯特和我其實並沒那麼適合這裡，你最適合。」

「別胡說了，親愛的。」

「我不是胡說。這裡有種迷人的城堡風情，你就是迷人的公主，而關汀就是……就是，哦！一個好心的魔術師。」

聖文森夫人笑著認可最後一點。

聽到他妹妹訂婚的消息時，魯伯特顯得非常鎮靜。

「我已經聽說這件事了。」他故作機靈狀地說。

他正和母親一起吃飯；芭芭拉則與吉姆外出。

關汀把波爾多葡萄酒放在桌上，然後悄無聲息地退了出去。

「這是個古怪的老傢伙。」魯伯特朝緊閉的門點了點頭說，「這個人有點古怪，你知道，有些……」

「可疑嗎？」聖文森夫人打斷他，臉上帶著淡淡的微笑。

「噢，母親，你怎麼知道我要說什麼？」魯伯特一本正經地質問道。

「你自己經常這麼說，親愛的。你覺得什麼都可疑。我想，你大概認為是關汀除掉了李斯特岱勳爵，然後把他藏在地板下面。」

「在鑲板後面，」魯伯特糾正道，「你總是把事情搞錯那麼一丁點兒，母親。不，這件事我已經調查過了，當時關汀正在王室夏維特莊園。」

聖文森夫人朝他一笑，然後從桌邊站起身來，走向樓上的休息室。就某方面而言，魯伯特還是個沒長大的孩子。

突然，她心中掠過一絲詫異，不知李斯特岱勳爵為什麼如此倉卒地離開英格蘭。這突如其來的決定，背後必有內情。正當她思索著這件事，關汀端著咖啡盤走了進來。她衝動地開口問道：「你跟隨李斯特岱勳爵很久了，不是嗎，關汀？」

「是的，夫人；當我還是一個二十一歲的青年時就在他們家工作，那時已故的老勳爵還在世。一開始，我是個三等僕役。」

「你一定非常了解李斯特岱勳爵。他是個什麼樣的人？」

管家把盤子轉了一下，好讓她加糖更方便，一邊漠然地說：「李斯特岱勳爵曾經是個非常自私的人，夫人，他從不為別人著想。」

他拿起盤子離開房間。聖文森夫人手裡端著咖啡杯坐在那兒，皺著眉頭困惑不解。除了話中所傳達的內容之外，好像還有什麼東西讓她感到不尋常。剎那間，她什麼都明白了。

關汀用的是「曾經」而不是「現在」。那麼，他一定以為……一定相信……她停了下來。她覺得自己就像魯伯特一樣糟糕！可是，一股侷促不安襲上她的心頭，她的第一絲疑慮就此展開。

由於芭芭拉的幸福和未來有了結果，她開始有時間想自己的事，而且不由自主開始將思緒集中在李斯特岱勳爵之謎上頭。

事情真相究竟如何？無論如何，關汀一定知道內情。他說的那些話很奇怪，什麼「非常自私的紳士……從不為別人著想」。這話暗指什麼？他說話的方式像個法官，超然又不偏不倚。

李斯特岱勳爵失蹤事件，和關汀是否有關？如果真的發生過悲劇，那麼關汀是否曾經積極參與了呢？畢竟，儘管當時看來魯伯特的奇想很荒謬，但是那封來自東非的委託信……嗯，值得懷疑。儘管她會試著揭開這個謎團，她並不相信關汀是個邪惡之徒。關汀，她一遍又一遍地告訴自己，是個好人……她像個孩子似的使用這個字眼。關汀是個好人，但他的確知道一些事！

自此以後，她再也沒有和他談起他的主人。這個話題顯然已經被遺忘了。關於魯伯特和芭芭拉，還有很多別的事要操心，所以，也就沒有更進一步的討論。

直到接近八月底時，她那模糊的猜測才逐漸變成現實。魯伯特打算花兩星期和一位有汽車和拖車的朋友去度假。但他才剛離去十天，聖文森夫人就吃驚地看到他匆忙跑進她正坐下來寫字的房間。

「魯伯特！」她喊道。

「我知道，母親，你原以為再過三天才能見到我，可是發生了一件事，安德森——我的朋友，你知道——說去哪裡都可以，於是我就建議去王室夏維特莊園瞧瞧……」

「王室夏維特莊園？可是，為什麼？」

「你很清楚，母親，我對於這裡的事情一直覺得很可疑。嗯，我參觀了那個古老的地方，它被出租了，你知道的，那裡沒發現什麼，我倒不是想要找到什麼……可以說，我只是在四處探查。」

是的，她心想，魯伯特一定像隻獵犬，在直覺的引導下，忙碌而快活地兜著圈子在尋找什麼若隱若現、模糊不清的東西。

「正當我們穿越一個八、九英里外的村落時，發生了一件事……我是說，我看到了他。」

「看見了誰？」

「闞汀。他正走進一間小茅舍，我對自己說，其中一定有什麼可疑之處，於是我們停下車，我走了回去，然後敲了敲茅舍的門，開門的正是他本人。」

「可是我不明白，闞汀根本沒離開……」

「我就要說到重點了，母親，你聽我說，別打斷我。你明白我的意思嗎？那個人是關汀，但又不是關汀。」

聖文森夫人的確不明白，於是他進一步解釋事情的來龍去脈。

「那個人就是關汀，但不是我們家裡的關汀。那個人才是真正的關汀。」

「魯伯特！」

「聽著。一開始，我也迷糊了，我問：『你就是關汀，不是嗎？』那個老人說：『正是，先生，這正是我的名字。我能幫助你們嗎？』隨後，我才明白，他並不是我們家裡的那個關汀，儘管他們看起來很像，無論聲音或什麼都很像。我問了他幾個問題，他也做了答覆。這個老頭不知道自己遭到懷疑。他曾經是李斯特岱勳爵的管家，退休後就靠退休金過活。就在大家以為李斯特岱勳爵動身去非洲的時候，他被贈與那間茅舍。你應該明白這意味著什麼，我們寓所裡的這個傢伙是假冒的——他出於個人目的扮演關汀的角色。我的猜測是，在那天傍晚他來到鎮上，謊稱是從王室夏維特莊園來的管家，然後見到李斯特岱勳爵，謀殺了他，並將他的屍體藏在鑲板的後面。這是間舊屋子，一定會有密室……」

「哦，我們別再談論這個了，」聖文森夫人慌張地打斷了他。「我受不了。他為什麼要……我想要知道……為什麼？如果他這麼做——你聽著，我根本不信——那麼，原因又是什麼？」

「你說得對，」魯伯特說，「動機……這很重要。現在，我已經調查過了。李斯特岱勳爵有很多房地產。兩天來，我查出幾乎他所有的房子在過去的十八個月當中，都租給了像我們這樣的人，而且租金微不足道，條件是僕人都要保留下來。而關汀——我是說那個自稱關汀的男人——總是親自上門去做一段時間的管家，看起來像是有什麼東西，比方珠寶或文件藏在李斯特岱勳爵的某處房產，而這幫壞蛋不知道藏在哪兒，我猜應該有一幫惡徒，不過顯然這個關汀是單槍匹馬，有一個……」

聖文森夫人果決地打斷了他。

「魯伯特！先別說了，你讓我頭痛。無論如何，那些關於匪幫和祕密文件的話，根本是一派胡言。」

「我還有另外一種推斷，」魯伯特又說，「這個關汀也許曾經被李斯特岱勳爵傷害過，那個真正的管家告訴我有關一個低等花匠山姆．洛威的許多事情。他的身高和體格跟關汀差不多，而且對李斯特岱勳爵心存嫉恨……」

聖文森夫人吃了一驚。

「從不為別人著想。」

她的耳朵又回響起那個漠然、審慎的腔調。那些話很簡潔，但它們代表什麼意思呢？在沉思中，她幾乎聽不見魯伯特在說些什麼。他飛快地做了一個解釋，她沒聽清楚，隨後他就轉身離開了房間。

這時她回過神來。魯伯特去哪兒了，他打算怎麼做？她沒有聽清楚他最後說的話。也許他要去警察局，如果那樣……

她突然站起身來，按響鈴鐺，關汀一如往常地立即應聲而來。

「是你按鈴嗎？夫人。」

「是的。請進，把門關上。」

管家照辦了。聖文森夫人沉默片刻，用眼睛上上下下仔細打量他。

她心想：「他對我很好……別人都不知道有多好，孩子們根本不明白。魯伯特的推論也許根本就是一派胡言；另一方面，也許……是的，也許其中……有什麼道理，幹嘛要驟下結論呢？誰也不會知道實情，我是說，這無關對錯……我要冒險！是的，我要這麼做……我認為他是個好人。」

她臉色脹紅，戰戰兢兢地說：「關汀，魯伯特先生剛剛回來了，他去過王室夏維特莊園，去鄰近那裡的村子……」

她停下來，注意到他猛地吃了一驚。

她以審慎的語調接著說：「他好像……見到了某人。」

她心想：「噢，他得到警告了，無論如何，他得到警告了。」

在驀然一驚之後，關汀又恢復了他一貫的沉靜神態，他的雙眼緊緊盯著她的臉。他的目光警惕又敏銳，她從未見過他這樣。這雙眼睛首度看起來是個男人的眼睛，而不是個僕人。

他猶豫片刻，微妙地換了種聲音說話：「你為什麼要告訴我這些，聖文森夫人？」

她還沒來得及回答，這時屋門被打開了，魯伯特大步走進屋裡。和他一起走進來的還有一位面容威嚴的中年男人，臉上微微蓄了些落腮鬍，一副心善的大主教模樣。那是關汀！

「他來了，」魯伯特說，「真正的關汀。我用計程車載他過來的。現在，關汀，看清楚這個人，告訴我，他是否就是山姆．洛威？」

這是魯伯特的勝利時刻，卻十分短暫，他幾乎立刻就嗅出有些不對勁之處。真正的關汀看起來面有愧色，很不自在，而另外一個關汀卻在微笑，毫不掩飾他臉上開心的模樣。

他拍了拍面有愧色的同名者的脊背。

「好了，關汀。我想，事情總得真相大白，你可以告訴他們我是誰。」

那個面容威嚴的陌生人站直了身子。

「先生，這一位，」他以略帶自責的語氣宣布道，「就是我的主人，李斯特岱勳爵。」

§

接下來發生了許多事。首先是過度自信的魯伯特癱倒在地，他還沒來得及明白發生了什麼事，由於這項驚人的發現，嘴巴就大張著，並發覺自己正在被輕輕移到門邊，耳中傳來一個友好卻又陌生的聲音。

「沒事了，我的孩子，骨頭沒摔斷。但是我想和你的母親談談，你做得不錯，用這種方式把我查出來了。」

他躺在房外，盯著關上的門。真正的關汀站在他身邊，慈祥的解釋從他的口中源源而出。在房間裡，李斯特岱勳爵正與聖文森夫人四目相對。

「聽我解釋……如果我能解釋得清的話！我一直都是個自私的魔鬼，直到某天我才明白這一點。於是我想改變一下，做點利他的事。由於我是個古怪的傻瓜，所以開始這番古怪的行徑。我捐錢給一些稀奇古怪的機構，但我還是覺得應該親自去做點事……嗯，親自去做。我一直同情那些無法乞討、默默受苦的人……可憐的名門之輩。因為我有很多房地產，所以我想出一個主意，把這些房子租給那些真正需要、並且懂得欣賞它們的人，像是正打算創業的年輕夫婦、帶著兒女闖天下的寡婦。對我而言，關汀不僅是個僕人，也是我的朋友。在他的同意和協助之下，我借用了他的人格特質，我一向具有表演天分。某天晚上，在前往俱樂部的路上，我想到了這個主意，於是我就去找關汀商量。當我發現他們正為我的失蹤而大驚小怪時，便安排了一封從東非寄來的信。在信中，我向表弟莫里斯．卡法克斯詳細交代了一番。然後……總之，事情就是這樣。」

他還沒說完就停了下來，以動人的眼神看著聖文森夫人。她直直站著，堅定地盯著他。

「這是一項好心的計畫，」她說，「一項非比尋常的計畫，一項給你帶來榮譽的計畫。我……非常感激，但是……當然，你能理解我們必須離開吧？」

「這一點我料到了，」他說，「你的自尊心不允許你接受這種事，也許你會稱之為『慈善』。」

「難道不是嗎？」她語氣沉穩地問道。

「不，」他回答，「因為我想要某些回報。」

「什麼東西？」

「你的全部。」他大聲說道，那是個習於主導一切的聲音。

「當我二十三歲的時候，」他說，「我娶了一個心愛的女孩，但她一年後就去世了。從此以後我非常孤獨，一直希望能夠找到一位女士，一位我夢中的女士……」

「我算得上嗎？」她低聲問道，「我這麼老……這麼憔悴。」

他笑起來。

「老？你比自己的兩個孩子都年輕。反而，我倒是老了。」

隨後，她也會心地大聲笑起來，歡樂的笑聲在屋裡輕輕蕩漾開來。

「你？你還是個男孩，一個愛打扮的男孩。」

他緊緊握住她伸出的雙手。

02

菲洛梅别墅

The Listerdale Mystery

「再見，親愛的。」

「再見，我的心上人。」

艾莉絲・馬丁斜倚在小別墅的門邊，望著丈夫的身影朝村莊的方向漸漸遠去。

沒多久，他繞過一個轉角，失去蹤影了。可是艾莉絲依舊待在原地未動，一邊心不在焉地用手撫平一縷吹拂過臉龐的深棕色頭髮。她眺望遠方，神情有些恍惚。

艾莉絲・馬丁並不美麗，嚴格說來，甚至連可愛都算不上。但在她那張不再是妙齡女子的臉上，卻神采奕奕、溫和可人，以至於連她之前辦公室的同事也認不太出來。艾莉絲・金小姐曾是一位齊整、有條不紊的年輕女子，她辦事效率很高，儘管舉止略顯粗魯，可是很顯然地，她精明能幹、實事求是。

艾莉絲畢業於一所嚴格的學校。從十八歲直到三十三歲，十五年來，她一直擔任速記員來養活自己（其中有七年還要扶養她臥病在床的母親）。就是這種求生存的奮鬥歷程，讓她那少女臉龐的柔和輪廓變得堅毅。

的確，她曾經有過一段羅曼史——不過沒那麼浪漫——是和迪克・溫迪弗，一位一起工作的同事。在內心深處，艾莉絲依舊是個女人，儘管她表面上沒有流露出來，但她心裡很清楚他很在意自己。表面上他們只是朋友，沒有更深入的交往。迪克的生活很艱苦，他得從每月的微薄收入中撥錢供養正在上學的弟弟。在那個時候，他還沒辦法考慮結婚一事。

後來，突然有一天，由於發生一件意料之外的事，這個女孩得以從勞苦中解脫。一位遠房表姐去世了，把財產留給了艾莉絲……有幾千英鎊，一年的利息就足足有幾百英鎊。對艾莉絲來說，這意味著自由、生活、獨立。如今，她和迪克不需要再等了。

但是，迪克的反應卻讓人始料未及。他從未當面向艾莉絲表達愛慕之意，而現在，他看起來更加不會這麼做了。他躲著她，神情鬱悶愁苦。艾莉絲很快意識到箇中真相，由於她已成為一個有錢的女人，矜持與自尊讓迪克不願開口向她求婚。

她對他的愛並未因此而減弱。事實上，她正考慮著是否應該採取主動，沒想到，意料之外的事情再度降臨到她身上。

她在一位朋友家遇見了傑拉德·馬丁。他瘋狂愛上了她，不出一星期，他們就訂了婚。艾莉絲一向認為自己不是那種「墜入情網的人」，這次卻覺得飄飄然。

這件事無意中傳入她原先的那位情人的耳中。迪克·溫迪弗跑來找她，由於憤怒，他說起話來結結巴巴的。

「你根本就不了解這個男人！你對他一無所知！」

「我知道我愛他。」

「你怎麼會知道……才認識一星期？」

「並不是每個人都得花十一年的時間才發現自己愛上一個女孩。」艾莉絲生氣地喊道。

他的臉色變得蒼白。

「自從遇到你，我就一直很喜歡你。我還以為你也是。」

艾莉絲道出了真話。

「我也有這種感覺，」她承認。「但那是因為我還不知道什麼是愛。」

接著，迪克又再度爆發了。他祈求、懇求，甚至威脅……威脅要對取代他的那個男人不利。艾莉絲吃驚地發現，這個她曾經自以為很了解的男人，在緘默的外表下竟是一座火山。

而今，在這個陽光明媚的早晨，當她斜倚在別墅的門邊時，她的思緒又重新回到那次會面。她結婚已經一個月，過著一種田園牧歌式的快樂生活。然而，暫時見不到心愛的丈夫，這在她無憂無慮的生活中平添了幾分憂慮的色彩。而這憂慮的根源正是迪克．溫迪弗。

自從她結婚以來，她曾三度夢見同樣的夢境。雖然周遭的環境不同，但主要情節總是一樣：她看到丈夫死在地上，迪克．溫迪弗就站在他旁邊，她清楚地知道，他就是那個給了丈夫致命一擊的人。

儘管這已經夠嚇人的了，但當她醒來之後，卻發現還有比這更恐怖的，那就是：在夢中一切看起來都是那麼自然、不可避免，當她看到丈夫死去時，卻感到高興；她感激地向殺人犯伸出雙手，不時向他致謝。夢境的結局總是一樣……她被迪克．溫迪弗緊緊擁抱著。

§

關於這個夢境，她隻字未向丈夫提及，只是在私底下，這個夢境比她意識到的更深深困擾著她。這是否是一個警告……一個有關迪克・溫迪弗的警告？

屋中傳來尖厲的電話鈴聲，打斷了艾莉絲的思緒。她走進別墅拿起了話筒。突然間，她的身子晃了一下，然後伸出一隻手扶著牆壁。

「你說你是誰？」

「哎呀，艾莉絲，你的聲音怎麼了？我幾乎認不出來了，我是迪克。」

「哦！」艾莉絲說，「哦！你……你現在在哪兒？」

「在『旅行者徽章』酒館，它就叫這名字，不是嗎？難道你連自己村子裡的酒館也不知道？我正在度假……來這裡釣魚，你介意我今天傍晚吃過飯後，去拜訪你們嗎？」

「不，」艾莉絲尖聲說道，「你不要來。」

片刻沉默，隨後是迪克的聲音，語調起了微妙的變化，他說：「請原諒，」他一本正經地說，「當然，我不想打擾你們……」

艾莉絲匆忙打斷了他。他必定認為她的行為有異，的確異於平常，她的神經都快崩潰了。

「我的意思只是……我們今晚有事，」她解釋道，盡量讓自己的聲音聽起來很自然。「你……你能明晚來吃飯嗎？」

但是，迪克顯然注意到她的語調缺乏熱誠。

「非常感謝，」他用同樣鄭重的語調說，「但我也許隨時都會離開。這取決於我的一位朋友是否會過來。再見，艾莉絲。」他停頓片刻，隨後又換了種腔調，匆忙加了一句：「祝你好運，親愛的。」

艾莉絲掛上話筒，感到如釋重負。

「他一定不能過來，」她對自己重複道，「他千萬不能來這裡。哦，我真傻！把事態想像得這麼嚴重。不過，他不來，我還是很高興。」

她從桌上抓起一頂鄉村風格的帽子，再次跑到外面的花園裡，駐足仰視刻在門廊上的名稱：「菲洛梅別墅」。

結婚前，有一次她問傑拉德：「這名字是不是有些古怪？」他笑了起來。

「你這個小倫敦佬，」他感性地說，「我相信你從未聽過夜鶯歌唱，很高興你沒有。夜鶯[2]只為情侶們歌唱。在夏夜，我們可以在自己屋子外面一起聆聽牠們唱歌。」

回想起他們是如何親耳聽到夜鶯歌唱的，艾莉絲站在門邊，臉上泛起了幸福的紅暈。

菲洛梅別墅是傑拉德找到的。有一天，他興匆匆地來見艾莉絲，說他已經找到適合的棲身之所，一個獨一無二的寶地……這樣的機會一生中也許只有一次。當艾莉絲看過這個地方之後，也相當著迷。這裡的確相當偏僻，距離最近的村落也有兩英里，可是這個別墅非常雅致：舊式建築，有堅固、舒適的盥洗室，還有熱水供應系統，電燈、電話一應俱全，讓她馬上為它的魅力所傾倒。但隨後便遇到了麻煩。這裡的主人——一個富翁——突然改變主意，拒絕出租別墅。他只願意出售。

儘管傑拉德・馬丁收入頗豐，卻不能挪用本金。他最多只能籌到一千英鎊。但屋主人要價三千。然而，艾莉絲已經一心一意要買下這個地方。於是，她便出資湊足，由於她名下的錢是無記名債券，很容易就變賣了，她把這筆錢的一半用於購買這個家園。於是，菲洛梅別墅就成了他們的家，而艾莉絲也從未後悔過這個抉擇。的確，僕人們不會喜歡鄉村的寂寞——事實上，此刻他們根本沒有僕人——但艾莉絲渴望家庭生活已久，對於能夠親手烹調可口的便餐、照顧這棟房子，她感到滿心歡喜。

花園裡面的鮮花處處盛開，它們由村裡的一位老人照顧，他一週會來兩次。

當她繞過屋角時，艾莉絲詫異地看到老花匠正俯身在花壇邊上忙碌著。她之所以感到詫異，那是因為他的工作日是週一和週五，而今天是星期三。

「喂，喬治，你在這兒做什麼？」她問道，一邊向他走去。

老人直起腰桿一笑，伸手摘去頭上的一頂戴了很久的舊帽子。

「夫人，我可以想見你有多吃驚。事情是這樣的，鄉紳在週五辦了個宴會，我想啊，如果我這星期是週三而非週五來上班，馬丁先生和夫人應該不會見怪。」

「這沒什麼，」艾莉絲說，「好好地去玩吧。」

2　菲洛梅的英文 philomel 意即夜鶯。

「會的，」喬治簡短地說，「那裡會有一些好東西讓人吃到飽，而且從頭到尾都明白自己不用付錢，真是太好了。為了款待佃農，鄉紳還會請僕人端上一頓像樣的茶點。夫人，在你走之前，我還想知道你對這個花壇有什麼意見。夫人，我想，連你自己也不知道什麼時候回來吧？」

「但我並不打算出門啊。」

喬治盯著她。

「你明天不是要去倫敦嗎？」

「沒有，你怎麼會這麼想？」

喬治把頭向肩上一揚。

「昨天我遇到主人去村子裡。他說你們兩個明天都要去倫敦，而且，他什麼時候回來還不確定。」

「真荒唐，」艾莉絲笑著說，「你一定誤會了。」

可是，她還是很想知道傑拉德究竟說了什麼，竟讓老人犯了一個這麼奇怪的錯誤。去倫敦？她從未想過要回倫敦。

「我恨倫敦。」她突然粗魯地說。

「哦！」喬治平靜地說，「我一定是弄錯了，但在我看來，他說得很清楚。我很高興你停下來和我聊聊。我不贊成四處閒晃，也覺得倫敦不怎麼樣，我根本不需要去那兒，汽車太多了……這是現今的社會問題，如果人們有了車，還可以在一個地方待下來，那就該祝福他們。艾姆斯先生——這棟屋子的前任屋主——在他買下汽車前是個不錯的安靜紳士，但買下車子還不到一個月，就打算出售別墅了。他在這棟房子上也花了不少錢，所有的房間都裝了插座、電燈和其他東西。『這些錢你再也收不回來了，』我對他說。他對我說：『可是，這棟房子讓我得到兩千英鎊，一毛錢也不少。』而且的確，他得到了。」

「他得到了三千英鎊。」艾莉絲微笑著說。

「兩千。」喬治重複道，「當時，他曾談到他的要價。」

「的確是三千。」艾莉絲說。

「女士們永遠都搞不懂數目。」喬治不太相信地說，「艾姆斯先生應該還不至於厚著臉皮站在你的面前，不知羞恥地喊出三千英鎊吧？」

「他沒這麼跟我說，」艾莉絲說，「他是跟我丈夫說的。」

喬治又俯身照料花壇。

「價錢是兩千。」他執拗地堅持道。

§

艾莉絲不再費唇舌和他爭辯。她走向遠處的花壇，摘了一捧鮮花。

當她捧著芬芳馥郁的花束往回走時，艾莉絲注意到，在花壇的枝葉之間隱約露出一個綠色的小東西，她俯身拾起，並認出這是她丈夫的袖珍日記本。

她把本子打開，津津有味地瀏覽著裡面的條目。幾乎從他們結婚開始，她就發現衝動、情緒化的傑拉德竟有整潔、井井有條的一面。他對準時開飯非常挑剔，而且總是用時間表精確地計畫每一天。

看著日記，她驚奇地發現五月十四日這一條寫著：「兩點半在聖彼得教堂與艾莉絲結婚。」

「這個大傻瓜。」艾莉絲輕聲對自己說，一邊翻著本子。突然，她停了下來。

「『六月十八日，星期三。』哦，就是今天。」

在底下的空白處，傑拉德整潔、準確地寫著：「晚上九點。」其他一片空白。傑拉德九點打算做什麼？艾莉絲不知道。她對自己微笑，覺得如果這就像她讀過的故事，那麼日記中無疑會有一些驚人的事情，裡面必然會冒出另一個女人的名字。她懶懶地翻動著日記的後幾頁。裡面有日期、約會項目，以及有關生意的晦澀條目，卻只有一個女人的名字……她自己的名字。

然而，當她把日記本放進口袋，捧著花束向屋子走去時，隱約覺得有些侷促不安。迪克．溫迪弗的那些話又回響在她耳邊，好像他就近在咫尺，重複著那句話：「你根本就不了解這個男人，你對他一無所知。」

的確如此。關於他，她知道些什麼呢？畢竟，傑拉德已經四十歲了。四十年當中，他交往過的女人一定不只一個……

艾莉絲煩躁地搖了搖頭，她不能被這些念頭所左右，還有更迫切的事情得處理。她應不應該告訴丈夫迪克．溫迪弗曾打電話給她？

也許傑拉德已經在村裡遇見過他。如果那樣，他回家後應該會馬上跟她提起，那她也就不用再忐忑不安了，如果沒有的話……那麼，艾莉絲認為她應該隻字不提。

如果她告訴了他，他一定會建議邀請迪克．溫迪弗到菲洛梅別墅來。那樣她就必須說出迪克曾表示想來，她卻找藉口不讓他來。如果他問她為什麼這麼做，她又能說什麼呢？把她的夢境告訴他？但他只會大笑……甚至更糟，認為她把一些無關緊要的事看得太重。最後，艾莉絲頗為羞慚地決定什麼也不說。這是她向丈夫保守的第一個祕密，一想到這點，她就渾身不自在。

§

午飯前不久，她聽到傑拉德從村子裡歸來，便匆忙地跑到廚房，假裝忙著做飯，以掩飾她的窘迫。

事情很快就弄清楚了，傑拉德根本沒見到迪克．溫迪弗。艾莉絲立刻感到既輕鬆又緊張，她現在的策略顯然是祕而不宣。

用完簡樸的晚餐後，他們一起坐在客廳裡的橡木凳上。窗戶開著，好讓窗外夾雜著淡紫和白色花卉的香甜夜風能吹進來。直到此時，艾莉絲才想起那本袖珍日記。

「這是你在為花兒澆水時掉的。」

她邊說邊把它扔到他的膝上。

「我把它掉在花壇裡了，是嗎？」

「是的，現在我知道你所有的祕密了。」

「這不怪你。」傑拉德搖搖頭說。

「你今晚九點的約會是怎麼回事？」

「哦，這……」他看起來吃了一驚，隨後又微笑起來，似乎有什麼事讓他覺得好笑。「是和一個很出色的女孩約會，艾莉絲。她有棕色頭髮、藍眼睛，和你非常像。」

「我不明白，」艾莉絲假裝嚴厲地說，「你在避重就輕。」

「不，我沒有。事實上，那是提醒我自己今天晚上要沖洗一些底片，而且我希望你能幫我忙。」

傑拉德．馬丁是個狂熱的攝影愛好者。他有一台老式相機，但相機鏡頭非常棒，此外，他還將一間小地窖拼湊成暗室，在裡面自己沖洗照片。

「而且，這必須得在九點整去做。」艾莉絲揶揄道。

傑拉德看起來有點生氣。

「親愛的，」他說，舉止中略帶著些許不快。「人總得為一件事訂出具體的時間表，這樣，工作才能順利進行。」

艾莉絲靜靜坐了一兩分鐘，看著丈夫靠在椅子上抽菸。他面龐黧黑，頭向後仰著，在陰暗的背景映襯下，刮得乾乾淨淨的臉上顯得稜角分明。突然間，不知怎地，她身上湧過一絲驚恐，不禁喊了出來：「哦，傑拉德，我真希望能夠更了解你！」

她的丈夫轉過臉，吃驚地看著她。

「可是，親愛的艾莉絲，你是徹底了解我的啊。我告訴過你我在諾森伯蘭度過的童年、在南非的經歷，以及在加拿大那段為我帶來成功的十年光陰。」

「哦，那都是你的生意經！」艾莉絲輕蔑地說。

傑拉德突然笑了起來。

「我知道你的意思了……你想聽風流韻事，你們女人都一個樣，你們感興趣的莫過於個人隱私了。」

艾莉絲感到嗓子很乾，她喃喃說道：「嗯，一定有風流韻事。我的意思是，要是我知道就好了……」

又是一兩分鐘的沉默。傑拉德．馬丁皺著眉，一臉猶疑不決。當他再度開口時，顯得神情莊重，他先前的詼諧已杳無蹤跡。

「艾莉絲，你真的要聽嗎？嗯，諸如藍鬍子[3]那種殺妻故事？我的生命中是有過一些女人，是的，這我並不否認。就算我否認，你也不會相信。但我真心向你發誓，她們沒有一個讓我動心。」

他的聲音滿是誠懇，他的妻子聽了之後，心情安定了下來。

「滿意了嗎，艾莉絲？」他微笑著問道。

隨後，他帶著些許好奇看著她。

「是什麼事情讓你在今晚——而不是在其他夜晚——想到這些不愉快的話題？」

艾莉絲站起來，開始不安地來回走動。

「哦，我不知道，」她說，「我整天都緊張不安。」

「奇怪，」傑拉德低聲說，恍若自言自語。「真奇怪。」

「有什麼奇怪的？」

「哦，親愛的，別對我發火，我只是覺得這件事有點蹊蹺，因為你平常是那麼可愛、那麼沉靜。」

艾莉絲擠出一絲笑容。

「今天每件事都讓我很煩，」她承認。「甚至連老喬治也荒謬地以為我們要去倫敦，他說是你告訴他的。」

「你是在哪裡見到他的？」傑拉德厲聲問道。

「他今天跑來上班，說他週五不來。」

「該死的老傻瓜。」傑拉德怒氣沖沖地說。

艾莉絲詫異地盯著他。他丈夫的臉由於憤怒而抽動著，她從未見過他發這麼大的火。

看到她吃驚的模樣，傑拉德竭力控制自己的情緒。

「是的，他是個該死的老傻瓜。」他斷言道。

「你是否說過什麼，才讓他這麼以為？」

「我？我從未說過什麼。至少……哦，對了，我想起來了，我跟他開玩笑說：『早上要去倫敦』，我想他當真了，否則就是他沒聽懂。當然，我想你應該跟他說明這是玩笑話了，對吧？」

他不安地等著她的回答。

「當然，但他這種人一旦認定某件事，就很難讓他更改。」

接著，她又提及喬治堅稱這棟別墅的價格是兩千英鎊。

傑拉德沉默了一兩分鐘，隨後緩緩說道：「艾姆斯願意接受兩千英鎊現金，另外一千英鎊用財產抵押。我想，這就是造成誤會的原因。」

3 藍鬍子（Bluebeard）意指連續殺妻者，本為流傳在法國的民間故事。

「大概吧。」艾莉絲表示同意。

然後她抬頭看鐘，惡作劇地伸出食指指著它。

「我們得認真考慮一下了，傑拉德。現在比你的時間表晚了五分鐘。」

傑拉德．馬丁的臉上掠過一絲異樣的微笑。

「我改變主意了，」他靜靜地說，「我今晚不打算沖洗底片了。」

女人的心思真奇怪。那個週三的晚上，當艾莉絲上床睡覺時，感到心滿意足，心平氣和。她暫時遭受打擊的幸福感又重新恢復，一如往昔那樣得意洋洋。

但是，到了第二天傍晚，她意識到某些微妙的力量正在破壞她的幸福感。迪克．溫迪弗再也沒打電話來，然而，她可以感覺到他的影響力正在起作用。他的那些話語一遍又一遍地回響在她耳邊，「你根本就不了解這個男人，你對他一無所知。」伴隨著這些話語，浮現在她記憶中的是丈夫說話時的面孔，那張臉令她印象極為深刻。「艾莉絲，你真的要聽嗎？嗯，諸如藍鬍子那種殺妻故事？」他為什麼要這麼說呢？

這些話帶有告誡之意……暗示某種威脅，意思聽起來就像是：「你最好別窺探我的生活，艾莉絲，如果你這麼做，你會大吃一驚。」

到了週五早晨時，艾莉絲已然確信傑拉德的生命中有過某個女人——一件他竭力向她隱瞞、諸如藍鬍子般刺激的情事。她的嫉妒之情逐漸升起，變得一發不可收拾。

他那天晚上九點原本要見面的對象是個女人嗎？他沖洗底片的說法是否只是一時編造的

藉口？不過三天前，她原本還堅定地表示自己很了解丈夫，而現在，她卻覺得他是個陌生人，她對他一無所知。她想起他對老喬治莫名的怒氣，這和他平常寬容的舉止格格不入。這也許是件小事，但它顯示她並不是真的很了解丈夫。

週五那天，有幾樣東西必須到村子裡買。下午時分，艾莉絲提議她去購物，而傑拉德可以待在花園裡；但使她感到奇怪的是，他強烈反對她去，堅持要他自己去，讓她留在家裡。艾莉絲不得不讓步，但是，他的堅持令她意外且吃驚。為什麼他會如此反對她去村子裡呢？

突然，她腦海中浮現出一個解釋，一切都清清楚楚了。也許儘管傑拉德隻字不提，但他的確碰見了迪克．溫迪弗？她的嫉妒在結婚時完全休眠，等到婚後才逐漸顯現出來，莫非傑拉德也一樣？於是他急於阻止她再次和迪克．溫迪弗會面？這項解釋和種種事實如此吻合，這讓艾莉絲困擾的心緒獲得安撫，她迫不及待地接受了。當喝下午茶的時刻來到又過去之後，她變得煩躁不安。自從傑拉德離去之後，她一直和某種不時襲來的誘惑對抗著，終於，她安撫自己說，這棟房子的確需要徹底整理一下了。於是，她走進丈夫位於樓上的更衣室，手上拿了一把撢子，用操持家務當藉口闖了進去。

「要是我能確定就好了，」她對自己重複道，「要是我能確定就好了。」

她徒勞地告訴自己，任何想徹底了解對方的企圖早就該放棄了。她進一步辯解道，男人有時的確會以多愁善感來保守他們那些該受詛咒的祕密。

最後，艾莉絲還是向誘惑屈服。由於對自己的行動感到慚愧，她的臉頰發燙。她屏住呼吸，在一捆捆的書信與文件中搜尋著。她翻開抽屜查看，甚至連丈夫的衣服口袋也沒放過，只有兩個抽屜沒看——櫥櫃下面的抽屜和書桌右邊的小抽屜全都上了鎖。但是，如今艾莉絲已經完全不顧羞恥了。她確信，在這兩個抽屜當中的某一個，她一定可以找到證據，找到這個困擾著她、想像中的先生的舊情人。

她想起傑拉德不經意間將鑰匙放在樓下的食具櫃上。她將鑰匙拿來一把一把試。第三把就是書桌抽屜的鑰匙，艾莉絲急忙將它打開。裡面有一本支票簿和一個塞滿鈔票的錢夾，在抽屜的尾端則是用紅絲帶繫在一起的一捆信件。

她的呼吸急促起來。艾莉絲解開絲帶，接著臉上感到滾燙。她把書信放回到抽屜裡，關上，又重新鎖好。因為這些信是她自己寫的，在她嫁給傑拉德．馬丁之前寫給他的。

她再度轉向櫥櫃，如今與其說她是想找到她要的東西，倒不如說她不願留下沒搜過的地方。

讓她煩惱的是，那些鑰匙沒有一把和這個抽屜吻合。艾莉絲依舊不認輸，她跑進別的房間，拿來一大串鑰匙。她很高興地發現，屋裡衣櫥的備用鑰匙竟也能打開櫥櫃，於是她把鎖轉開，打開櫥櫃。但是，裡面除了一疊被灰塵覆蓋、顏色泛黃的剪報外一無所有。

艾莉絲如釋重負地呼出一口氣。但她還是看了一眼那些剪報，想知道是什麼內容讓他這麼感興趣，於是她不嫌麻煩地把這堆髒兮兮的東西拿出來看。那些簡報幾乎全是美國報紙，日期大約是七年前，上面報導惡名昭彰的騙子與重婚罪犯查爾斯．勒梅特。勒梅特涉嫌謀殺婦女，並在他租賃的房屋地板下發現一具枯骨，而和他「結過婚」的女人也多半下落不明。

面對指控，在一些優秀的律師協助下，他以純熟的口才為自己辯護。法庭最後裁決「證據不足」，也許算是為此案下了一個最好的註腳。由於證據不足，有關謀殺的指控未能成立，他被判無罪；但由於其他指控，他被判長期監禁。

艾莉絲還記得這個案子當時所引起的轟動，以及大約三年後勒梅特逃走時所引起的震撼，從此他不見蹤影。當時的英國報紙大舉報導了他的個性、對女人的非凡魅力，以及他在法庭上的易於激動和激烈抗辯。還有，偶爾他也會突然昏厥，因為他的心臟不好，儘管一般不知情者認為這只是他的演技。

艾莉絲手中的剪報有一幅他的照片，她興致勃勃地端詳，那是一個留著長長的鬍子、頗有學者風範的紳士。

這張面孔讓她想起了誰？突然，她驀地一驚，意識到這正是傑拉德，眼睛、眉毛都和他一模一樣。也許正因如此，他才保存了這些剪報。她的視線移向圖片旁邊的文字，上面說在被告的袖珍筆記本裡記錄了一些日期，人們認為那就是他謀害老婆的日期。隨後，有一位婦女作證，確切地指認出凶手，因為他的左手腕上有一顆痣，就在手掌下面。

艾莉絲放下報紙，站起身來，身子驀地一晃。在她丈夫的左手腕上，就在手掌下面，有一塊小小的傷疤……

§

屋子在她周圍旋轉起來。她突然想到，真奇怪，她早該得出這樣的結論：傑拉德．馬丁就是查爾斯．勒梅特。她知道一定是這樣，並驟然接受了這項結論。在她的大腦中，各種無關的枝節轉來轉去，像在拼湊七巧板似的。

購買房子的費用……她的錢，全都是她的錢；她委託他保管的無記名債券；甚至連她的夢境也有了真實的含義，因為在她內心深處，那個潛意識中的自我一直懼怕著傑拉德，老想避開他，正是這個自我向迪克．溫迪弗求助。這也是她之所以能夠從容接受這項事實的原因，無庸置疑。她本來會成為勒梅特手下的另一個犧牲者，也許很快就……

她突然想起了什麼，差一點喊出聲來。星期三晚上九點，地窖！那上面的石板可以輕而易舉地抬起來……他曾將某個受害人埋在地窖裡。想必星期三晚上他早就計畫好了，但有條不紊地事先把它記下來……這簡直太瘋狂了！不，這合乎邏輯，因為傑拉德總是事先在備忘錄上記下要做的事；對他來說，謀殺和別的生意沒什麼不同。

然而是什麼事情救了她，是什麼救了她？是他在最後一刻大發慈悲嗎？不，突然間，她得到答案了——老喬治。

她現在明白為何丈夫會勃然大怒。毫無疑問地，他事先已做好準備，告訴他遇見的每個人，表示他們第二天要去倫敦。但喬治意外地跑來工作，還向她提起倫敦一事，她卻表示毫不知情。對他來說，那天晚上幹掉她太冒險了，老喬治會提起那段對話。真是死裡逃生！如果她沒有湊巧提及那件小事的話……艾莉絲渾身打起哆嗦。

她站在那兒一動不動、呆若木雞，接著她聽到柵門發出聲音……她的丈夫回來了。一瞬間，艾莉絲就像石頭般僵住了。接著，她踮著腳尖走到窗口，從窗簾後面向窗外張望。

是的，那正是她的丈夫。他正自顧自地微笑，嘴裡哼著小曲，手裡拿著一件東西，差點讓這個驚恐的女人停止心跳……那是一把嶄新的鐵鏟。一種與生俱來的本能讓她迅速做出結論：就是今晚……

但是，她還有機會。傑拉德哼著小曲繞過屋子走向後院。她毫不猶豫，衝下樓梯，跑到別墅外面。但是，正當她要出門時，她的丈夫出現在屋子的另一邊。

「喂，」他說，「你匆匆忙忙要上哪兒去？」

艾莉絲努力保持平日的鎮靜。現在，她沒有逃走的機會了。不過如果她小心應付，不引起他的疑心的話，還是有機會的，甚至現在，也許……

「我去散個步，去去就回來。」她聲音在自己聽來都顯得柔弱而忐忑。

「好的，」傑拉德說，「我和你一起去。」

「不……請不要，傑拉德。我……覺得緊張不安、頭疼，我想一個人走走。」

他目光炯炯地注視著她，她覺得他的眼中掠過一絲疑慮。

「艾莉絲，你怎麼了？你臉色蒼白，還在發抖呢。」

「沒什麼。」她強迫自己硬朗起來，微笑了一下。「我有點頭痛，就這樣，散步會讓我舒服一點。」

「哦，你說不要我一起去，這不太好喔。」傑拉德說，臉上帶著隨和的笑容。「無論你是否願意，我都要和你一起去。」

她不敢再爭辯了。如果他懷疑她知道……

總算，她努力恢復常態。然而，她不安地感覺他總是不時斜眼瞧著她，好像不太放心似的。她認為他的狐疑並未完全消除。

當他們重新回到屋裡，他堅持要她躺下，又拿來一些古龍水搽在她的太陽穴上。他儼然還是平日那位摯愛的丈夫。艾莉絲覺得孤立無援，像是手腳被捆住、正掉進陷阱裡的羔羊。

他一刻也不願離開她，跟著她到廚房，幫她將早已準備好的幾樣簡便冷盤端過來。對她來說，這頓晚飯簡直食不下嚥，她強迫自己用餐，甚至要擺出一副高興、自然的模樣。她知道，現在她正為自己的生命而戰，她獨自面對這個男人，最近的援助也在數英里之外，一切完全任由他擺布。她唯一的機會是打消他的疑慮，讓她獨處一會兒，這樣她才有足夠的時間到客廳裡打電話求援。如今，這是她唯一的希望了。

當她想起他上一次是如何放棄原定計畫時，心中又重燃一線希望。她想像著，如果她表示迪克．溫迪弗今晚要來探望他們的話，那會怎樣呢？

這些話語在她的嘴唇上哆嗦著……然後她一口氣說了出來。可是這個男人不會再歇手了，在他平靜的舉止中透露出一股堅定、喜悅，這讓她很不舒服。她束手無策，他會在此時此地將她謀殺，然後鎮定自若地打電話給迪克．溫迪弗，告訴他艾莉絲突然接到電話出門了。如果迪克．溫迪弗今晚能來這裡！如果迪克……

突然，她腦中閃過一個念頭。她緊緊盯著旁邊的丈夫，彷彿生怕他看透自己的心思。她終於想出一個計畫，於是又壯起膽子。她的舉止自然，連她自己都覺得不可思議。

她煮好咖啡，將它端到門廊上，他們常在美麗的夜色下一起坐在這裡。

「對了，」傑拉德突然說，「待會兒，我們一起去沖洗那些底片。」

艾莉絲感到渾身直發冷，不過，她平靜地說：「你一個人去不行嗎？今晚我累了。」

「花不了多久時間，」他朝自己笑了笑。「而且，我敢說，之後你再也不會覺得累了。」

看起來他覺得這些話很逗趣。艾莉絲打了個冷顫。她也許立刻（或永遠）再也沒有機會執行她的計畫了。

她站起身來。

「我打個電話給肉鋪，」她平靜地說，「你坐著就好，不用起身。」

「打電話給肉鋪？這麼晚了？」

「傻瓜，當然，他的店鋪已經關門了。但他一定還在店裡，明天是星期六，我想讓他一大早送一些牛小排過來，免得被別人搶走了，這個老夥計什麼都願意為我做。」

她飛快地走到客廳，隨手把門關上。她聽到傑拉德說：「別把門關上。」

她隨即輕快地說：「這可以把飛蛾擋在門外面，我討厭飛蛾，傻瓜，你以為我會和肉販談情說愛嗎？」

一進屋子，她抓起話筒，撥打旅行者徽章酒館的號碼。電話馬上接通了。

「溫迪弗先生他還在嗎？我可以和他說話嗎？」

隨後，她的心裡猛地一沉，門被推開，她的丈夫走進了客廳。

「你走開，傑拉德，」她生氣地說，「打電話的時候，我討厭有人在旁邊聽。」

他只是一笑，一屁股坐在椅子上。

「想必你是打電話給肉販嘍？」他嘲弄道。

艾莉絲感到絕望。她的計畫失敗了。迪克．溫迪弗馬上就會來接電話，她是否應該不顧一切大聲求援？

這時，由於太過緊張，她鬆開了手中話筒上的小按鍵，這個按鍵可以選擇是否讓電話另外一端聽到說話的內容，於是她的腦中閃過另外一個主意。

「這很困難，」她心想，「我必須保持冷靜，想出恰當的對話，而且不能有片刻支吾。不過，我想我做得到，我必須這麼做才行。」

就在此刻，她聽到從電話的另一端傳來迪克．溫迪弗的聲音。

艾莉絲深深吸了一口氣，然後，她堅定地按下按鍵開口說話。

「我是馬丁夫人，從菲洛梅別墅打電話給你，請你來一趟……（她鬆開按鍵）明天早上，請拿些新鮮小牛肉排過來（她又重新按下按鍵）這很重要……（她又鬆開按鍵）多謝啦，霍克沃西先生，你不介意我這麼晚打電話吧，可是那些牛小排（她按下按鍵）非常重要……（她又鬆開按鍵）很好，明天早上……（她按下鍵）請盡快過來。」

她將電話掛上，轉過身來，喘著氣面對丈夫。

「你都是這麼和肉販說話的，是嗎？」傑拉德說道。

「我們女人家的口氣就是這樣。」艾莉絲輕快地說。

她心中興奮不已，他沒有起疑。即使迪克一頭霧水，也一定會來。

她走進客廳，打開電燈，傑拉德跟在她身後。

「你現在看起來情緒滿好的嘛。」

他奇怪地看著她。

「是的，」艾莉絲說，「我的頭現在不疼了。」

她坐在平常的座位上，朝丈夫微笑，他坐在她對面的椅子上，她有救了。現在才八點二十五分，距離迪克九點過來還有一段時間。

「我覺得你煮的咖啡不怎麼好喝，」傑拉德抱怨道，「味道很苦。」

「我正在嘗試一個新牌子，親愛的，如果你不喜歡，我們就不要再用這個牌子了。」

艾莉絲拿起一件針線活來，開始穿針引線。傑拉德讀了幾頁書，然後他抬頭看看時鐘，把書扔到一邊。

「八點半了，我們該到地窖裡沖洗底片了。」

針線活從艾莉絲的手中滑落。

「不，還不到時候，讓我們等到九點吧。」

「不，親愛的，八點半，這是我定好的時間，這樣你可以早點上床睡覺。」

「可我寧願等到九點。」

「你知道，我一旦確定了時間，就一定會堅持到底。來吧，艾莉絲，我連一分鐘也不想再等了。」

艾莉絲抬頭看著他，渾身感到一陣戰慄。面具掀開了。傑拉德的雙手在抽搐，眼睛由於興奮而閃閃發亮，舌頭則是不停地舔舐著乾燥的嘴唇。他不再掩飾他的興奮。

艾莉絲心想：的確，他等不及了……他就像個瘋子。

他大步走到她面前，一隻手放在她的肩膀上，猛地將她一拉。

「走吧，親愛的，否則我會把你抱過去。」

他的語調很愉快，可是話中的那種毫不掩飾的凶殘讓她吃驚。好不容易她掙脫了，畏縮地緊靠在牆上。她軟弱無力，逃不掉了……她什麼辦法也沒有，他正向她走來……

「現在，艾莉絲……」

「不，不！」

她尖叫著伸出無力的雙手將他擋開。

「傑拉德，停下來別動！有件事我要告訴你，向你坦白……」

他果然停了下來。

「坦白？」他好奇地問。

「是的，坦白。」

這是她胡亂使用的字眼，但她不得不絕望地接話，試圖吸引他的注意力。他的臉上掠過一絲輕蔑。

「我想，是有關你的老情人吧。」他譏諷道。

「不，」艾莉絲說，「是別的事，我想，你會稱它為……是的，犯罪。」

她立刻發現自己說對了，他的注意力再次被吸引住。看到對方的表情，她又恢復了勇氣。她覺得自己再度控制住局面。

「你最好還是坐下來。」她平靜地說。

她穿過房間，走到她的那張舊椅子坐下來，甚至還俯身拾起她的針線活，但在她平靜的表面底下，她正急切地思考、編造故事：因為她的故事必須在救兵到來之前抓住他的注意力。

「我曾告訴你我十五年來一直在擔任速記員，其實這並不完全正確，因為我中斷了兩次。第一次發生在二十二歲，那時我遇見了一個男人，一個沒什麼財產又上了年紀的人。他愛上了我，要我嫁給他。我接受了，於是我們結了婚。」她頓了一下又說：「我誘騙他為我買了人壽保險。」

她看到丈夫的臉上一下子顯得很感興趣，於是，她重獲信心，繼續把故事講下去。

「戰爭期間，有段時間我在醫院的診療室工作。在那兒，我接觸到各式各樣罕見的藥物和毒藥。」

她若有所思地停下來。現在，毫無疑問，他非常感興趣，謀殺者必然會對謀殺感興趣。她把賭注全押在這上面，她成功了。她偷偷瞥了一眼時鐘，距離九點只差二十五分而已。

「有一種毒藥，嗯，是一種白色粉末，只要一小撮，就可置人於死地。也許，你並不了解毒藥吧？」

她略帶恐懼地提出這個問題。如果他了解，她就得小心。

「不，」傑拉德說，「關於毒藥，我幾乎一無所知。」

她鬆了一口氣。

「我想，你應該聽說過黑莨菪這種植物鹼吧？這種植物鹼的作用和別種毒藥差不多，不過，絕對不會留下絲毫痕跡，醫生只會診斷為心臟衰竭。我偷了一些這種東西，偷偷把它保存下來。」

她停頓片刻，儲備自己的力量。

「說下去。」傑拉德說。

「不，恐怕不行，我不能告訴你。下一次吧。」

「就是現在，」他不耐煩地說，「我想聽。」

「婚後的一個月當中，我對那位年長的丈夫非常體貼，非常和藹、忠實。他向所有的鄰居誇獎我，大家都知道我是一個忠實的妻子，總是每晚親自為他煮咖啡。有一天傍晚，當我們獨處的時候，我把一撮那種劇毒的植物鹼放進了他的杯子……」

艾莉絲停了下來，小心地重新穿針引線。她這輩子從未演過戲，但此刻，她堪稱是全世界最出色的女演員。事實上，她正在扮演一個殘忍的下毒者。

「當時非常寧靜，我坐在那兒看著他。一度他喘著氣要新鮮空氣，我打開窗戶。隨後他說他在椅子上動彈不了，過了一會兒，他就死了。」

她停下來，臉上掛著微笑。還差十五分就到九點了，救兵馬上就到了。

「那筆保險金有多少？」傑拉德問道。

「大約兩千英鎊，我用它去做投機生意，可是全賠了。我又重新做起辦公室的工作，但我再也不打算在那兒久留。隨後，我遇到另外一個男人。在辦公室裡我依舊使用未婚時的名字，所以他不知道我結過婚。他比較年輕，長得不錯，而且很有錢。我們婚後在薩塞克斯郡過著寧靜的生活。他不願投保壽險，但他立了一份對我有利的遺囑。就像我的第一任丈夫，他也喜歡我親手為他煮咖啡。」

艾莉絲若有所思地微笑起來，接著又簡短地加上一句：「我煮的咖啡很好喝。」

隨後，她又接著說：「在我們居住的村子裡是有幾位朋友，某天傍晚，當我先生飯後突然因心臟衰竭而去世時，他們都為我難過。我不喜歡那個醫生，但我倒不認為他會懷疑我，不過，對於我丈夫突然去世，他當然感到非常驚訝。我不明白為什麼我後來又回去上班，我想，是習慣吧。我的第二任丈夫留下了大約四千英鎊。這次，我沒有拿它去做投機生意，我用它來投資。然後你瞧……」

她被打斷了。傑拉德·馬丁的臉脹得通紅，一邊抽噎著用顫抖的食指指著她。

「咖啡……上帝啊！咖啡！」

她盯著他。

「我現在明白它為什麼是苦的了。你這個魔鬼！你又重施故技了。」

他雙手抓住椅子的扶手，準備向她撲過來。

「你給我喝了毒藥。」

艾莉絲退到壁爐邊。現在，她驚恐萬分地矢口否認……接著停頓了一下，他隨時會向她撲來，她鼓足全身的力量，目不轉睛地緊緊盯著他。

「是的，」她說，「我給你喝了毒藥。藥力正在發作，現在，不要離開椅子，不要動！」

要是她能讓他留在原地不動……就算幾分鐘也好……

啊！那是什麼聲音？路上傳來腳步聲，外頭的柵門嘎嘎響起，腳步聲來到屋外的小徑上，大門打開了。

「你不要動。」她重複道。

然後，她穿過他旁邊，匆匆逃到屋外，倒在迪克・溫迪弗的懷裡。

「天哪！艾莉絲。」他喊道。

接著他轉身對一同前來的男人——一個高大健壯、身著警服的人——說：「去看看屋裡發生了什麼事。」

他小心翼翼把艾莉絲安置在長椅上，然後俯下身子。

「親愛的，」他喃喃說道，「我可憐的女孩，發生了什麼事？」

她的眼皮抖動了幾下，嘴裡只是叨唸著他的名字。

警察碰了碰迪克的臂膀，他這才回過身來。

「先生，屋裡什麼也沒有，只有一個男人坐在椅子上，看起來像是嚇壞了，而且……」

「怎麼樣？」

「哦，先生，他……死了。」

這時他們聽到艾莉絲的聲音，全都嚇了一跳，她像是在囈語，眼睛依舊閉著。

「不一會兒，」她說，像是在引述什麼故事。「他就死了……」

03

火車上的女孩

The Listerdale Mystery

「就這麼完了！」

喬治．羅蘭懊喪地邊說邊抬頭凝望剛剛走出來的那棟威嚴、滿布煙塵的大樓正面。

這件事可謂恰如其分地體現了金錢的重要性，而威廉．羅蘭——即上面提及的喬治的叔叔——剛才不過是直抒己見。在短短十分鐘內，喬治從他叔叔眼中的寶貝、遺產繼承人以及一個前途無量的年輕人，突然變成了失業大軍的一員。

「穿著這身衣服，他們甚至連救濟金也不會給我。」羅蘭先生悵然地思量著。「至於談到寫詩，然後再挨家挨戶以兩便士的價格（或者說什麼「女士，你願意給多少？」）兜售，我可沒有這種本事。」

的確，喬治的衣著體現了裁縫藝術的輝煌成就。他的穿著雅致優美，國王所羅門和田野裡的百合花都無法與之媲美。但是，男人不能只靠衣飾……不然他就得受過一番藝術方面的訓練，從事藝術工作，羅蘭先生早已痛心地意識到這項事實。

「都怪昨晚那場差勁的演出。」他悶悶不樂地想著。

昨晚那場差勁的演出是指科芬園舞團的表演。羅蘭先生回來時，天色已晚——或者說，時間還相當早——事實上，他根本不記得是什麼時候回來的。羅傑斯，他叔叔的管家，一個能幹的傢伙，一定對這件事加油添醋。第二天，他頭痛得很厲害，喝過一杯濃茶之後，才在十一點五十五分——而非九點半——去上班，這就引發了這場災難。說到老羅蘭先生，他二十四年來一直像個精明老練的親戚，總是寬宏大量、按時付錢。突然間，他撇開這些做法，擺出一副不同以往的臉色，喬治牛頭不對馬嘴的回答（這個年輕人依然頭痛得要命，像是正在中世紀的宗教裁判所受刑）使他更加憤怒。威廉．羅蘭處事甚為老練，只消寥寥數語，他就打發了侄子。然後他靜下心來，著手處理先前被打斷的有關幾座祕魯油田的調查。

喬治．羅蘭抖去在他叔叔辦公室裡遭遇的不快，漫步在倫敦街頭。喬治是個務實的小夥子，他想，在重新審視整件事之前，一頓可口的午餐是很重要的。吃完午餐之後，他折返叔叔的住家。羅傑斯來應門，在這個不尋常的時刻，只見羅傑斯訓練有素的臉上並未流露驚訝之色。

「午安，羅傑斯。你能把我的東西打包一下嗎？我就要離開這裡了。」

「好的，先生。你只是短期出遊嗎，先生？」

「我要永遠離開這裡了，羅傑斯，今天下午我就要動身到殖民地去。」

「真的嗎，先生？」

「是的，如果下午有合適的輪船的話。有關船期的情況，你清楚嗎，羅傑斯？」

「先生，您要去哪個殖民地？」

「都可以，隨便哪裡都行，就去澳洲吧，你覺得這個主意怎麼樣，羅傑斯？」

羅傑斯審慎地咳嗽兩聲。

「哦，先生，對有心工作的人，那裡算得上海闊天空。」

羅蘭先生凝視著他，滿懷興趣和欽佩。

「你形容得很貼切，羅傑斯，我也正在考慮中，但我不去澳洲……無論如何，今天不去。幫我拿一本全國火車時刻表，好嗎？我們先選個鄰近的地方。」

羅傑斯將他要的書拿過來，喬治隨意打開，然後飛快地用手翻動書頁。

「珀斯，太遠了；帕特尼大橋，太近了；拉姆斯蓋特？我覺得不好；我對賴蓋特也不感興趣。啊，你瞧，真是好極了！原來有個地方叫羅蘭城堡，你聽說過嗎，羅傑斯？」

「先生，我想，您得從滑鐵盧車站搭車過去。」

「羅傑斯，你真是太好了，你什麼都知道。哦，哦，羅蘭城堡！不知道這是個什麼樣的地方。」

「不是什麼大地方，我只能這麼說，先生。」

「那更好，那裡的競爭不會那麼激烈。在這種寧靜的小山村裡，思想還相當守舊，嫡系羅蘭家族的最後一位成員必定會馬上受重視，就算他們不出一星期就選我當市長，我也不驚訝。」

他砰地一聲把時刻表合上。

「就這麼決定，幫我收拾一個小行李箱，好嗎，羅傑斯？還有，請代我向廚子致意，問她是否可以好心把貓借給我。你知道，就是蒂可．惠廷頓，當你出發就任市長大人時，身邊帶隻貓是很重要的。」

「抱歉，先生，現在貓不在家裡。」

「怎麼回事？」

「先生，有個八口之家今早抵達這裡，她正忙著呢。」

「真可惜？我記得貓的名字叫彼得。」

「是的，先生，我們都很吃驚。」

「名字取得不好，性別錯誤，可不是嗎？好吧，我不帶貓去了。馬上把我的東西打點好，可以嗎？」

「好的，先生。」

羅傑斯猶豫片刻，然後又向房間挪動了幾步。

「請恕我直言，先生，如果我是你，對於羅蘭先生今天早上說的話，我就不會看得太重，他昨晚參加了一個城裡的晚宴，所以……」

「別說了，」喬治說，「我明白。」

「所以他就有點……」

「我知道，我知道。對你來說，昨晚真是個緊張的夜晚，羅傑斯，侍候我們兩個真不容易吧？不過，我已經下定決心，一定要在羅蘭城堡——我名垂青史的家族發源地——出人頭地。這聽來像是演講，不是嗎？如果什麼時候備妥了燉小牛肉，你可以發電報或是在早報上登載一條不顯眼的廣告，我會隨時趕回來的。但現在……我要去滑鐵盧！就像惠靈頓將軍在那場具有歷史意義的戰役前夕所說的。」

那天下午，滑鐵盧車站並不是在它最光彩照人的狀態。羅蘭先生終於找到一班帶他去目的地的火車，但這是一列普通客車，看起來毫無威風之感，一副沒有人樂於搭乘它去旅行的樣子。羅蘭先生坐在列車前方的頭等車廂裡，一陣霧氣飄降，時散時聚。月台上空無一人，只有火車頭發出的呼嘯聲打破沉寂。

正在此時，突然，轉眼間發生了幾件令人始料未及的事。

先是一個女孩莫名出現。她推開車門跳上火車，將羅蘭先生從打盹中驚醒，一邊喊道：

「哦，把我藏起來！哦，請把我藏起來。」

喬治是個行動派，他總是不問原因，只是去做、去犧牲，諸如此類。在火車包廂裡只有一個地方可以躲藏——座位下面。幾秒鐘之後，女孩就被安置在那裡，而喬治的手提箱則隨意地立在地上，遮住了她的藏身之處。沒過多久，一張充滿怒氣的面孔出現在包廂的窗口。

「我的侄女！她在你這兒。我要我的侄女。」

喬治在角落處躺靠在椅子上，有點喘不過氣來。此時他正用心閱讀晚報三十版的體育欄目。他把報紙擱在一邊，臉上的表情像是才從遙遠的地方回到現實中。

「你說什麼，先生？」他禮貌地問道。

「我的侄女……你把她怎麼樣了？」

一想起進攻是比防守更好的策略，喬治立即付諸行動。

「見鬼，你說什麼？」他模仿他叔叔的舉止喊道，表情非常逼真。

對方愣了一下，被這突如其來的氣勢嚇了一跳。對方是個體態肥胖的男人，有點氣喘吁吁，似乎是一路跑來的。他留著平頭，蓄著德國霍亨索倫式的鬍子。

他的腔調帶有濃重的喉音，而他僵直的舉止表明他穿著軍服會比不穿更為自在。喬治具有英國人那種天生的對於外國人的偏見……特別是討厭看上去像德國人的外國人。

「見鬼，你說什麼，先生？」他憤怒地重複道。

「她剛才跑來這裡，」對方說，「我看到了，你把她藏哪兒了？」

喬治把報紙扔在一邊，從窗口探出頭和肩膀來。

「原來如此，」他咆哮道，「想敲詐啊！你找錯人了，我在今天早上的《每日郵報》讀過你們的惡劣行徑。警衛！警衛！過來呀！」

警衛早就聽到了爭吵聲，於是連忙跑過來。

「警衛，你看看，」羅蘭先生說，臉上帶著那種低階官員甚為仰慕的權威表情。「這個傢伙打擾了我。如果有必要，我會指控他試圖敲詐，他謊稱我把他的侄女藏在火車上。總有這麼一幫外國人玩這種把戲，我們應該要阻止他們。你會把他帶走吧？這是我的證件，如果你想看的話。」

警衛打量了一下他們兩個，很快做出決定。他所受的訓練使他鄙視外國人，而尊崇敬重衣著體面、坐頭等車廂旅行的紳士。

他用手抓住那個入侵者的肩膀。

「喂，」他說，「你別搗亂了。」

就在這個關鍵時刻，陌生人的英語打結了，於是用母語激烈地謾罵。

「夠了，」警衛說，「走開，聽到沒？火車就要開了。」

旗幟揮舞著，汽笛也鳴叫了起來，列車不情願地猛然一震，徐徐駛出了車站。

喬治依舊站在窗口觀察情勢，直到他們離開月台。然後，他回過頭，抓起手提箱扔到行李架上。

「沒事了。你可以出來了。」他安撫道。

女孩爬了出來。

「哦！」她喘了口氣。「我該怎麼謝你？」

「沒什麼，我很樂意這麼做，我保證。」喬治淡淡地說。

他朝她一笑，要她放心。她的眼中流露出迷惘之情，似乎正在思念朝夕相處的什麼人事物。正在此刻，她在迎面的窄玻璃裡瞥見了自己，不禁急促地吸了口氣。

打掃車廂的人究竟有沒有清掃座位下面委實令人懷疑，看起來他們根本沒打掃，不過也許塵土和灰塵就像歸巢的小鳥在座位底下找到了歸宿。喬治當時來不及注意女孩的容貌，因為她驀然出現，旋即鑽入藏身之所。不過，可以確定的是，消失在座位底下的是個整潔、衣著得體的年輕女士。而現在，她的紅色小帽被弄皺壓扁了，臉上也因為塵土而變了模樣。

「哦！」女孩喊道。

她伸手摸索手提包打算整理儀容。喬治帶著紳士風度，別過頭去，目不轉睛地凝視窗外，欣賞泰晤士河以南的倫敦街景。

「我該怎麼謝你？」女孩又一次說道。

聽起來，應該可以開始談話了。喬治收回目光，再次表示沒有必要。不過，他的舉止中流露出不尋常的熱情。

這女孩真可愛！喬治告訴自己，他從未見過這麼可愛的女孩。於是，他舉止中所流露出的熱情越發明顯。

「我認為你真是太棒了。」女孩熱切地說。

「你過譽了，這是小事一件。能夠幫助你，我感到很榮幸。」喬治咕噥著。

「你真是太棒了。」她加強語氣又重複道。

毫無疑問，見到你最心愛的女孩盯著你的眼睛，然後告訴你她認為你很棒，這是多麼令人高興啊。喬治的反應也像任何人一樣，感到欣喜異常。

然而，接下來是一段令人窘迫的沉默。看起來，女孩已經明白對方期望她能有進一步的解釋。她的臉有些發紅。

「真尷尬，」她緊張地說，「恐怕我無法解釋。」

她臉上帶著讓人憐愛的不安看著他。

「你無法解釋？」

「不能。」

「真是妙極了！」羅蘭先生熱切地說。

「你說什麼？」

「我說，真是妙極了，就像那些讓人整夜手不釋卷的故事書，女主角總是在第一章說：『我無法解釋。』當然，最後她還是會解釋，其實她大可在第一章解釋清楚……只不過那樣會破壞這個故事。你知道嗎？能夠捲入一個真正的謎團當中，我實在很高興，真不敢相信這種事情是真的，希望這件事和機密文件、巴爾幹特快車有關，我非常喜歡巴爾幹特快車。」

女孩睜大了眼睛，狐疑地盯著他。

「你為什麼會想到巴爾幹特快車？」她敏銳地問道。

「希望我這麼說不會太輕率，」喬治趕忙回答，「我猜，也許你叔叔是搭那種特快車旅行。」

「我叔叔……」她停下來，然後又接著說，「我叔叔……」

「我了解，」喬治同情地說，「我也有一個叔叔，誰都不該為叔叔的行為負責。這就是生命中的小缺憾……我都這麼看待它。」

女孩突然笑起來。當她開口講話時，喬治注意到她的語調中帶有些許外國腔。本來，他還以為她是英國人。

「你真是個令人愉快、相當特別的人，你怎麼稱呼……」

「羅蘭，朋友都叫我喬治。」

「我叫伊麗莎白……」

她突然停住。

「我喜歡伊麗莎白這個名字，」喬治說，以掩飾她片刻的不知所措。「我希望他們不會把你叫成貝西，或什麼可怕的名字。」

她搖搖頭。

「好了，」喬治說，「既然我們認識了，最好還是談談正事。伊麗莎白，你願意站起來嗎？我可以幫你撢一下衣服後面的塵土。」

她順從地站起來，而喬治也沒食言。

「謝謝你，羅蘭先生。」

「喬治。記住，我的朋友都叫我喬治。你應該不會跳進我的包廂，躲到座位下面，唆使我對你叔叔說謊，然後又拒絕做個朋友，不是嗎？」

「謝謝你，喬治。」

「這樣好多了。」

「我現在看起來沒事了吧？」伊麗莎白問道，一邊試著轉過左肩看看自己的後方。

「你看起來……哦！你看起來……沒事。」喬治說著，一邊竭力克制自己的感覺。

「你瞧，一切發生得好快。」女孩解釋說。

「我想一定是。」

「他看到我們坐上計程車，然後我逃到火車站，而且知道他就尾隨在後。對了，這列火車要去什麼地方？」

「羅蘭城堡。」喬治毅然決然地說。

女孩看起來有點困惑。

「羅蘭城堡？」

「當然，不會馬上到，得停停走走滿長一段時間，但我確信午夜之前可以到達。老牌的西南幹路值得信賴……雖然慢，但是很安全。我敢說南方鐵路公司依舊堅持傳統。」

「我不知道自己是否想去羅蘭城堡。」女孩猶疑地說。

「這麼說太讓人傷心了，那是一個非常令人愉快的地方。」

「你去過嗎？」

「確切地說，沒有。不過，如果你不喜歡羅蘭城堡，還有很多別的地方可以去，像是沃金、韋布里奇、溫布林登。火車一定會在其中的某些站停下來。」

「我明白了。」女孩說，「是的，我可以在中途下車，也許稍後再搭車回倫敦。我想，這也許是最好的計畫。」

當她說話時，火車正放慢了速度，羅蘭先生的眼睛懇求地盯著她。

「如果我能做些什麼……」

「不，的確，你已經做了很多。」

那女孩停頓了一下，突然又說：「我……真希望我能解釋這一切，我……」

「看在老天的份上，別說了！這會毀了一切。不過聽著，真的沒有我能效力的事了嗎？諸如將祕密文件帶到維也納之類的事情？故事中總會出現祕密文件，給我一次機會吧。」

火車已經停下來。伊麗莎白飛快跳到月台上。她轉過身來透過窗戶和他說話。

「你是真心的嗎？你真的願意為我們……為我做事嗎？」

「我願為你做任何事，伊麗莎白。」

「即使我不說出理由？」

「去他的理由！」

「即使……有危險？」

「愈危險愈好。」

她躊躇片刻，然後似乎下了決心。

「你靠在窗戶上，低下頭看著月台，假裝你並沒有特別在觀察什麼。」

羅蘭先生努力照著這個有些古怪的建議去做。

「你看到那個正在上車的男人了嗎？就是留著小黑鬍子、身穿淺色大衣的那個人。跟著他，看他做些什麼、到哪裡去。」

「就這樣？」羅蘭問道，「我該怎麼……」

她打斷了他。

「我會給你進一步的指示。盯住他！還有，保護這個。」她把一個密封的小包裹扔進他手中。「用你的生命保護它，這是解決一切問題的鑰匙。」

火車繼續前行。羅蘭先生依舊盯著窗外，目送著伊麗莎白那高䠷優美的身影在月台上逐漸遠去。他手裡緊緊抓住那個密封著的小包裹。

接下來的旅程單調而平凡。火車開得很慢，它每一站都停。每到一站，喬治都探頭到窗外，以防獵物下車。偶爾停車的時間較長，他也下車到月台上踱步，但心中確知那個男人還在車上。

火車的終點站是樸茨茅斯，黑鬍子就在這一站下了車。他走進一家小型的二流旅館訂了一個房間。羅蘭先生也訂了一個房間。

這兩個房間位於同一條走廊上，中間只隔兩扇門。在喬治看來，這種安排令人滿意。儘管在跟蹤這方面，他還完全是個新手，但他急於表現，以求不辜負伊麗莎白對他的信任。

用餐時，喬治被安排在一張距離獵物不遠的桌子。室內並未坐滿，依照喬治的估計，用餐者絕大多數都是旅行的商人。這些體面的人津津有味地靜靜品嘗著食物，只有一個人引起他的注意，此人身材矮小，薑黃色的頭髮和鬍鬚，衣著中透露出對於賽馬的愛好。看起來，他也對喬治很感興趣，所以用完餐之後，他提議一起去喝酒、打撞球。但喬治看到那個黑鬍子正戴上帽子、穿上大衣，於是就禮貌地婉拒，然後走到街上。此刻，他進一步認識到跟蹤的困難度。這次跟蹤看來漫長且令人疲倦，而且結果也許毫無意義。在沿著樸茨茅斯的街道拐彎抹角地步行約四英里之後，那個男人回到旅館，喬治緊緊跟在他身後。一絲疑慮襲上他的心頭，是不是對方已經知道他在跟蹤？當喬治正站在大廳思索此事時，旅館的門被推開了。那個留著薑黃色頭髮和鬍鬚的小個子走進來，顯然，他也剛剛外出閒逛回來。

喬治猛然意識到辦公桌前的漂亮女士正在和他說話。

「是羅蘭先生嗎？有兩位紳士來拜訪您，是兩位外國紳士。他們就在走廊盡頭的小房間裡。」

喬治有點吃驚，他走向那個房間。兩個男人就坐在裡面。他們站起來拘謹地向他躬身。

「羅蘭先生嗎？我想，您應該猜得到我們的身分。」

喬治一一端詳他們兩個。說話者的年紀稍長，頭髮灰白，是個操著一口流利英語的傲慢紳士。另一人是個臉上有點粉刺的年輕人，身材高高的、有著日耳曼人典型的金髮碧眼，但這並未讓他更具魅力，因為此刻他正拉下臉怒視著喬治。喬治發現這兩個人都不是他在滑鐵盧車站遇到的那個老紳士，於是稍微鬆了口氣，他擺出一副溫文爾雅的模樣。

「請坐，先生們，很高興認識你們，要來一杯嗎？」

那個年紀較長的人伸手阻攔。

「謝謝您，羅蘭男爵，我們不喝，因為我們的時間很緊迫，只想請您回答一個問題。」

「你們把我列入貴族階級，實在太好了，」喬治說，「真遺憾，你們不想來一杯。那麼，這個要緊的問題是什麼呢？」

「羅蘭男爵，您跟一位女士一起離開倫敦，結果卻獨自來這裡。那位女士去哪裡了？」

喬治站起身來。

「我不懂你的問題。」喬治冷冷地說，竭力模仿小說中的男主角。「我不勝榮幸，晚安，各位先生們。」

「但你其實很清楚這件事，你非常清楚，」那個年輕人突然叫嚷道，「你把亞莉珊卓怎麼了？」

「冷靜下來，」另一個人低語道，「請你冷靜一點。」

「我可以向你們保證，」喬治說，「我不認識你們說的這位女士。你們一定是弄錯了。」

那個年紀較長的人咄咄逼人地上下打量他。

「不可能，」他沙啞地說，「我冒昧地查看過旅館的登記簿，您登記在上面的名字是羅蘭城堡的G．羅蘭男爵。」

喬治不由得臉一紅。

「那……只是個玩笑。」他無力地解釋。

「這種藉口實在沒什麼說服力。喂，別兜圈子了，公主究竟在哪裡？」

「如果你是說伊麗莎白……」

年輕人怒吼一聲，又向前衝過來。

「你這隻蠢豬！怎敢這麼稱呼她！」

「我想，」另一個男人緩緩說道，「你也許早就聽說過，卡多尼亞的安娜塔西亞・蘇菲雅・亞莉珊卓・瑪麗亞・海倫娜・奧爾加・伊麗莎白公主。」

「哦！」羅蘭無力地嘆道。

他竭力回憶有關卡多尼亞的狀況。他記得，那是巴爾幹半島上的一個小王國。他隱約記得那裡發生過一場革命……於是他又重新打起精神。

「顯然，我們說的是同一個人，」他高興地說，「只是我稱呼她伊麗莎白。」

「你得給我一個滿意的解釋，」年輕人咆哮道，「我們得打一架。」

「打架？」

「決鬥。」

「我從不與人決鬥。」羅蘭先生堅定地說。

「為什麼不？」對方悻悻然問道。

「擔心受傷。」

「啊！是這樣嗎？那我最起碼可以幫你揪掉你的鼻子。」

年輕人氣勢洶洶地逼近，接下來發生的事情看不清楚，但他的身體在空中劃出一道弧形，隨後重重摔在地上。他頭暈眼花地從地上掙扎起身，羅蘭的臉上帶著迷人的微笑。

「正如我所說的，」他說，「我老是害怕受傷，這就是我要練柔道的原因。」

片刻沉默。兩個外國人猶豫地看著這個和藹的年輕人，彷彿突然意識到在他溫文爾雅的舉止背後潛藏著某種危險的特質。那個年輕的日耳曼人氣得臉色發白。

「你會後悔的。」他氣喘吁吁地說。

年長者依舊保持他的威儀。

「你要說的就只有這些嗎，羅蘭先生？你拒絕告訴我們公主的下落？」

「她的下落我也不知道。」

「你別指望我會相信你的話。」

「恐怕是你生性好疑，先生。」

對方只是搖了搖頭，喃喃說道：「事情還沒完，你會再聽到我們的消息。」

說完之後，兩個男人就悻悻然走了。

喬治把手放在額頭上。事情發展得太快了，顯然他被捲入一樁歐洲皇室醜聞中了。

「這也許意味著另一場戰爭。」喬治滿懷希望地說，一邊四處搜尋那個黑鬍子的下落。看到他仍然坐在交誼廳的角落裡，喬治才如釋重負。喬治在另一個角落坐下來，大約三分鐘後，黑鬍子起身去睡覺，喬治尾隨在他身後，看到他走進房間，關上房門。喬治長長呼出一口氣。

「我需要休息一晚，」他喃喃自語道，「非常需要。」

隨後，一個可怕念頭湧上心頭。如果黑鬍子已經意識到喬治在跟蹤他怎麼辦？假如喬治酣睡時他溜走了怎麼辦？幾分鐘後，羅蘭先生想出一個解決難題的方法，他拆開一隻襪子，抽出一條長長的細絲線，然後悄悄溜出房間。他用整張郵票將線的一端貼在遠處陌生人的門上，再將線的另一端拉進自己房間。他把這一端繫在一個小銀鈴上——昨晚那場奇遇的戰利品。他心滿意足地看著這些安排。黑鬍子如果企圖離開屋子，鈴聲會立即向喬治發出警報。

這件事辦完之後，喬治立刻走到長沙發旁邊，把包裹小心翼翼藏在枕頭下面，隨即陷入了片刻沉思。他的想法可以這樣表達：「安娜塔西亞．蘇菲雅．瑪麗亞．亞莉珊卓．奧爾加．伊麗莎白……可惡，中間有個教名想不起來，不知道現在……」

他無法立刻入眠，只是乾著急，就是無法理解眼前的局勢。究竟是怎麼回事？逃亡的公主、密封的小包裹和黑鬍子之間到底有什麼關係？公主為什麼要逃？那幾個外國人是否知道密封小包裹就在他手中？包裹中可能是什麼東西呢？

想著這些，帶著毫無進展的不快，羅蘭睡著了。

忽然間，他被微弱的鈴聲驚醒。羅蘭先生不是那種一醒來就馬上行動的人，他花了一分半鐘才明白是怎麼回事。然後，他跳起身來，套上拖鞋，躡手躡腳打開門，溜到走廊上。走廊另一端的盡頭處隱約閃現著一個身影，顯示獵物逃走的方向。羅蘭先生躡足潛蹤地尾隨黑影。他看到黑鬍子進了洗手間。這很令人困惑，特別是因為在他房間對面就有一個洗手間。他走近微開著的房門，從門縫向裡面窺探，只見那個人跪在浴缸旁邊，正在緊挨其後的壁角板忙碌著。他在那裡忙了五分鐘之久，隨後站起身來。喬治機警地往後退，安然躲在自己的房門後面，目送對方從門前經過之後，喬治才重新回房。

「很好，」喬治對自己說，「明天早上再去調查洗手間之謎。」

他爬上床，把手伸到枕頭底下，想確定寶貝小包裹還在原位。但緊接著，他慌亂地抖動床單被褥。讓他大吃一驚的是，小包裹不見了！

第二天早晨，備受煎熬的喬治正坐在桌邊吞著雞蛋與培根。他辜負了伊麗莎白，居然讓她託付的寶貝小包裹被人偷走了，而洗手間之謎又令人沮喪地沒什麼大收穫。是的，無疑地，喬治做了件蠢事。

吃過早飯，喬治走上樓去。走廊裡站著一個神情疑惑的女服務員。

「怎麼了，親愛的？」喬治和藹地說。

「是住在這裡的那位紳士，先生。他要我八點半叫他，卻沒人應聲，而且門上了鎖。」

「是真的嗎？」喬治問道。

他的心裡突然想起了什麼，匆忙跑進自己的屋裡。然而，一個始料未及的發現讓他正在醞釀的計畫全被拋到腦後。在梳妝台上擱著的，正是昨天晚上被偷走的小包裹！

喬治把它拿起來仔細查看。是的，無疑地，是同一個包裹。但是，封條已經被打開了。猶豫片刻後，他將包裹拆開。如果別人已經看過裡面的東西，那他就沒有理由不去看一下。而且，裡面的東西也許已經被人偷走了。打開包裹，裡面是個小紙盒，屬於珠寶商用的那類。喬治把它打開。盒子裡面，倚偎在絨布上的，是一枚普通的純金結婚戒指。

他拿起戒指仔細端詳，上面沒有刻字，和其他婚戒沒有兩樣。喬治呻吟著用手捧著頭。

「瘋了，」他喃喃說道，「是的，真的瘋了，毫無道理可言。」

突然，他想起女服務員說的話，同時，他注意到窗外有寬寬的圍欄。平常他不會嘗試這種行為，可是，此刻好奇與憤怒的火焰已熊熊燃起，在他心中，沒有「困難」這兩個字。

他跳到窗台上。幾秒鐘後，他已透過黑鬍子房間的窗戶向裡面窺探。窗戶開著，裡面空無一人。不遠處有一座太平梯，顯然，獵物就是從那邊逃走的。

喬治從窗戶跳進房裡，失蹤男子的物品依舊散落四處。或許可以從中找到線索，稍解喬治心頭的疑雲。他開始四處搜尋，首先從一個破舊的狹長行李袋開始。

某個聲音讓他停止搜尋……一種細微的聲音，然而聲音就在這個房間裡。喬治的目光移到大衣櫥，他跳過去猛地把門扭開。與此同時，一個男人自裡頭跳出來，從地上起身，卻被喬治一把抱住。此人可不是普通的對手，喬治使出渾身解數也不怎麼管用。終於，兩人都已精疲力竭，這才分開。這時喬治看清他的對手，原來是那個長著薑黃色小鬍子的矮個子。

「你究竟是誰？」喬治質問道。

對方掏出一張名片遞給他作為答覆。喬治大聲讀道：「賈若德警官，蘇格蘭警場。」

「正是，先生。請把你所知道的來龍去脈好好說清楚。」

「我，我要說清楚嗎？」喬治若有所思地說，「警官，你是否知道，我想你是對的。我們是否應該先換個適當的場所再談？」

在酒吧一個僻靜的角落裡，喬治對他傾訴。賈若德警官同情地聽著。

「這讓人非常困惑，正如你所說的，先生。」喬治說完之後，他評論道，「有很多情況我也搞不清楚，不過，有幾點我可以向你澄清。我在這裡跟蹤馬登伯格（就是那個黑鬍子），而你的出現與觀察他的行為都讓人相當疑惑，我不知道你是誰。昨天晚上，當你外出時，我溜進你的房間。是我從你枕頭底下偷拿了那個小包裹。當我打開它，發現裡面並不是我要找的東西時，就立刻找機會把它送還給你。」

「這讓事情清楚多了。」喬治思考著，「看來，我自始至終都蠢透了。」

「我可不這麼認為，先生。以一個初學者而言，你已經做得很不錯了。你說你今天早上去過洗手間，並取回藏在壁角板後面的物品？」

「是的，不過那只是一封蹩腳的情書。」喬治抑鬱地說，「見鬼，我可不想探聽這個可憐傢伙的私生活。」

「能讓我看看嗎，先生？」

喬治從口袋裡取出一封摺疊好的信件遞給警官，後者把它展開。

「正像你說的，先生。不過，我想如果你在帶點的字母 i 之間連線的話，就會得出不同的結論。哦，天哪，先生，這是一張樸茨茅斯港口防禦工事的平面圖。」

「什麼？」

「是的，我們監視這個人已經好一段時間了。但對我們來說，他太狡詐了。他讓一個女人來執行這件壞事的絕大多數活動。」
「一個女人？」喬治頹然說道，「她叫什麼？」
「她有很多化名，先生，最常用的是貝蒂．布萊爾。她是個非常美貌的女子。」
「貝蒂……布萊爾，」喬治說，「謝謝你，警官。」
「對不起，先生，你的臉色不太好。」
「我覺得不舒服，很不舒服。事實上，我想我最好搭第一班火車回倫敦。」
警官看了看他的手錶。
「先生，恐怕那是一班慢車。最好還是等快車。」
「沒關係。」喬治黯然說道，「再也沒有什麼車會比我昨天乘的那班更慢了。」
喬治再一次坐在頭等車廂裡，他興致勃勃地瀏覽著當天的新聞。突然，他坐直了身子，瞪著眼前的報紙，讀道：「昨天，在倫敦舉辦了一樁浪漫的婚禮。勞藍德．蓋依爵士——阿克敏斯特侯爵的次子，與卡多尼亞的安娜塔西亞公主成婚。婚禮嚴格保密，自從卡多尼亞發生動盪以來，公主一直與她的叔叔住在巴黎。當她還是卡多尼亞駐英國使館的祕書時，就遇見了勞藍德爵士，他們之間的傾慕也從此展開。」
「哦，我……」
羅蘭先生想不出什麼話語來表達自己的情感。他依舊盯著天空。火車在一個小站停下，一位女士上了車，在他的對面坐下。

「早上好，喬治。」她語音甜美地說道。

「天哪！」喬治喊道，「伊麗莎白！」

她朝他一笑，看上去比之前更加可愛。

「聽著，」喬治喊道，一把抱住自己的頭。「看在上帝的份上，告訴我！你到底是安娜塔西亞公主，還是貝蒂·布萊爾？」

「都不是。我是伊麗莎白·蓋依。我現在可以都告訴你了。而且，我得道歉。聽著，勞藍德（他是我哥哥）一直愛著亞莉珊卓……」

「你是說，公主？」

「是的，家裡的人都這麼稱呼她。哦，正如我所說的，勞藍德一直愛著她，而她也愛他。然後，革命降臨了，但亞莉珊卓人在巴黎。正當他們準備安排婚期時，老施特姆——那位首相——出面堅持帶走亞莉珊卓，強迫她嫁給她的表哥卡爾王子，他是個臉上長滿丘疹、令人生畏的傢伙……」

「我想我已經見過他了。」喬治說。

「她很討厭這個人。她的叔叔——老王子烏斯里克——不許她再見到勞藍德，於是她逃回英格蘭。我在鎮上遇到她，我們就發電報給人在蘇格蘭的勞藍德。就在最後一刻，當我們搭計程車去登記處時，迎面遇上烏斯里克乘坐的計程車。當然，他尾隨我們，但我們無計可施，因為他一定會採取行動。而且無論如何，他畢竟是監護人。隨後，我想出一條妙計，我們互換身分。現今街上的女孩除了鼻尖，你幾乎什麼都看不到。於是我戴上亞莉珊卓的紅帽子，穿上她的棕色外套，而她穿上我的灰色衣服。然後我們讓計程車開到滑鐵盧車站。我在那兒跳下車子，衝進車站。老烏斯里克就跟著那頂紅帽子，根本沒有想到計程車裡還躲著另一個人，當然，絕不能讓他看見我的臉。所以，我像飛箭般衝進你的包廂，求你幫忙。」

「這些我都明白。」喬治說，「但我不明白的是接下來發生的事。」

「我知道。這正是我必須道歉的，希望你別大發脾氣。你知道，當時你看上去那麼熱心，好像遇上了真正的大機密……就像書中的情節一樣，讓我忍不住跟你玩了起來。於是我從月台上挑出一個長相凶惡的人，要你跟蹤他，然後再把包裹扔給你。」

「裡面是一枚結婚戒指。」

「是的，那是亞莉珊卓和我去買的，因為勞藍德直到婚禮前才能從蘇格蘭趕來。當然，我知道，當我趕到倫敦時，他們已經不再需要這個了……他們也許用窗簾套環或什麼別的東西代替了。」

「我明白了。」喬治說，「世界上的事情就是這樣……一旦你知道了，就平凡無奇了！請讓我看看，伊麗莎白。」

他拿掉她左手的手套，看到她無名指上還空著，才如釋重負地呼出一口氣。

「好了，」他說，「無論如何，這枚戒指不會白白浪費掉了。」

「哦！」伊麗莎白喊道，「但我對你一點都不了解。」

「你知道我是個好人，」喬治說，「對了，我剛剛才知道你叫伊麗莎白・蓋依女士。」

「哦！喬治，你是個驕傲的勢利鬼嗎？」

「事實上，我有點勢利喔，我做過最美的夢就是國王喬治向我借了半克朗[4]，以便應急度週末。但其實我是想到我叔叔，就是那個疏遠我的叔叔，他才是個徹頭徹尾的勢利鬼，如果他知道我要娶你，而且讓我們的家族多了個頭銜，就會馬上和我合夥！」

「哦！喬治，他很有錢嗎？」

「伊麗莎白，你很看重金錢嗎？」

「非常看重喔，我很愛花錢。不過其實我是想到我父親，他有五個女兒，全都美貌而有貴族血統，他正期盼有個富女婿。」

「嗯，」喬治說，「這樁姻緣真是天造地設。讓我們住在羅蘭城堡好嗎？有你當我的妻子，他們一定會選我做市長。哦！伊麗莎白，親愛的，這也許違反了地方風俗，但我一定得吻你！」

4 克朗是英國銀幣名，值二先令六便士。

04

唱首六便士之歌

The Listerdale Mystery

愛德華．帕利澤爵士是一位王室大律師，他住在安娜女王小巷九號。安娜女王小巷是條死胡同，地處威斯敏斯特貴族住宅區的心臟地帶，這裡依舊保存了一種靜謐、遠離二十世紀喧囂的古樸氛圍。這正合愛德華．帕利澤爵士的口味。

愛德華爵士曾是最傑出的刑事法庭律師之一。既然他現在不再從事這一行，於是就大量蒐集犯罪學書籍，並以此自得其樂。此外，他還是《知名囚犯回憶錄》一書的作者。

這天傍晚，愛德華爵士正坐在藏書室的壁爐邊，啜飲著爽口的咖啡，一邊對著義大利著名犯罪學家藍伯索的一本著作搖頭。這些天才理論如今已經完全過時了。

門幾乎是悄無聲息地開了，訓練有素的男僕從厚厚的絨面地毯上走了過來，小心翼翼地低聲說道：「有位年輕女士想要見您，先生。」

「年輕女士？」

愛德華爵士感到詫異，這有點不尋常，但他轉念又想，這一定是他的侄女艾瑟……但應該不是，如果是的話，阿穆剛才就會這麼說。

他小心地詢問。

「女士沒有報上她的姓名嗎？」

「沒有，先生，不過她說她敢確定您會希望見到她。」

「帶她進來。」愛德華．帕利澤爵士說。這種說法倒是激起了他的濃厚興趣。

進來的是一個高個頭、膚色黝黑、年近三十的女郎，身著黑色衣裙，剪裁非常合身，頭上戴著一頂小黑帽。她走到愛德華爵士面前，向他伸出一隻手。她臉上的神情似乎在急切地辨認對方。阿穆退了出去，隨手把門悄無聲息地關上。

「愛德華爵士，您的確認識我，不是嗎？我是瑪德琳·沃恩。」

「哦，當然。」他熱情地握住那隻伸過來的手。

他現在完全想起來了。乘坐西盧里克號從美洲重返故園的那次旅行！這個可愛的孩子……當時她比小孩子大不了多少。他記得自己曾向她求愛，擺出一副謹慎老到、深諳世故的架式。她當時正值妙齡，而且如此熱切、滿懷欽敬與英雄崇拜之情，於是俘獲了一個年近六旬的男人心……想到這些，他握起手來格外親熱。

「能見到你，實在太好了，請坐。」

他請她坐在扶手椅上，平心靜氣地侃侃而談，心裡卻在思忖她此行的來意。當他終於結束了輕鬆的閒聊後，雙方有了片刻沉寂。

她放在扶手椅上的手握緊又鬆開，舐了舐嘴唇。突然，她唐突地開口了。

「愛德華爵士，我希望您能幫助我。」

他感到驚訝，只是機械地問道：「什麼事？」

接下來，她加重了語氣說道：「你說過如果我需要幫助，如果世上有什麼你可以幫我的，你一定會幫。」

是的，他的確這麼說過。這種話一個人的確會說，特別是在分手的時候。他還記得自己結結巴巴的聲音……那時他將她的手舉到唇邊說道：「如果任何時候有什麼事我可以做……記住，我會去做……」

是的，誰都會那麼說……但一個人說過的話很少必須付諸行動！而且是在過了……多少年？九或十年之後。他飛快地瞟了她一眼，她依舊是個非常漂亮的女人，不過對他來說，她已經失去了魅力……那種純潔清新的青春氣息。現在這張面孔也許在年輕人看來別有風情，但是，愛德華爵士卻一點也鼓不起當年那次大西洋航海結束時的熱情和情感。

他的神情變得鄭重其事、小心謹慎。他語調略顯尖刻地說道：「當然，親愛的年輕女士。我很樂意盡我所能……儘管我懷疑自己這把年紀了，是否還能提供什麼有用的幫助。」

如果說他是在為自己準備退路，她卻沒有注意到這一點。她屬於那種一次只專注在一件事情上的人，而此時此刻，她所看到的只是自己的要求。她理所當然認為愛德華爵士會樂意幫助她。

「我們遇到了可怕的麻煩，愛德華爵士。」

「我們？你結婚了？」

「沒有，我是說我和我的兄弟。哦！進一步說，還有威廉和愛蜜麗。但我得解釋一下。我有一個姨婆——莉莉．奎布崔小姐，你也許在報紙上讀過，事情糟透了，她被殺了……是謀殺。」

「啊！」愛德華爵士臉上燃起一絲興致。「大約一個月前，是嗎？」

女人點點頭。

「也許更短些……是三週前。」

「是的，我想起來了。她在自家屋裡被人猛擊頭部，凶手仍舊逍遙法外。」

瑪德琳．沃恩又點點頭。

「警察沒有抓到凶手，我想他們永遠也抓不到，你知道，也許根本就沒有人可抓。」

「什麼意思？」

「是的，這真的糟糕透了。關於這件事，報紙上還沒有任何評論。不過，這正是警方的看法。他們知道，那天晚上沒有外人走進家中。」

「你是說……」

「是我們四個人當中的一個，一定是。警察不知道是哪一個，而我們自己也不知道……我們不知道。我們每天坐在家裡，彼此偷偷觀望，滿懷疑惑。哦，如果是外人就好了！但我不知道這怎麼可能……」

愛德華爵士盯著她，覺得自己很感興趣。

「你懷疑是家族的內部成員？」

「是的，這正是我想說的。當然，警方並未這麼說。他們彬彬有禮、待人和善。不過，他們在屋裡四處搜查，向我們所有人提問，瑪莎更是被盤問了一遍又一遍……因為他們不知道是哪一個，所以遲遲不敢確定。我感到害怕，非常害怕……」

「親愛的孩子。得了，你準是在誇大其詞。」
「我沒有，是我們四個人當中的一個，一定是。」
「你指的是哪四個人？」
瑪德琳坐直了身子，語氣更加平靜。
「有我、馬修……莉莉姨婆是我祖母的姐姐，從十四歲起，我們就和她一起生活（你知道，我和馬修是雙胞胎），此外；還有威廉・奎布崔，他是她的侄子……她兄弟的兒子，他和妻子愛蜜麗也住在那裡。」
「她供養他們？」
「多多少少。他自己還算有點錢，不過，他體格並不健壯，只好待在家裡。他屬於那種安靜、愛幻想的人。我敢說，他根本不可能……哦，甚至連我這麼想都太可怕了！」
「但我還是一點也不明白眼前的狀況。也許，你不介意簡述一下這些事實……如果這不會使你太傷心的話。」
「哦！是的，我願意告訴你。這件事我還記得很清楚……非常清楚。你知道，下午我們吃過茶點後，就分頭去忙各自的事情。我在縫製一件女裝；馬修在打一篇文章……他平時會寫點新聞；威廉去弄他的郵票；愛蜜麗沒有下樓來吃茶點，因為她剛剛服用了止頭痛的藥粉，正躺在床上。所以，我們大家各忙各的。當瑪莎七點半進房間去擺放晚餐的時候，才發現莉莉姨婆躺在那兒……已經死了。她的頭部……哦！真是太可怕了……整個被擊碎了。」

「我想，凶器找到了？」

「是的，是平時放在門邊桌上的一塊沉甸甸的紙鎮。警方在上面找指紋，但根本沒有。它已經被抹掉了。」

「你的第一個念頭是？」

「當然，我們以為是盜賊做的。書桌的幾個抽屜被拉開了，像是竊賊在找什麼東西。當然，我們以為是盜賊！隨後，警察來了，他們說她死了至少一小時以上，然後問瑪莎有誰進過房間，她答說沒人進去過。可是，所有的窗戶都從裡面閂著，而且房間裡的東西也似乎沒人碰過。然後警察就開始向我們提問……」

她停下來，胸部一起一伏。她恐懼又懇求的目光試圖從愛德華爵士眼中尋求許諾。

「說說看，你姨婆死後，誰會得到好處？」

「這很簡單，我們四個人的獲益均等，她把財產平分給我們四個人。」

「她個人的財產價值多少？」

「律師告訴我們，在支付遺產稅後大約還有八萬英鎊。」

愛德華爵士略顯詫異地睜大眼睛。

「這筆數目可不小。我想，發生這件事之前，你就已經知道姨婆的財產總額？」

瑪德琳搖搖頭。

「不，我聽說金額之後感到很意外，莉莉姨婆對於錢總是非常謹慎，她只有一個僕人，而且總是說要節儉。」

愛德華爵士若有所思地點點頭。瑪德琳坐在椅子上，略微向前欠了欠身。

「你會幫我，對吧？」

正當愛德華爵士逐漸對這個故事本身發生興趣時，她的話把他嚇了一跳。

「親愛的年輕女士，我能做些什麼呢？如果你想要一個優秀的法律顧問，我可以給你名字……」

她打斷了他。

「哦！這並不是我想要的！我想要你本人的協助——以一個朋友的身分。」

「你是個很可愛的人，可是……」

「我希望你到我們家裡來，我希望你問問題，親眼看一看，然後做出判斷。」

「可是，親愛的年輕……」

「記住，你答應過。任何地點、任何時候……你說，如果我需要幫助……」

她望著他，目光懇切且信心滿滿。他感到慚愧，莫名其妙地被打動了。她發自內心的真誠，對於隨口允諾的堅信，十年了，依舊當成神聖、具有約束力的東西。沒幾個男人不曾說過這種話，這幾乎已成為陳腔濫調！但鮮少有人被要求兌現這種諾言。

他有氣無力地說：「我確信有很多人能比我給你更好的建議。」

「當然，我有很多朋友。」（他被她天真的自信逗樂了。）「不過你瞧，他們當中沒有一個算得上聰明。不像你，你已經習慣於盤問別人。而且，你經驗豐富，一定會知道。」

「知道什麼？」

「他們究竟是無辜，還是有罪。」

他自嘲地笑了笑。大致上，他從前經常確信自己的見解正確，儘管他個人的見解經常與陪審團的意見相左。

瑪德琳神經質地用手把額上的帽子向後推了推。她環視了一下屋裡，說道：「這裡真安靜。有時候，難道你不渴望有些嘈雜聲嗎？」

死胡同！她無意中隨口說出的這些話觸到了他的痛處。死胡同，是的，但總有出路……你的來時路，也就是你重返世界的路……內心的衝動與青春活力在擾動著他。她純樸的信任觸動他性情中善良的一面，而她所處的困境又觸動了其他的什麼……像是那個內心深處的犯罪學家。他很想見見她提到的這些人，他想親自做出判斷。

他說：「如果你確信我能幫忙……聽著，我不能保證什麼。」

他指望她會喜出望外，但是她表現得很平靜。

「我知道你會這麼做。我一向都把你當成真正的朋友，你能現在就跟我回去嗎？」

「不。我想，如果明天過去，結果會更令人滿意。你能把奎布崔小姐的律師的姓名地址給我嗎？我想問他幾個問題。」

她用筆寫下後遞給他，隨即站起身來，頗為羞澀地說：「我……我真是太感謝了。再見。」

「你家的地址是？」

「我真蠢，我家地址是切爾西的帕拉丁街十八號。」

§

第二天下午三點，愛德華．帕利澤爵士一本正經地踱步向帕拉丁街十八號走去。之前，他已經做了幾件事。早上，他剛剛去過蘇格蘭警場，那裡的助理廳長是他的老朋友。此外，他還會晤了已故的奎布崔小姐的律師。因此，他對於情況有了更清楚的了解。奎布崔小姐對於錢財的安排有些不尋常。她從不使用支票簿，相反地，她習慣寫信給她的律師，要他準備一定數額的五英鎊面值的紙鈔，數額幾乎總是一樣：每次三百英鎊，每年四次。她總是乘坐四輪馬車親自來取錢，她認為馬車是唯一安全的交通工具。其餘的時候，她從不離開家門。

愛德華爵士從蘇格蘭警場得知，此案當中的金錢問題已調查得很詳細。當時馬上又快到奎布崔小姐取錢的時候。據推測，她已花光——或是幾乎花光了——先前的三百英鎊。但正是這一點難以斷定。透過核查家庭支出，警方立刻發現奎布崔小姐每季的支出遠低於三百英鎊。另一方面，她習慣於將五英鎊的鈔票送給那些貧困的朋友和親屬。她去世時屋裡究竟有很多錢，還是幾乎沒有錢？這點值得深入探討。屋裡連一便士也沒找到。

當愛德華爵士走近帕拉丁街時，縈繞在他腦海中的正是這個問題。

門開了，裡面走出一位個頭不高的老婦人，她警惕地盯著他。他被領進走廊左邊的一間寬敞的雙人房。就在這個房間，瑪德琳小姐來見他。比先前更加明顯的是，他看到她的臉上流露出緊張不安。

「你要我問問題，我來了。」愛德華爵士說，當他握手時，臉上帶著微笑。「首先，我想知道，誰最後見到你的姨婆，當時確切的時間是幾點幾分？」

「是在吃過茶點以後——五點。瑪莎最後一個見到她，她那天下午去付帳，隨後幫莉莉姨婆拿回零錢和帳簿。」

「你信任瑪莎嗎？」

「哦，絕對信任。她跟了莉莉姨婆……哦！我想是三十年。她一向為人忠厚。」

愛德華爵士點點頭。

「還有一個問題，愛蜜麗為什麼服用止痛藥？」

「哦，因為她當時頭疼。」

「當然，但她的頭疼會不會另有什麼特別的原因呢？」

「噢，是的，從某種意義上來說是這樣。那天午飯時有點殺風景，愛蜜麗生性易於激動、神經緊張。她有時會和莉莉姨婆吵架。」

「她們吃午飯時吵架了嗎？」

「是的。莉莉姨婆動輒對小事發怒，老愛無事生非，然後就唇槍舌劍一番。愛蜜麗會信口胡說一些她根本不會當真的話——說什麼她要離開這裡，再也不回來了；說她氣得吃不下飯什麼的一堆傻話。莉莉姨婆說，愛蜜麗和她的丈夫最好及早收拾行李離開。但事實上，這些話根本不是當真的。」

「因為奎布崔先生和夫人根本就沒有能力收拾行李離開這裡？」

「哦，不只這些，威廉喜歡莉莉姨婆，他的確是。」

「不會剛好一天之內吵了好幾次吧？」

瑪德琳脹紅了臉。

「你是說我嗎？關於我想成為一名時裝模特兒的爭執？」

「你姨奶婆不同意？」

「是的。」

「你為什麼想去做時裝模特兒，瑪德琳小姐？你覺得那種生活很吸引人嗎？」

「不，只是無論做什麼也比在這兒無所事事住下去好。」

「嗯。那麼，現在你已經得到可觀的收入嘍？」

「哦！是的，現在情況大不相同了。」

她極其純樸地承認這一點。

他笑了笑，沒有繼續這個話題。相反地，他問道：「你的兄弟呢？他也和人吵架了嗎？」

「馬修？哦，不。」

「那就沒人能說他有什麼動機想除掉礙事的姨婆。」

他隨即覺察到她的臉上掠過一絲沮喪。

「我忘了，」他不經意地問道，「他欠了很多債，不是嗎？」

「是的，可憐的馬修。」

「不過，現在一切都沒事了。」

「是的，」她呼了一口氣。「現在可以鬆一口氣了。」

她依舊什麼言外之意也沒聽出來！他匆忙轉換了話題。

「奎布崔先生和夫人，還有你的兄弟，他們現在都在家嗎？」

「是的，我告訴過他們您要來，他們都急著想要幫忙。哦，愛德華爵士，不知怎地，我有種預感，也許您不會發現有什麼異常……也許我們與命案無關，終究，凶手是家庭成員之外的人。」

「我也許可以找出真相，但我可不會創造奇蹟，無法讓真相成為你所希望的那樣。」

「不能嗎？我覺得你什麼事都做得到……任何事。」

她離開了房間。他不安地想：「她說這話是什麼意思？她是想要我提供某種辯護嗎？是為了誰呢？」

這時，一個年約五旬的男子走進來，打斷了他的思路。他生就一副健壯的體格，只是背有些駝。他衣著不整、頭髮凌亂，看起來態度和藹，不過神情有些茫然。

「是愛德華·帕利澤爵士嗎？哦，您好，是瑪德琳要我來的。您想要幫助我們，我敢說，您一定是個好人，儘管我認為終究不會發現什麼，我是說，他們抓不到那個傢伙。」

「那麼，你認為是盜賊了……外人之類的？」

「喔，一定是這樣，不可能是家裡的人。如今的竊賊都很狡猾，他們像貓一樣很擅長攀爬，進出自如。」

「奎布崔先生，悲劇發生時，你人在什麼地方？」

「我正在忙我的郵票，就在樓上的小客廳裡。」

「你什麼也沒聽到嗎？」

「沒有。不過話又說回來，當我全神貫注時什麼也聽不到。我真蠢，但情況就是這樣。」

「你說的客廳在這個房間的上方嗎？」

「不，在後面。」

門又開了。一個矮小的金髮女人走進來，她的雙手神經質地抽動著，看起來焦躁不安。

「威廉，你為什麼不等等我？我說過要你等一下的。」

「對不起，親愛的，我忘了。愛德華·帕利澤爵士——這是我妻子。」

「你好，奎布崔夫人。希望你不介意我到這裡來提幾個問題。我知道你們都急著想澄清這件事。」

「當然。但我沒有什麼可以奉告的……我能嗎，威廉？我當時睡著了，躺在我的床上，直到瑪莎尖叫時我才驚醒。」

她的雙手依舊在抽動著。

「奎布崔夫人，你的房間在什麼地方？」

「就在這間屋子上面。但我什麼也沒聽見，我怎麼聽得到呢？我睡著了。」

除此之外，他從她嘴裡再也得不到什麼訊息。她一無所知，什麼也沒聽到，因為她一直在睡覺。她用一種受驚女人的偏執反覆重申這一點，但愛德華爵士知道「受驚」才是——非常可能是——事情的真相。

他最後找了個藉口脫身，表示想問瑪莎幾個問題。威廉．奎布崔主動提議帶他去廚房。在門廳裡，愛德華爵士幾乎和一個正疾步向前門走去的高大黧黑的年輕人撞個滿懷。

「是馬修．沃恩嗎？」

「是的。不過，聽著，我沒時間，我有個約會。」

「馬修！」樓上傳來他姐姐的聲音。「哦！馬修，你答應過……」

「是的，姐姐。但現在不行，我得去見一個人。而且，無論如何，一遍又一遍談論這件該死的事情有什麼用？我們跟警方已經談夠了，我對這些事情煩透了。」

大門砰地一聲關上。馬修．沃恩已經走了。

愛德華爵士被領進廚房。瑪莎正在熨衣服。她停下手裡的工作，手裡還抓著熨斗。愛德華爵士隨手把門關上。

「沃恩小姐要我幫她的忙，」他說，「希望你不反對回答我幾個問題。」

她看著他，隨後搖了搖頭。

「不是他們幹的，先生。我知道你在想什麼，但根本不是這麼回事。他們是我所見過最好的紳士淑女。」

「這點我並不懷疑。但是，你知道，光說他們的好，並不能稱之為證據。」

「也許不能，先生。法律真是可笑。但是我們的確有證據……如你所說的，先生。他們當中如果有人動手，我不可能不知道。」

「可是你真的……」

「我知道我在說些什麼，先生，喂，你聽那個……」

「那個」是指他們頭上發出的吱嘎聲。

「樓梯，先生。每當有人上下樓時，無論你走路多麼小聲，樓梯就會發出刺耳的吱嘎聲。奎布崔夫人當時躺在床上，奎布崔先生正在翻弄他那些可憐的郵票，而瑪德琳小姐又在樓上操作縫紉機。如果他們三個當中有一個下樓來，我當時應該知道。但他們並沒有！」

她說話時那種深信不疑的樣子打動了律師。他想：「一個出色的證人，她的話很有分量。」

「可是，你也許並未注意到。」

「不，我會的。可以這麼說，即使不想去注意，我也會注意到。就像當門關上，有人出去時，你一定會注意到一樣。」

愛德華爵士換了個問題。

「也許你可以證明三個人不在場，可是，還有第四個人。當時，馬修·沃恩先生也在樓上嗎？」

「不在，可是，他在樓下的小房間，就在隔壁。他當時正在打字。從這裡可以清晰地聽到，他的打字機片刻未停……片刻未停，先生，我可以發誓。那是討人厭的、煩人的劈劈啪啪的打字聲。」

愛德華爵士停頓了片刻。

「是你發現受害者的，對吧？」

「是的，先生，是我。她可憐的頭髮上沾滿了鮮血，躺在那兒。由於馬修先生打字機的劈啪聲，我們什麼聲音也沒聽到。」

「你能確定沒有人走進她的房間？」

「先生，他們怎能進她房間又不讓我知道呢？這裡的門鈴會響，而且，只有一扇門。」

他盯著她的臉。

「你喜歡奎布崔小姐嗎？」

她的臉上泛起真實且顯而易見的潮紅色。

「是的，我的確很喜歡她，先生。對於奎布崔小姐……哦，反正我已經上了年紀，現在也不介意提起這件事了。當我還是一個女孩時，先生，我遇到了麻煩，而奎布崔小姐保護了我，讓我重新為她服務，她這麼處理，直到麻煩結束。我可以為她去死……我真的願意這麼做。」

愛德華爵士聽出其中的真摯。瑪莎是真誠的。

「就你所知，沒有人走近房門？」

「根本不可能有人來過。」

「我是說就你所知。不過，如果奎布崔小姐當時是在等待某人，而且親自為對方開門的話……」

「哦！」瑪莎看起來吃了一驚。

「我想，這是可能的？」愛德華爵士旁敲側擊地問道。

「這有可能，是的，不過應該不大可能，我是說……」

她顯然感到震驚。儘管她無法否認，但她的確想要否認。為什麼？因為她知道另有隱情嗎？家裡的四個人之一有罪，而瑪莎是要庇護那個有罪的當事人嗎？樓梯當時是否發出了吱嘎聲？是否有人偷偷下樓來，而瑪莎知道那個人是誰？

她本人是誠實可靠的……愛德華爵士確信這一點。

他望著她，依舊堅持己見。

「我想，奎布崔小姐當時的確有可能這麼做，那個房間的窗戶正對著大街。她可以從窗戶裡看見她正在等待的人，然後走到門廳，讓那個男人或女人進來。她甚至希望別人不會看見這個人。」

瑪莎看起來心煩意亂。最後，她勉強說道：「是的，先生，也許你是對的。我從未考慮到這一點，絲毫沒想到她可能正在等待一位紳士，是的，這是有可能的。」

她似乎開始接受這項假設。

「你是最後見到她的人，對吧？」

「是的，先生。我收拾完茶點後，就把單據和剩下的零錢交給她。」

「她拿給你的是五英鎊面值的紙鈔嗎？」

「只有一張五英鎊的鈔票，」瑪莎的聲音裡透著震驚之情。「單據上的數目從未高於五英鎊，我一向小心謹慎。」

「她把錢放在什麼地方？」

「我並不十分清楚，先生。依我看，她都隨身帶著，就放在她的黑色天鵝絨手提包裡。不過，當然她也可能把錢放在臥室的抽屜裡，然後鎖上。她總喜歡把東西都鎖起來，儘管她總是把鑰匙弄丟。」

愛德華爵士點點頭。

「你知不知道她有多少錢……我是說，有多少張五英鎊的鈔票？」

「不，先生，我說不出確切的數目。」

「而且她也從未向你提起什麼事情，可以讓你以為她在等什麼人嗎？」

「沒有，先生。」

「你非常確定嗎，她當時究竟是怎麼說的？」

「喔，」瑪莎考慮了一下。「她說肉販都是惡棍和騙子，還說我多買了四分之一磅的茶葉，她還說奎布崔夫人不愛吃人造奶油純粹是胡說，還說她不喜歡我替她找回的六便士硬幣當中的一枚——那是一枚新硬幣，上面有橡樹葉——她說它不好用，我費了好大氣力才讓她接受。她還說，哦，她說魚販送來的是黑線鱈魚，而不是牙鱈，又問我是否跟魚販講清楚了，我說是的……真的，我想就是這些了，先生。」

瑪莎的言辭讓死者的形象清晰地浮現在愛德華爵士眼前，即便是再詳盡的描述也沒這麼活靈活現。他漫不經心地問道：「她是位不大容易討好的女主人，呃？」

「有點愛挑剔。不過，可憐的人兒，她並不經常外出，總是把自己關在家裡，於是不得不找些事情開心。雖然她很挑剔，但心腸很好，凡是上門來的乞丐，沒有一個空手而回。她也許很挑剔，但她真的是一位慈愛的女士。」

「我很高興，瑪莎，她在去世後還有人懷念她。」

老僕人屏住了呼吸。

「你是說……哦，可是，他們都喜歡她，是真的，在內心深處。雖然他們不時與她發生爭吵，但這並不意味著什麼。」

愛德華爵士抬起頭來。屋頂上發出吱嘎聲。

「是瑪德琳小姐在下樓。」

「你怎麼知道？」他突然向她提問。

老婦人脹紅了臉。

「我聽得出她的腳步聲。」她喃喃說道。

愛德華爵士疾步離開了廚房。瑪莎是對的。瑪德琳剛剛走下樓梯，她滿臉期望地看著他。

「目前的進展不大。」愛德華爵士說，算是回應了她的目光，隨後他又補充了一句：「你知不知道你姨婆遇害那天收到了哪些信件？」

「它們都還在。當然，警方已經都檢查過了。」

她在前面領路，走進一間大型的兩用客廳。她打開抽屜的鎖，從裡面取出一個黑色天鵝絨製成的大手提包，上面還帶有一個老式的銀扣子。

「這是姨婆的手提包，這裡的一切都和她遇害那天一模一樣。我保留了它的原狀。」

愛德華爵士向她表示感謝，隨後將手提包中的東西倒在桌上。他心想，就一個脾氣古怪的老小姐會使用的包包而言，這個手提包算得上是個典型的樣本。

手提包裡有些剩餘的銀幣、兩個小薑餅、三份有關喬安娜・索斯科的花邊新聞剪報、一首描寫失業的歪詩、一份老莫爾年鑑、一大片樟腦、幾副眼鏡和三封信、一封署名「表妹露西」寄來的字體細長的信、一張修理手錶的帳單，以及一家慈善機構的呼籲文件。

愛德華爵士仔仔細細查看每件物品，然後把手提包重新裝好，遞給瑪德琳。最後，他嘆了口氣。

「謝謝你，瑪德琳小姐。恐怕這裡面沒有什麼重要的線索。」

他站起身，表示從窗戶可以清楚俯瞰到大門的台階。然後他握住瑪德琳的手。

「你要走了嗎？」瑪德琳說。

「是的。」

「可是這……這一切都會沒事嗎？」

「從事法律工作的人從不輕易下結論。」愛德華爵士莊重地說，隨後便告辭了。

他走在街上，陷入沉思中。謎團就在他的手中，他卻解決不了，還需要一樣東西……某件小事，只需指明一下方向就行了。

有隻手在他肩膀上拍了一下，害他吃了一驚。原來是馬修・沃恩，他有些氣喘吁吁。

「我一直在追你，愛德華爵士。我想為我半小時前的粗魯舉止向你道歉。不過，其實我是世界上脾氣最好的人。你能過問這件事真是太好了，想知道什麼事情請隨便問，如果我能幫得上忙的話……」

突然間，愛德華爵士挺直了身體，目光緊緊盯著……不是馬修，而是街道的對面。馬修有些不知所措，又重複道：「如果我能幫忙的話……」

「你已經幫了我的忙，親愛的年輕人，」愛德華爵士說，「在這個特別的地方攔住我，讓我的注意力集中在我原本可能會錯過的一件事情上。」

他用手指了指街對面的一家小餐館。

「『二十四隻畫眉鳥餐館』？」馬修困惑地問道。

「正是。」

「它的名字有些古怪，不過我想你在那兒總能吃到像樣的菜。」

「我可不想冒險去嘗試。」愛德華爵士說，「朋友，我比你早離開托兒所，不過，我對於兒時的童謠可能記得更清楚。如果我沒記錯的話，有一首童謠是這樣的：『唱首六便士之歌，一只裝滿黑麥的口袋；二十四隻畫眉鳥，在餡餅裡被烘烤……』諸如此類，其餘的就無關緊要了。」

他猛地轉過身。

「你去哪兒？」馬修．沃恩問道。

「回你家，我的朋友。」

他們無聲地往回走，馬修．沃恩狐疑地瞧著愛德華。

愛德華爵士走進屋裡，大步走到一個抽屜跟前，拿出天鵝絨手提包並把它打開。他看看馬修，年輕人不情願地離開了。

愛德華爵士把銀幣倒在桌子上，然後點點頭。他沒記錯。

他站起來，按響了鈴，一邊把一樣東西塞進手裡。

聽到鈴聲，瑪莎走了進來。

「告訴我，瑪莎，如果我沒記錯的話，你曾經和過世的女主人為了一枚六便士的硬幣發生了小小口角。這裡有兩枚六便士的硬幣，但它們都是老式的。」

她迷惑地盯著他。

「你明白這意味著什麼嗎？那天傍晚的確有人來過這個房間——你的女主人給了對方六便士……我想她給他六便士是為了換取這個……」

他迅速把手向前一伸，取出那首描寫失業的打油詩。

只瞧上一眼，她就什麼都明白了。

「遊戲結束了，瑪莎你瞧，我明白了。你不如把事情的始末都告訴我吧。」

她跌坐在椅子上，淚水從臉上簌簌落下。

「的確，的確……門鈴無法正常出聲，當時我不太確定，於是覺得最好還是去看看。我走到門邊時，他正把她擊倒。一捲五英鎊的鈔票就在她面前的桌上……就是看到這些錢，並以為她是獨自在家，才使得他這麼做……因為是她親自來給他開的門。我喊不出聲音來，整個人都癱倒了，這時他轉過身來，我看到他正是我的兒子……

「哦，他一向是個壞孩子。我總是盡可能把我的錢都給他，他蹲過兩次監獄。他一定是來看我的，那時，奎布崔小姐看到我沒去開門，就自己去了。他吃了一驚，拿出一張描寫失業的傳單。慈善的女主人讓他進來，取出六便士，而這時候，那捲鈔票依舊像我給她零錢時一樣，還放在桌上。沒想到魔鬼上身，他走到她身後，就把她擊倒了。」

「然後呢？」愛德華爵士問道。

「哦，先生，我能怎麼做呢？我自己的骨肉。他的父親很壞，那也就隨他去了……但他是我的親兒子啊，我把他推出屋外，返身走回廚房按時準備晚飯。你認為我非常邪惡嗎，先生？當你問我問題時，我只能盡量不撒謊。」

愛德華爵士站起來。

「可憐的女人，」他動情地說，「我真為你難過。然而你知道，法律自有公斷。」

「他已經逃離這個國家了，先生。我也不知道他現在人在哪裡。」

「那麼，也許他可以逃離絞刑架，不過你別指望他能永遠逍遙法外。請你叫瑪德琳小姐來見我。」

當他詳述事情的來龍去脈之後，瑪德琳小姐說：「哦，愛德華爵士，你實在太棒了，真是太出色了。你救了我們。我該怎麼謝你呢？」

愛德華爵士俯身朝她一笑，輕拍她的手，此刻他簡直就是個偉人。小小的瑪德琳當年乘坐西盧里克號從美洲歸來時，可真是楚楚動人。青春綻放的十七歲……真美妙！當然，如今她已是青春不再了。

「下次你需要朋友的時候……」他說。

「我會直接去找你。」

「不，不，」愛德華爵士警覺地喊道，「我才不希望你這麼做，還是去找年輕人吧。」

他老練地擺脫那滿懷感激的一家人，叫了一輛計程車。當他跌坐在車上時，才大大鬆了一口氣。

即便是清新如朝露的十七歲魅力，也不見得能讓他動心。

這根本無法與汗牛充棟的犯罪學藏書室相提並論。

計程車掉頭駛入安娜女王小巷。

他的死胡同。

05

愛德華・魯賓遜的男子氣概

The Listerdale Mystery

「『比爾揮動著健壯的臂膀把她抱起來，緊緊地把她摟在懷裡，她重重地嘆了一口氣，伸出雙唇給了他一個連做夢都沒想到的吻……』」

愛德華．魯賓遜先生嘆了口氣。他放下手中的《當愛君臨天下》一書，凝視著地鐵列車窗戶，列車正在穿越斯坦姆弗德小溪。愛德華．魯賓遜心裡還在想著比爾。比爾絕對是那種女性小說家筆下所垂青的具有完美男性氣概的男人。愛德華羨慕他的肌肉、他粗獷英俊的面容，還有他熾烈的激情。他再次捧起書本，閱讀有關馬切薩．比安卡的那段描述。她的美貌令人傾倒，她的魅力令人陶醉，讓強壯的男人在她的面前就像九柱戲中的木柱一樣橫七豎八地倒下去，他們因為愛情而變得孱弱無助。

「當然，」愛德華自言自語道，「一派胡言，這種東西純粹是胡說，一定是。不過，不知道那……」

他的眼神中流露出惆悵之情。生活中哪有浪漫、冒險？真有令人陶醉、美貌動人的女子嗎？真有像火焰一樣能把人吞噬的愛情嗎？

「可是，我生活在現實中，這是事實。」愛德華嘆道，「我還是得像其他小夥子一樣過日子。」

但他轉念又想，整體說來，自己算是個走運的年輕人。他有理想的棲身之所——在一家生意興隆的公司擔任文書工作。他身體健康，沒人依賴他，而且他跟穆德訂了婚。

但是一想到穆德，他的臉就罩上了陰影。雖然他絕不會承認，但其實他是懼怕穆德的。

穆德，他愛她。是的，他依舊記得他們第一次見面時的情景，他從後面欣賞她從那件四英鎊十一便士的廉價短衫裡露出的雪白頸子。當時他在電影院裡坐在她的身後，和他同行的朋友認識她，就介紹他們相識。毫無疑問，穆德非常出色。她模樣俊俏，人很聰明，又極有淑女風範，而且她總是熟諳世事。人人都說，她是那種能夠成為賢淑妻子的類型。

愛德華不知道馬切薩．比安卡是否能夠成為這種賢妻。不知怎地，他有點懷疑這一點。他想像不出性感的比安卡，那紅紅的嘴唇、婀娜的身姿，如何能夠溫順地為充滿陽剛之氣的比爾縫鈕扣。不，比安卡屬於浪漫故事，而眼前則是現實生活。他與穆德在一起會很幸福。她的知識那麼豐富……

但是，他依舊希望她不是這麼……嗯，尖刻，老愛動輒責罵他。

當然，她這麼做完全是她的精明與常識使然。穆德十分通曉事理。愛德華平常多半也很明白事理，只是有的時候……比如，他曾經想要在今年聖誕節結婚。而穆德則說，再等一段時間會明智得多……也許一兩年再說。他的薪水不多。他曾經想要送給她一枚昂貴的戒指，但她被嚇壞了，迫使他把它收回，換了一枚較便宜的戒指。她所具有的特點都是優點，只是愛德華有時倒希望她身上能多一些缺點，少一些美德。正是她的那些美德迫使他做出一些孤注一擲的事情來。

比如說……

由於負疚，一朵紅暈在他的臉上蔓延開來。他一定得告訴她，立刻告訴她，他的內疚感已讓他行為乖張。明天是三天連續假期的第一天，她曾建議他到她家與她的家人共度。而他卻以一種愚笨的方式、一種絕對會引起懷疑的方式從中脫身——他編了一個冗長的故事，說自己已經答應和他的一位鄉間朋友共同度過。他在鄉間根本沒有朋友。他有的只是滿懷的內疚。

三個月前，愛德華．魯賓遜和幾十萬個年輕人一道參加了某週報所舉辦的比賽。題目是要將十二個女孩的名字按照受歡迎的程度順序排列。愛德華當時就有一個絕妙的主意。他個人的偏好總是不同於一般大眾，這點他早在先前幾場類似的競賽中就注意到了，他先按照自己的意思排出十二個名字，然後，將這張名單頭尾顛倒、重新把它們寫下來。

結果揭曉時，愛德華答對了八個，被授予一等獎五百英鎊。這雖然算是運氣，但愛德華堅持認為這是他的「方法」奏效了，他感到十分自豪。

接下來的問題是：該怎麼花這五百英鎊？他很清楚穆德會說什麼。她會說：用它去投資，這對於將來是一筆不錯的預備金。當然，穆德很正確，這他心裡明白。但是，在比賽中贏錢的感覺是世上任何事情都無法比擬的。

如果這筆錢是作為遺產留給他，他倒情願把它捐給教會，權且充當皈依費用，要不就是購買英國政府發行的債券。然而僅僅動動筆桿就得來的錢，正如孩子手中的六便士一樣：「這都是你的了，來得容易花得快。」

在他每天去辦公室的路上，必定會經過一家精品車行。這家車行有一個難以置信的夢幻逸品：一輛小型雙座汽車，閃閃發亮的長形車頭上清清楚楚地標著價錢——四百六十五英鎊。

「如果我有了錢，」愛德華日復一日地對它說，「如果我有了錢，就把你買下來。」

而現在他即使算不上富有，至少也擁有一筆錢，足以實現夢想。那輛車，那輛熠熠生輝、誘人心魄的愛車，就是他的了，如果他願意付這筆錢的話。

他本打算把錢的事告訴穆德。只要他把這件事告訴她，就可以使自己免受誘惑。面對穆德的威儀與反對，他絕不敢固執己見。但是，碰巧是穆德自己促成了這件事。他帶她去看電影，而且買了最好的座位，她卻好心又堅定地數落他做的傻事——把好端端的錢都浪費了，竟花了三英鎊六便士買上座，她認為花兩英鎊四便士坐在後排一樣看得很清楚。

愛德華聽著她的指責，心中生起悶氣。穆德覺得她的話有了效果，便覺得心滿意足，她絕不讓愛德華這樣揮霍下去。她愛愛德華，但她也意識到他的弱點……她的任務就是去影響他，使他正確地行動、處事。她看著他蠕蟲一般的軟弱舉止，心裡感到十分滿意。

愛德華的確像是一隻蠕蟲。他像蠕蟲一樣轉過身子，依舊被她的言辭壓得喘不過氣來，然而也正是在這一刻，他下定決心要買那一輛車。

「去她的。」愛德華自言自語道，「平生第一次，我要做我喜歡的事。穆德大可以去管她自己的事情！」

第二天一早，他走進那家玻璃蓋成的宮殿。裡面停放著那些神氣的車子，它們的瓷釉與金屬閃爍著光芒。他帶著一種連自己都很意外的不在乎，買下了那輛車。買車似乎是世上最容易的事了！

他買下這輛車如今已經四天了。他開著車子四處遊蕩，表面平靜，內心卻沐浴在狂喜之中。迄今，他對穆德隻字未提。這四天裡，每天一到午飯時間，他就去接受教練指導，學習如何擺弄這個可愛的小東西，像個聰明的學生。

明天就是聖誕前夕，他得帶她到鄉間去。可是，他向穆德說了謊。如果必要，他還是會撒謊。他的身心全都被這個新東西占據了，對他而言，它就代表了浪漫、冒險以及他渴望然而從未獲得的一切。明天他將與愛車一道啟程，他們將在凜冽的寒風中疾馳，將倫敦的心悸與煩憂拋到腦後，到寬闊空曠的地方去……

儘管他自己並不知道，但此刻的愛德華，其實已經近乎一位詩人了。

明天……

他低下頭，看看手裡的書：《當愛君臨天下》。他笑著把書塞進口袋裡。汽車，馬切薩・比安卡的紅嘴唇，以及比爾非凡的英勇都攙雜在一起，明天……

天氣，對於那些指望它的人來說，天氣通常就像一個讓人難過的蕩婦。可是，第二天的天氣正合愛德華的心意。那種天氣正是他夢寐以求的：薄霜閃閃發亮，淡藍色的天空，橙色的太陽。於是，帶著滿懷的探險激情和不顧一切的魯莽，愛德華駕車駛出倫敦。他先是在海德公園角碰到了麻煩，隨後又在帕特尼大橋遇到了意外：變速器出了毛病，而煞車不時發出刺耳的尖鳴聲，其他司機的斥責聲向愛德華傾瀉而來。但對一個新手來說，他的表現還算不差。此刻，他正駛上一條司機們所鍾愛的寬闊公路。今天，這條路上沒有什麼阻塞。愛德華繼續向前開著，深為自己能主宰這樣一輛光彩照人的汽車而陶醉。他滿心歡喜地在寒冷的銀白世界裡疾駛而去。

這一天他欣喜若狂，先是在一家老式小旅店停車吃午餐，隨後又在這裡用下午茶。最後，他才相當不情願地回去……重新回到倫敦，回到穆德身邊，回到那些無可避免的解釋與指責中……

他嘆了口氣，思緒被打斷了。明天就由它去吧，他還有今天。還有什麼比這更讓人著迷的？車子在黑暗中疾馳，車燈搜尋著前方的道路。哦，這是最美妙的事情了！

他斷定自己已經沒有足夠的時間停車用晚餐。在黑暗中駕車需要小心謹慎。回倫敦的時間比他原先料想的更長。八點整，他駛過漢黑德，來到著名的景點「惡魔的潘趣酒碗」邊緣上。月光下，兩天前的降雪還未融化。

他停下車子，待在那兒瞪眼瞧著。如果他直到午夜才返回倫敦，又有什麼關係呢？就算他再也不回去了，又如何呢？他還捨不得馬上離開這裡。

他跳下車，向路邊走去。一條蜿蜒而去的小徑誘人地出現在眼前，愛德華無法抵擋美景的誘惑。接下來的半小時，他心曠神怡地漫步在一個冰天雪地的世界裡。他從來不知道世上有如此美麗的景致，而這是屬於他的，全都是他的，是他那忠實地在路邊等候的耀眼愛車給他的。

他又重新爬上路邊，鑽進車裡，一路駛去。剛才那種即使最平凡的人有時也會遇上的美景，依然讓他有種眩暈感。隨後，他嘆口氣，又回過神來。他把手伸進置物櫃裡，想拿那條他先前放在裡面的備用圍巾。

可是，圍巾不見了，置物櫃是空的。不，不完全是空的，有個扎手、堅硬的東西……像是小石子。

愛德華把手探到底。接著，他失神般地直直瞪大了眼睛。從他指間垂落而下的東西，像是月光在上頭撞擊出千百個火花的……是一條鑽石項鍊。愛德華瞪眼看了又看，千真萬確，這是一條可能價值數千英鎊的鑽石項鍊（因為都是大顆粒的鑽石），原來一直靜靜躺在置物櫃裡。

究竟是誰把它放在那兒？當然，在他離開鎮上時，項鍊還不在置物櫃裡。當他在雪原中漫步時，一定有人來過，然後蓄意把它塞進車裡。但為什麼呢？為什麼選擇他的車子？是否項鍊的主人弄錯了？或者，這項鍊也許是偷來的？

正當這些念頭在他的腦中飛過時，愛德華突然感到身體發僵，全身冰涼。這不是他的車子。

的確，這輛車很像是他的。它有同樣耀眼的深紅顏色……紅得就像馬切薩．比安卡的嘴唇，它也有同樣閃閃發亮的長形車頭，但是從其他上千個微小的痕跡中，愛德華意識到這不是他的車。儘管這是輛新車，閃閃發亮，可是車上有些星星點點的疤痕，而且還有一些儘管細微但絕對錯不了的磨損痕跡。那麼……

愛德華不再猶豫，他迅速掉轉車身。他並不擅長掉頭，倒車時總是倉皇失措，打錯方向盤。而且他常被困在油門與煞車之間，並產生災難性的後果。然而，他終究還是成功了，於是車子又筆直向山上嗚嗚開去。

愛德華記得，當時不遠處停著另外一輛車，只是他並未特別留意。他散完步往回走的時候，選擇的不是那條他先前去山谷裡散步時的路。他當時以為正對著路口的就是他的車。實際上，他的車子必定是另外一輛。

大約十分鐘後，愛德華又回到他當時停車的地方。但路邊一輛車子也沒有，這輛車的主人一定開著愛德華的車離開了……或許，對方也因為車子相似的外表而弄錯。

愛德華取出項鍊，茫然地讓它從指間滑過。

下一步該怎麼辦，開車去最近的警察局？解釋情況，遞上項鍊，再說出自己的車牌號碼。

他的車牌號碼究竟是幾號呢？愛德華想了又想，但無論如何就是想不起來。他感到身上發涼，心裡一沉。在警察局裡，他看上去會是個頭號大傻瓜。車號裡有個8，這是他唯一記得的，當然，這並不怎麼重要，至少……他不安地看著項鍊。設想一下，如果他們認為……噢，他們不會的，但他們也許還是會認為是他偷了車子和項鍊，怎麼辦？畢竟，想想看，正常人誰會把昂貴的鑽石項鍊漫不經心地塞進敞開的置物櫃裡？愛德華跳下車，走到車子後面。車牌號碼是XR10061，除了這絕對不是他的車牌號外，這個數字對他毫無意義。隨後，他又有條不紊地搜遍了置物櫃，終於找到一張紙條，上面用鉛筆寫著一些字。借助車燈的光亮，愛德華很容易地讀出上面的字：「來葛雷恩找我，索特街拐角處，十點。」

他記得葛雷恩這個地名。這天稍早，他曾在路邊一根柱子上見過這名字。接著，他決定要到葛雷恩村，找到索特街，去找那個寫紙條的人，把情況當面解釋一下。這麼做比在當地警察局裡當個傻瓜要強多了。

他幾乎是興高采烈地開車離去。這件事非比尋常，鑽石項鍊讓它令人激動又神祕莫測。在尋找葛雷恩時，愛德華頗費了些周折，而要找到索特街更不容易。但在敲門喚醒了兩戶村民以後，他終於成功了。

他小心翼翼地沿著一條狹窄的道路行進，一邊仔細留意路的左邊，村民們告訴他，索特街在這邊分岔。可這時距離約定的時間已經過了幾分鐘。

他轉過一個拐角，突然出現在那條街上。當他停車時，一個人從黑暗中走上前來。

「總算來了！」一個女孩的聲音喊道，「吉洛德，你怎麼這麼久才來！」

她說著說著走到車前，車燈照在她的身上，愛德華屏住了呼吸。她是他所見過最光彩奪目的生靈。

她很年輕，漆黑的頭髮，鮮紅的嘴唇，身上厚厚的斗篷敞開著。愛德華看到她穿著晚禮服，那是一套火焰般的緊身連衣裙，勾勒出她完美的體態。她的脖子上還戴著一串精美的珍珠項鍊。

突然，這個女孩吃了一驚。

「噢，」她喊道，「你不是吉洛德。」

「不是。」愛德華匆忙說道，「我得解釋一下。」他從口袋裡掏出鑽石項鍊，拿到她的面前。「我叫愛德華……」

他沒說下去，因為這個女孩拍拍雙手，打斷了他。

「哦，你是愛德華！我非常高興，但那個傻瓜吉米在電話裡告訴我，他會派吉洛德開車來。你能來，這真夠冒險的。我太想見到你了，記得我六歲之後就再也沒見過你。我看你已經拿到了那條項鍊，村裡的警察也許會過來瞧瞧它。啊，這裡冷得像冰一樣。讓我上車。」

猶如夢境一般，愛德華打開了車門。她輕盈地跳上車，在他旁邊坐下。她的毛皮衣服掃過他的面頰，一股難以捉摸的氣味——像是雨後紫羅蘭的氣味——直刺他的鼻孔。

他沒有計畫，甚至沒有清晰的思維。瞬間，下意識地，他屈從於冒險的欲望。她稱呼他愛德華……如果他是另外一個愛德華又有什麼關係呢？她不久就會知道他的真實身分。同時，還應該讓這齣戲繼續演下去，他踩下油門，輕快地駕車離去。

過了一會兒，女孩笑了起來。她的笑聲正如她本人一樣迷人。

「顯然，你對汽車不是很在行。我想你在外面沒有車吧？」

愛德華心想，不知道「外面」是指什麼地方？他大聲說：「不是很在行。」

「還是讓我來開車吧，」女孩說，「在我們重新駛上幹道之前，在這些小巷裡找路可是件棘手的事。」

他欣然讓位給她。不久，他們在夜色中嗡嗡穿行的速度與莽撞，都讓愛德華暗自吃驚。她向他扭過頭來。

「我喜歡開快車。你呢？你知道，你一點也不像吉洛德。沒有人會把你們當成兄弟。你和我想像的也完全不同。」

「我想，」愛德華說，「是我過於平凡了，是這樣嗎？」

「不是平凡……而是特別。我不了解你，可憐的吉米怎麼樣了？我想，他一定是牢騷滿腹吧？」

「哦，吉米挺好。」愛德華敷衍道。

「這麼說可真是四兩撥千斤，但他並不走運，剛剛扭傷了腳踝。他把整個事情跟你說了嗎？」

「他隻字未提，我全被蒙在鼓裡，希望你能告訴我。」

「哦，這件事就像一場夢。吉米從前門進來，男扮女裝，穿著他女朋友的衣服。我等了他一兩分鐘，隨後爬上窗台。艾尼絲．蘿拉的女僕正在為她整理衣服珠寶和其他東西。突然，有人在樓下大喊一聲。爆炸聲響起，人們大喊救火。女僕衝了出去，我跳進房間，抓起項鍊，閃電般衝下樓，然後走小路穿越「魔鬼的潘趣酒碗」離開那裡。我把項鍊和該在什麼地方接我的紙條順手塞進置物櫃。然後，我回到旅館去見路易絲，當然，我事先換下了防雪靴，這是我不在場的最好證明，她根本不知道我外出過。」

「那吉米呢？」

「哦，你應該比我更清楚。」

「但他什麼都沒對我說。」愛德華從容地說道。

「哦，在嬉鬧時他被裙子絆了一下，把腳扭傷了。他們不得不把他抬上車，讓蘿拉的司機開車送他回家。想像一下，如果當時司機湊巧把手伸進置物櫃裡，不知道會發生什麼事呢！」

愛德華和她一起笑了，但他的心裡一片慌亂。現在他多少知道了些許狀況。蘿拉這個名字他隱約感到耳熟……這是個和「富有」連在一起的名字。眼前這個女孩，還有一個未曾謀面的叫作吉米的男子，密謀竊走這串項鍊，並且得手了。因為腳踝受傷，而且有蘿拉的司機在場，吉米在打電話前沒時間去看置物櫃……或許根本沒想到要去看。但幾乎可以肯定的是，另外一個未謀面的吉洛德要是有機會就會這麼做，屆時，他就會發現愛德華的圍巾！

「做得好。」女孩說道。

一輛電車從旁邊一閃而過，他們已經到達了倫敦市郊，並穿梭於往來的車流中。這個女孩是個出色的司機，但她太冒險了！

十五分鐘後，在寒氣逼人的氣候下，他們在廣場中央那座宏偉的庭院前停下車來。

「在我們去麗森夜總會之前，」女孩說，「我們可以先換一下衣服。」

「麗森夜總會？」愛德華詢問道。他幾乎是滿懷敬意地提到那家著名的夜總會。

「是的，吉洛德沒告訴你嗎？」

「沒有。」愛德華嚴肅地說，「那我的衣服呢？」

她皺了皺眉。

「他們什麼都沒告訴你嗎？我們會把你裝扮起來的，這件事我們一定得做個徹底。」

一位神情莊重的管家打開門，站在一邊讓他們進屋。

「小姐，吉洛德．錢尼斯來過電話。他非常著急，想要和您通話，但他不肯留言。」

我敢說，他一定急著跟她通電話，愛德華心想，無論如何，我現在知道自己的全名了：愛德華．錢尼斯。但她又是誰？他們稱她小姐。她為什麼要偷別人的項鍊？是為了償付打橋牌欠下的債務嗎？

在他偶爾從報紙上讀到的法文長篇連載小說裡，美麗高貴的女主角總是被橋牌債務逼得走投無路。

那位神情莊重的管家把愛德華領到一邊，交給一個態度平和的男僕。十五分鐘後，他在大廳裡再次見到女主人，他身著薩維爾．羅依服裝店縫製的華麗晚禮服，再合身不過了。

天哪！多開心的一個夜晚！

他們開車去著名的麗森夜總會。像別人一樣，愛德華也曾讀到有關它的一些醜聞，說是只要是有頭有臉的人物，遲早會在這裡出現。愛德華唯一擔心的是認識本尊的人會出現。他安慰自己也許本尊早已離開英格蘭好些年了。

他們坐在靠牆的一張小桌旁邊，啜飲著雞尾酒。雞尾酒！對於純樸的愛德華來說，它就代表著放蕩的生活。那個女孩裹著一條縫製精美的披巾，漠然地喝著杯裡的酒。突然，她取下肩上的披巾站起身來。

「我們跳舞吧。」

現在愛德華所能做的只是跳舞。昔日當他與穆德走進舞池攜手共舞時，那些舞技較差的人們都靜靜站著，滿懷豔羨地旁觀。

「我差點忘了，」女孩突然說，「項鍊呢？」

她伸出手來。愛德華已全然心醉神迷。他把項鍊從口袋裡取出來交給她。讓他驚異的是，她居然從容地把它戴在脖子上，隨後朝他迷人一笑。

「現在，」她柔聲說道，「我們跳舞吧。」

他們翩翩起舞。總之，麗森夜總會裡再也看不到更曼妙的舞姿了。

一曲終了，當他們走向桌邊時，一位自命不凡、面有倨傲之色的老紳士向愛德華的舞伴打招呼。

「啊，諾琳女士，我總是見到你在跳舞！是的，沒錯。弗里奧上尉今晚也在這兒嗎？」

「吉米摔了一跤，他扭傷了腳踝。」
「真的嗎，怎麼回事？」
「唉，一言難盡。」
她笑著從他身邊走過去。
愛德華跟在後面，腦中飛速轉動著。現在他明白了。諾琳．艾略特女士，聞名遐邇的諾琳女士本人，也許是英格蘭人談論得最多的女孩。她以美貌、膽識出名——她是聰明的年輕社團的領導人，才剛與豪斯霍德騎兵隊的詹姆斯．弗里奧上尉宣布訂了婚。
但那條項鍊？他依舊無法理解那條項鍊一事。他得冒著洩漏自己身分的危險，他知道自己必須這麼做。
當他們再次就座時，他提到這件事。
「諾琳，這是怎麼回事？」他問，「告訴我為什麼？」
她臉上帶著一絲朦朧的微笑，眼睛望著遠處，依舊沉浸在舞蹈的魅力之中。
「我想，你很難理解這件事。對於同樣的事物，人會變得非常厭倦……總是一成不變。偶爾去尋寶歷險也許還好，但是很快一切又會習以為常，不再新鮮。偷竊是我出的主意。先花五十英鎊的入場費，然後抽籤。這是第三次了，吉米和我抽到了艾尼絲．蘿拉。你知道規則嗎？偷竊要在三天之內完成，而偷來的東西要在公眾場合佩戴至少一小時，否則你就輸掉賭注，並要罰款一百英鎊。吉米扭傷了腳踝真不走運，但我們贏得了所有賭注。」

「我明白了。」愛德華說道，深深吸了一口氣。「我明白了。」

諾琳突然站起身，圍上披巾。

「開車隨便帶我到什麼地方去，到碼頭，到讓人恐怖又激動的地方去。等一下！」她伸手取下頸上的項鍊。「這個最好你拿著，我可不想為了它而被謀殺。」

他們一起走出麗森夜總會。車子停在一條狹窄、漆黑的偏僻街道上。當他們轉過街角向車子走去時，另外一輛車停在路邊，一個年輕人跳下車來。

「謝天謝地，諾琳，總算找到你了。」他喊道，「真倒楣。那個愚蠢的吉米開走的是另外一輛車。天知道那條項鍊在什麼地方，我們把事情搞得一團糟。」

諾琳女士盯著他。

「你說什麼？我們已經得到項鍊了……至少愛德華拿到了。」

「愛德華？」

「是的。」她用手指一指身旁的人。

愛德華心想，我麻煩大了，十比一的勝率，原來這位就是吉洛德老弟。

年輕人盯著他看。

「你說什麼？」他緩緩說道，「愛德華還在蘇格蘭。」

「哦，」女孩喊了一聲。她盯著愛德華。「哦！」

她的臉上一會兒紅一會兒白。

「那你，」她低聲說，「是真正的盜匪嗎？」

只是瞬間，愛德華就明白了。女孩眼中流露出恐懼……還是……傾慕？他應該解釋一下嗎？不能這麼馴服！他要把這場戲演到底。

他彬彬有禮地鞠了一躬。

「我得謝謝你，諾琳女士。」他說，帶著公路搶匪的調調。「你讓我度過了一個非常愉快的傍晚。」他飛快地瞥了年輕人跳下的那輛車一眼。深紅色，車頭閃閃發亮，那正是他的車！「祝你們晚安。」

他縱身一躍跳上車，踩下油門。車子向前一顛，吉洛德站在那兒目瞪口呆，但那個女孩動作更為迅捷。當車子從身邊經過時，她縱身躍上車踏板。

「你得把項鍊給我！哦，你必須把它給我，我得把它還給艾尼絲．蘿拉。慷慨一點，我們一起度過了一個美好的夜晚，我們一起跳舞，我們是……朋友，你難道不願意把它還給我嗎？給我？」

一個美得令人陶醉的女人，這樣的女人……

而且，愛德華還巴不得丟掉這條項鍊，這是一個讓他故作慷慨狀的天賜良機。

他從口袋裡取出項鍊放在她伸出的手上。

「我們是……朋友。」他說。

「啊！」她的雙眼燃起熊熊烈火。

出人意料地，她朝他俯下頭。一瞬間，他抱住她，她的嘴唇貼著他的……隨後，她跳下車。深紅色的汽車向前一躍，疾駛而去。

浪漫！

冒險！

§

聖誕節這天中午十二點，愛德華．魯賓遜闊步走進克拉普翰一棟房屋的客廳裡，嘴裡說著「聖誕快樂」。

穆德正在重新整理樅樹枝葉，只是冷淡地和他打了聲招呼。

「和你的朋友在鄉間玩得開心嗎？」她問道。

「聽著，」愛德華說，「那是個謊言。我在比賽中贏了五百英鎊，用它買了一輛車。我沒有告訴你是因為我知道你一定會為此大吵大鬧。這是第一件事。我買下這輛車，關於它沒什麼好說的了。第二件事就是……我不想再閒晃下去了。我的前途大好，我想下個月娶你，明白嗎？」

「哦！」穆德微弱地說。

這是……這會是……愛德華？他竟以這種主人派頭對她說話？

「你願意嗎？」愛德華說，「願意還是不願意？」

她盯著他，被鎮住了。她的眼裡滿是敬畏與欽佩，繼而看到這種神色讓愛德華陶醉，那種使他惱怒的慈母般的寬容已經一去不返了。

昨晚，諾琳也是這麼盯著他看。但諾琳已經遠去，和馬切薩·比安卡並肩消失在浪漫之鄉，眼前才是現實，穆德才是他的女人。

「願意還是不願意？」他重複一遍，向前邁了一步。

「願……願意。」穆德支吾著說，「可是，愛德華，你怎麼了？你今天和以往很不一樣。」

「是的。」愛德華說，「我當了二十四小時真男人，而不是一條蟲。而且，老天啊，這的確值得！」

他把她擁在懷裡，簡直就像超人比爾那樣。

「你愛我嗎，穆德？告訴我，你愛我嗎？」

「哦，愛德華！」穆德喘著氣。「我愛慕你……」

06

意外

The Listerdale Mystery

「……我告訴你，這是同一個女人，千真萬確！」

海多克船長盯著朋友那張急切、激動的面孔嘆了一口氣。他真希望伊文斯別這麼肯定，別這麼興高采烈。在海上生涯中，這位老船長已經學會不去管那些與己無關的事。但是，他的朋友伊文斯——退休的蘇格蘭警場刑事調查部警官，生活哲學則全然不同。他早期的格言是「依照收到的情報行事」，而他又據此修改，變成自己去找出所需資訊。伊文斯曾是一個思維敏捷、頭腦清醒的警官，也理所當然獲得提升。即使他現在已經退休，並在夢想中的鄉間村落定居，但他的職業本能依舊活躍著。

「我通常不會忘記一個人的容貌。」他自負地重申。「安東尼夫人……是的，就是安東尼夫人。當你提到梅羅迪恩夫人時，我立刻就想到她。」

海多克船長不安地挪動了一下身子。梅羅迪恩一家人是他除了伊文斯之外最親近的鄰居，把梅羅迪恩夫人跟先前轟動一時的女主角連在一起，這讓他感到困擾。

「那是很久以前的事了。」他輕聲說道。

「九年了。」伊文斯說，準確一如以往。「九年零三個月，你還記得那個案子嗎？」

「隱約記得。」

「最後安東尼被證明有服用砷化物的習慣。」伊文斯說道，「所以，他們把她放了。」

「嗯，難道他們不該這麼做嗎？」

「根本就沒道理。只是，這是他們根據事證所能做出的唯一裁決。那是正確的。」

「這就對了，」海多克說，「我不明白為什麼我們要多管閒事。」
「誰在多管閒事？」
「我想是你。」
「根本不是。」
「那件事已經結束了。」船長總結道，「如果梅羅迪恩夫人曾一度不幸地因謀殺罪而受審，而最後又被無罪釋放的話……」
「一般而言，無罪獲釋算不上是什麼不幸。」伊文斯插話道。
「你知道我的意思。」海多克船長生氣地說，「如果這位可憐的女士已經度過她的痛苦經歷，我們沒必要舊事重提，對吧？」
伊文斯沒吭氣。
「算了，伊文斯。這位女士是無辜的……你剛才還這麼說。」
「我並沒有說她是無辜的，我只是說她被無罪釋放。」
「這還不是一樣。」
「並不總是一樣。」
海多克船長剛才還在椅子的側背上磕敲菸斗，這時卻停了下來。他坐直身子，臉上流露出警覺的表情。
「喂，喂，」他說，「事情的確就是這樣，不是嗎？你不認為她是無辜的嗎？」

「我並沒有這麼說，我只是……不知道。安東尼有服用砷化物的習慣，而他的妻子則為他取得砷化物。某天，由於疏忽，他服用了過量的砷化物。這究竟是他，還是他的妻子的過錯？沒人知道。而陪審團在缺乏證據的情況下又合乎情理地推定她無罪，這是完全正確的，我無可挑剔。只是，就像從前一樣，我想知道事情的原委。」

海多克船長再一次將注意力轉移到菸斗上。

「嗯，」他輕鬆地說，「這不關我們的事。」

「我可不敢這麼確定。」

「但是的確……」

「聽我說。梅羅迪恩今天傍晚還在他的實驗室裡擺弄實驗，你記得……」

「當然。他提到了馬什試砷法，還說你精通這個——這是你的老本行——然後就格格格地笑。如果他當時動動頭腦，就不會那麼說了……」

伊文斯打斷了他。

「你是說，如果他當時知道的話就不會那麼說了。他們結婚有多久……你告訴我是六年？我敢打賭，他根本不知道妻子就是曾經惡名昭彰的安東尼夫人。」

「而且，當然我也不曾告訴他。」海多克船長繃著臉說。

伊文斯沒理會，只是接著說：「你剛才打斷了我。在進行馬什試砷實驗後，梅羅迪恩在試管裡加熱某種物質，他將金屬狀殘渣溶於水中，然後加入硝酸銀使之沉澱。這是氯酸鹽測試，一個簡單的小實驗。但我碰巧從一本放在桌上翻開的書中讀到這樣的文字：「硫酸分解氯酸鹽時會釋放出 Cl_2O_4，如果加熱，會發生劇烈的爆炸；所以混合物應該保存在涼爽處，並且少量使用。」

海多克盯著他的朋友。

「嗯，這又怎麼樣？」

「說到實驗，做我們這行也做實驗……謀殺實驗。我們得把事實累積起來，加以權衡，當你考慮過證人的偏見和不準確之後，就分析殘渣。但是，還有另一類謀殺實驗，它相當精確，卻極其……危險！謀殺犯很少會滿足於一起犯罪。如果有時間又不被懷疑的話，凶手會繼續下手。比方你抓了一個人，不確定他是否謀殺了他妻子，也許在此案當中，他看起來不像有罪，這時看看他過去的歷史……如果你發現他有過好幾個妻子，而且我們假設她們全都死了，死得相當可疑，這意味著什麼呢？這時你就明白了！你知道，我不是從法律的角度來看。我談的是一種情理上的邏輯。一旦你明白了這點，就可以去著手找證據了。」

「然後呢？」

「我正要談到這一點。如果有過去的事蹟可供探究還算好辦，但假設你抓到的是初犯呢？那麼，這種方法就沒用了。但假設囚犯被無罪釋放，然後改名換姓重新開始新生活。那麼，此人是否會重新犯罪呢？」

「這個想法真可怕！」

「你還能說這不關我們的事嗎？」

「是的，我還是覺得梅羅迪恩夫人是無辜的，你沒有理由把她想像成凶手什麼的。」

這位退休警官沉默了片刻，隨後緩緩說道：「我告訴過你，我們曾調查她的過去，但一無所獲。其實並非完全如此。她有過一個繼父，十八歲時，她喜歡上一名男子，而她繼父強迫拆散了他們。有一次，她和繼父沿著懸崖上一段相當危險的路段散步。意外發生了……她的繼父走得距離邊緣太近，腳下的泥土塌了，他從懸崖上摔下去而喪命。」

「你該不會認為……」

「這是一起意外。意外！安東尼服用砷化物過量也是一起意外。要不是有人透露還有另一個男人——順便說一句，他溜走了——她根本就不會受審。看起來即使陪審團滿意了，她也不會滿意。告訴你，海多克，只要有她出現的地方，恐怕就會發生另外一起……意外！」

老船長聳了聳肩。

「那件事距今九年了，如今怎麼還會發生另外一起你所說的『意外』呢？」

「我沒有說現在馬上就發生，我是說某一天……如果有足夠的動機出現的話。」

海多克船長聳聳肩。

「哦，我不知道你怎能防範這一點。」

「我也不知道。」伊文斯沉思著說。

「最好還是別插手。」海多克船長說，「管別人的閒事向來就沒有什麼好結果。」

但是，這項建議不對這位退休警官的胃口。他很有耐心，更有決心。和他的朋友分手之後，他信步朝村子裡走去，心裡還在盤算著他的行動能否成功。

在郵局買郵票時，他碰巧遇到他要找的人：喬治．梅羅迪恩。這位退休的化學教授身材矮小，看上去猶如在夢中。他態度溫和友善，總是心不在焉。他認出伊文斯，和藹地與他打招呼，一邊俯身去拾撿由於感到驚訝而掉落在地的信件。伊文斯也彎下腰來，他的動作比對方更迅速，率先拿到了信件。他一邊道歉，一邊把信件還給主人。這時，他飛快地瞥了一眼那些信件，最上面那封信的地址重新喚起了他的疑心。那上面是一家著名保險公司的名字。

一瞬間，他下定了決心。當純樸的喬治．梅羅迪恩還一頭霧水時，他已經和這位退休警官一起在村子裡散步了。也許讓他更迷糊的是，不知怎地，話題就轉到了人壽保險上。

伊文斯不費吹灰之力就得到自己所需要的資訊。梅羅迪恩主動表示，為了妻子的利益，他剛剛投保壽險，還詢問伊文斯對於這家公司的看法。

「我做過一些很不明智的投資，」他解釋說，「所以我的收入減少了。如果將來我發生了什麼事，我的妻子會很落魄。這項保險應該可以提供保障。」

「她不反對你投保嗎？」伊文斯漫不經心地問道，「有些女士會反對，你知道吧，她們覺得不吉利，諸如此類的。」

「哦，瑪格麗特這人很實際。」梅羅迪恩微笑著說，「一點也不迷信。事實上，我想這本來就是她的主意。她不想我為她擔憂。」

伊文斯得到他想要的資訊。沒多久，他和喬治分手，嘴唇緊緊繃著。故去的安東尼先生就是在死前幾週投保有利於妻子的壽險。

伊文斯已經習慣於依賴直覺。他的心中深信不疑，但如何行動則是另一回事。他不想當場緝凶，而是想要阻止犯罪，這就迥然不同，也困難得多。

整個白天他都在苦思冥想。當天下午，在本地鄉紳的住所將要舉行一場報春花聯盟慶祝會。他也動身前往，他參加「一便士遊戲」，猜測豬的體重，躲避擲來的椰子，臉上卻始終一副心不在焉的模樣。他甚至還花了半克朗去參加水晶球占卜。問卜時，他朝自己笑了笑，想起自己退休前違抗算命先生預言的種種舉動。

他並沒有十分留意她低沉的嗡嗡聲，直到最後一句話才引起他的注意。

「不久後，的確是不久後，你會遇到一件生死攸關的事……事關某人的生死。」

「哦，你說什麼？」他唐突地問道。

「一個決定，你得做出一個決定，必須非常小心！非常、非常小心……如果你犯了錯，一個最小的錯……」

「怎麼樣？」

算命者顫抖起來。伊文斯警官知道這是一派胡言，但無論如何他還是被深深打動了。

「我告誡你，千萬別犯錯。否則，我已清楚地預見到結果……死亡。」

怪誕，真怪誕。死亡。想想她的這些預言！

「如果我犯了錯誤就會死。是這樣嗎？」

「是的。」

「如果這樣，」伊文斯說著站起身來，遞過半克朗說道：「我絕對不能犯錯。呃？」

他語調很輕鬆。然而，當他走出帳篷時，卻緊繃著下巴，臉上一副堅決的神情。說來容易，但做起來可沒那麼簡單。他千萬不能犯錯。生命，一條脆弱的生命就倚仗它了。

但是沒人能夠幫他。他看了看遠處海多克的身影。從他那兒得不到幫助。「莫管閒事」是他的座右銘。而這一點在這件事上是行不通的。

海多克正在跟一個女人談話。那女人別過海多克向伊文斯走來。警官一眼認出了她。那正是梅羅迪恩夫人。他一時衝動，故意擋住了她的去路。

梅羅迪恩夫人長得相當漂亮，有著寬寬的眉毛，一雙美麗動人的棕色眼睛，臉上流露著沉靜的神情。她看起來就像是義大利藝術家的聖母像，有過之而無不及：她的頭髮中分，鬈曲蓋在雙耳上，她的聲音深沉而略帶倦意。

她抬頭對伊文斯微笑，一種心滿意足、熱忱歡迎的微笑。

「我想你是，安東尼夫人，嗯，我是說……梅羅迪恩夫人。」他伶俐地說。

他故意犯了口誤，一邊偷偷觀察她的反應。他看到她睜大眼睛，聽到她的呼吸也急促起來。但是，她的目光並未猶豫，她堅定又自豪地盯著他。

「我在找我的丈夫。」她靜靜地說道，「你在附近見到他了嗎？」

「我剛才看見他在那個方向。」

他們朝著所指的方向肩並肩一路走去，一邊靜靜地、愉快地交談。警官心中的欽佩之情油然而生，好一個女人！這是怎樣的一種自制、鎮靜，好一個了不起的女人……又是一個危險的女人。他深信不疑，這是一個極其危險的女人。

他依舊感到很不自在，儘管他對於自己的行動十分滿意。他已經讓她知道他認出了她，這將讓她處於戒備狀態，不敢貿然行事。梅羅迪恩是個問題，要是能告誡他一下……

當他們找到這個矮個子男人時，他正漫不經心地對著一具瓷洋娃娃沉思冥想，這是他在一便士遊戲中得到的獎品。他的妻子提議回家，他欣然同意了。梅羅迪恩夫人轉身對警官說：「你不和我們回去安靜地喝杯咖啡嗎，伊文斯先生？」

她的聲音中是否有一份淡淡的挑戰之意？他想是的。

「謝謝，梅羅迪恩夫人。我非常樂意。」

他們步行回家。一路上談著愉快的日常瑣事。陽光普照，微風輕拂，他們周遭的事物看起來是那麼令人愉悅又平凡。

當他們來到美麗的古老村落時，梅羅迪恩夫人表示女僕外出參加慶祝會去了。她走進自家的屋子，摘掉帽子，取出茶葉，然後在一個小火爐上燒了一壺水，再從壁爐旁邊的架子上拿來三個小碗和碟子。

「我們有一些非常特別的中國茶，」她解釋道，「而且我們總是以中國風喝茶——用碗，而不是用杯子。」

她說著停了下來，朝一只碗裡偷偷看了一下，隨後悻悻地嘟囔著把它和另一只碗交換了位置。

「喬治……你真糟糕，又在用這些碗。」

「親愛的，對不起。」教授語帶歉意地說，「它們的大小剛好，我訂購的那批貨還沒有到。」

「總有一天，你會把我們都毒死。」他的妻子強裝笑臉。「瑪麗在實驗室找到這些碗，就把它們拿回來，卻從不肯費力去把它們洗乾淨，除非裡面有什麼特別明顯的東西。對了，前幾天你還用這種碗放過氰化鉀。喬治，這真是太危險了。」

梅羅迪恩看起來有些生氣。

「瑪麗不該從實驗室裡拿東西，她不該碰觸那裡的任何東西。」

「但是，我們喝完茶總是把茶杯留在那兒，她怎麼區分呢？親愛的，理智點。」

教授走進自己的實驗室，一邊低聲咕噥著。梅羅迪恩夫人面帶微笑將沸水沏在茶葉上，隨後吹滅了小銀燈裡面的火焰。

伊文斯感到困惑，卻又有些懵懂。出於某種原因，梅羅迪恩夫人正在施展她的伎倆。這就是將要發生的「意外」嗎？她故意說這些話，就是為了事先準備藉口嗎？要是這樣，當某天發生意外時，他就不得不提出對她有利的證詞。如果這樣，她真是太愚蠢了，因為在此之前……

突然間，他倒吸一口涼氣。她已經把茶倒進了三只碗裡。她將一只碗放在他面前，一只放在她自己面前，另外一只放在爐邊的一張小桌上，旁邊就是她丈夫常坐的那把椅子。當她把最後一只碗放到桌上時，嘴角浮現一絲異樣的微笑。這是一絲會心的微笑。他明白了！

一個了不起的女人，危險的女人。不等待，也不做任何準備。今天下午——就是今天下午——有他在這裡當證人，這種大膽的舉動簡直使他喘不過氣來。

真聰明，真是太聰明了。他什麼也證明不了。她沒料到他會起疑心，這一切發生得太快了。一個思維與行動都快如閃電的女人。

他深深吸了一口氣，然後向前探身。

「梅羅迪恩夫人，我是個有許多怪念頭的人，你能否讓我隨便喝下哪一杯？」

她的目光裡帶著質詢之意，但毫不遲疑。

他站起身來，拿起她面前的那只碗，然後走到小桌前，把兩只碗互換了一下。他拿回另一只碗並將它放在她面前。

「我想要看你喝下這杯。」

她的目光與他相遇。堅定、深不可測。她的臉上慢慢失去了血色。

她伸出手去端起杯子。他屏住呼吸，懷疑自己是否犯了什麼錯。

她把碗端到嘴邊……在最後一刻，她一哆嗦，身體前傾，迅速將茶潑進一個種著蕨類的花盆裡，隨即坐在椅子上向後一靠，輕蔑地盯著他。

他如釋重負，呼出一口氣，又坐了下來。

「怎麼樣？」她說。

她的聲音變了，略帶嘲諷……輕蔑。

他冷靜鎮定地回答她的問題。

「你是個非常聰明的女人，梅羅迪恩夫人。我想你明白我的意思，沒必要……再犯案了，你明白我的意思嗎？」

「我明白你的意思。」

她的聲音平和，面無表情。他點點頭，感到心滿意足。她是個聰明的女人，她還不想上絞架。

「祝你和你的丈夫長命百歲。」他意味深長地說，然後將茶端到嘴邊。

突然，他的臉色大變。臉上可怕地扭曲著……他想要站起來大聲呼喊，但他的身體僵硬，臉變成了紫色。他仰著倒在椅子上，四肢開始痙攣……

梅羅迪恩夫人向前俯下身來，注視著他。嘴邊掠過一絲微笑。她開口對他講話，聲音非常輕柔。

「伊文斯先生，你犯了一個錯誤。你還以為我想殺死喬治……你太蠢，太蠢了。」

她又坐了片刻，眼睜睜看著死者。這是第三個威脅她、想要拆散她和心愛男人的傢伙。

她臉上的微笑綻放開來，她比以往任何時刻都更像聖母。接著，她提高嗓音喊道：「喬治，喬治！唉，快來！好像發生最可怕的意外了……可憐的伊文斯先生……」

07

珍妮找工作

The Listerdale Mystery

珍妮．克利夫蘭翻閱著《領袖日報》，隨後嘆了口氣。這是發自心裡最深處的嘆息。她厭惡地看著大理石桌上的烤麵包與荷包蛋，還有那一小壺茶。她不是不餓。事實上剛好相反，珍妮餓腸轆轆得不得了。在那當下，她覺得自己能吃下一磅半的熟牛排，另外再加上薯條，也許還可以再來些四季豆。整頓佳餚之後品嘗的最好是葡萄酒而非茶水。

但是，對於經濟窘迫的年輕女子而言，她們其實別無選擇。珍妮能夠點一顆荷包蛋和一壺茶，已經算是幸運了。看來，她明天就連這個也吃不到了。除非……

她又去看報上的廣告。老實說，珍妮剛剛丟掉一份工作，情況變得日益嚴重了。她那間破爛公寓的房東，一位文雅的女士也已經在斜睨這個特別年輕的女子。

「但是，」珍妮一邊對自己說，一邊如往常一樣生氣地揚起下巴。「我人很聰明，長得漂亮，又受過良好教育。雇主還想要奢求什麼呢？」

根據《領袖日報》上的報導，看來他們想要經驗豐富的速記員、擁有小筆資金的商店經理、飼養家禽的女工（這裡依舊要求一小筆資金），還有難以計數的廚師、女傭、客廳女侍……特別是客廳女侍。

「當客廳女侍我是不介意。」她自言自語道，「可是若沒有經驗，誰也不會用我。我可以打包票，我到任何地方都是個『努力幹活的女性』，但是『努力幹活的女性』在他們眼中一點價值也沒有。」

她又嘆了口氣，一邊把報紙舉高在面前，一邊以青春朝氣狼吞虎嚥地吃起那顆荷包蛋。

珍妮吃完最後一口時，把報紙翻過來研究上面的「私事廣告欄」，同時還喝著茶水。這一欄是她最後的希望了。

如果她有幾千英鎊，這事就容易多了。至少有七個難得的機會……任何一個機會每年至少都能賺三千英鎊。珍妮噘起嘴唇。

「如果我有兩千英鎊，」她喃喃說道，「它就非我莫屬了。」

她的視線投向專欄底部，隨後又以長期練就出來的從容態度向上掃視。

有一位女士老是出高價收購舊衣服。

「貴婦的衣物可以上她們家去檢查。」

有一些紳士什麼東西都收購，不過是以假牙為主。另外一些有頭銜的貴婦在行將出國之際，會以極荒謬的價格把她們的毛皮大衣處理掉。此外，還有哀傷的牧師、勤快的寡婦、殘廢的軍官等人，需要的金額總數都在五十到兩千英鎊不等。突然間，珍妮的視線停了下來。她放下茶杯，把那則廣告又重新看了一遍。

「這裡面必定大有文章，」她喃喃自語道，「這種事情裡頭絕對有陷阱。我一定得小心才行。不過……」

引起珍妮．克利夫蘭興趣的廣告內容如下：

誠徵一位女士，年齡二十五至三十歲之間，深藍色眼睛，金黃色頭髮，黑色睫毛與眉毛，鼻梁挺直，身材苗條，身高五呎七吋，善於模仿，能講法語。請於下午五至六點來恩德斯利大街七號，此行必有重賞。

「看起來還真像是那麼回事，否則女孩子家就不會上當受騙了，」珍妮喃喃低語。「我當然得小心謹慎。不過，那種事情根本不會有這麼多具體要求。我現在應該……先來仔細瞧瞧這些徵人條件好了。」

她繼續看那些徵人條件。

「二十五到三十……我今年二十六。深藍色眼睛，沒錯。金黃色頭髮——黑色睫毛與眉毛——這些都沒問題。鼻梁挺直？應該……是吧。無論如何，我的鼻梁還算夠直。既沒有向下扁塌，也沒有向上凸成鷹勾鼻。再者，我體態苗條，即使是現在看來也夠苗條了。我身高只有五呎六吋，但我可以穿高跟鞋。我善於模仿，這沒什麼稀奇，我能模仿別人說話的聲音。而且我說起法語就像是道地的法國女人。事實上，我正是合適的人選。當我出現的時候，他們應該會喜不自禁。珍妮．克利夫蘭一走進屋內就雀屏中選了。」

珍妮毅然撕下那則廣告，把它放進手提包裡。隨後她要了帳單，聲音變得煥然輕快起來。四點五十分的時候，珍妮已經在恩德斯利大街附近進行勘查了。恩德斯利大街算是一條較小的街道，被夾在牛津圓形廣場附近的兩條大街之間。儘管街道上看起來平淡無奇，但整體上還算相當體面。七號房宅跟周圍的屋子沒什麼兩樣。它看起來像是由幾間辦公室組成。

但是放眼看過去，珍妮有生以來第一次明白自己並不是唯一擁有藍眼睛、金黃頭髮、鼻梁挺直、身材苗條、年齡介於二十五到三十歲的女人。顯然倫敦有許多這樣的女孩，而且光是在恩德斯利大街七號外面至少就聚集了四、五十個人。

「競爭這麼激烈，」珍妮說，「我最好還是趕快排隊吧。」

她排進隊伍裡頭。此時又有三名女孩剛剛轉過街角。她們後面還跟著其他人。珍妮打量身邊的競爭者來打發時間。她在每個人身上總能找出不對勁的地方：黃色而不是黑色的睫毛、灰色而不是藍色的眼睛、人為加工而非渾然天成的金髮、形狀各異的鼻子，以及只有慈悲為懷的人才會稱之為苗條的身材。珍妮突然變得信心滿滿。

「我相信我在各方面的條件不會比任何人差。」她喃喃自語道，「不知道是要挑出什麼樣的人選。希望是要組一個美女合唱團。」

行列緩慢卻又不停地向前移動。不久以後，另一隊女孩開始從屋內魚貫而出，她們當中有些人垂頭喪氣，另外有些人則裝出一張笑臉。

「都沒有被錄用，」珍妮欣喜地說，「真希望在我進去之前職位還空缺著。」

女孩行列依舊朝前移動著。有人焦急地在小鏡子面前掃視自己，有人狂亂地往鼻子上搽粉，還有人恣意揮舞著唇膏。

「真希望我自己的帽子能更好看一些。」珍妮沮喪地想著。

終於輪到她了。屋內一邊是一扇玻璃門，上面刻著傳奇人物卡思伯森先生的名字。應試者一個接一個通過的正是這扇玻璃門。輪到珍妮了。她深深吸了一口氣，才走了進去。裡面是一間外部辦公室，顯然是職員辦公的地方。屋間盡頭是另外一扇玻璃門。珍妮在旁人指示下穿過這扇玻璃門。她走進一間稍微小一點的房間，裡面有一張寬大的辦公桌，後面坐著一個中年男子，他的目光敏銳，嘴上蓄著外國樣式的濃密小鬍子。他瞥了珍妮一眼，隨後用手指著左邊的一扇門。

「請在那兒等候。」他簡潔地說道。

珍妮照辦了。她走進房間時裡面已經有人了。五個女孩挺直地坐在那裡，彼此瞪眼看來看去。

珍妮清楚自己已被列入可能的候選人當中。她的心情變得興致勃勃。不過，不可否認的是，就廣告上的條款而言，這五個女孩和她一樣有資格入選。

時間流逝。更多的女孩正穿過內部辦公室。她們當中絕大多數都走向一扇通往走廊的門。但是每隔一會兒，就會走進一位入選者來壯大這支候選隊伍。六點半的時候，那裡已經聚集了十四個女孩。

珍妮聽到辦公室裡傳來低語聲，隨後那個外國人模樣的紳士出現在門邊。因為他的小鬍子具有軍人風範，所以珍妮在心裡幫他起個綽號「上校」。

「我一次會見一位女士，」他宣布道，「請你們以進來的先後為順序。」

珍妮當然就是第六位。二十分鐘過去了，她被叫了進去。「上校」雙手放在身後站在那兒。他先是一連串的快速盤問，接著測試她的法語知識，隨後測量她的身高。

「小姐，」他用法語說道，「你可能正是合適人選。我還不知道，但是有這個可能。」

「請問這是什麼樣的職務？」珍妮直截了當地問道。

他聳了聳肩膀。

「現在還不能告訴你。如果你被選中，你就會知道。」

「看起來好像很神祕。」珍妮表示異議。「我不可能什麼都不知道就去做一份工作。我是否可以問問看，這和演戲有關嗎？」

「演戲？不，無關。」

「哦！」珍妮非常吃驚地喊道。

他銳利的目光注視著她。

「你很聰明，是嗎？而且謹慎小心。」

「我有足夠的智慧與謹慎，」珍妮鎮定地說，「薪水如何？」

「薪水是兩千英鎊，工作兩週。」

「哦！」珍妮差點暈了過去。

她對這個慷慨的數字嚇了一跳，所以沒能馬上恢復常態。

上校接著說下去。

「我還會挑選另外一位年輕女士。你和她一樣適合。也許還有其他人我沒見到。我會指導你通過下面的關卡。你知道哈里奇賓館嗎？」

珍妮急促地喘了口氣。在英格蘭誰不知道哈里奇賓館？那是位於倫敦西區梅費爾高級住宅區旁邊一家不起眼的知名旅館。事實上，公眾人物與皇室成員常在那裡進進出出。今天早上，珍妮才在報上讀到奧斯特洛瓦大公夫人寶蓮的到來。她來舉辦一場義賣會，以救助那些俄國難民。她理所當然住在哈里奇賓館。

「是的。」珍妮回答上校的問題。

「很好。你到那兒去。去找史崔帝奇伯爵。遞上你的名片……你有名片嗎？」

珍妮拿出一張。上校接了過去，在邊角上寫了一個小小的P，然後又遞還給她。

「這樣伯爵一定就會見你了。他會明白你是我派去的。最後的取決權在他手上……還有另外一個人。如果認為你合適，他會向你解釋整個情況，而你可以接受或是拒絕他的提議。滿意了嗎？」

「非常滿意。」珍妮說道。

「到目前為止，」當珍妮走在大街上時喃喃自語，「我看不出有什麼圈套。可是，這其中一定有問題。世上不會有這種事，你什麼也不用做就可以拿到錢。這一定是不法勾當！沒有其他可能性了。」

她的興致高漲起來。在某種程度上，珍妮並不反對犯罪。近來報上刊登的皆是各類女匪的卓越功績。珍妮曾認真考慮過，如果其他賺錢的方法都不成功，那麼就不如加入她們成為其中一員。

她好不容易找到哈里奇賓館的大門，略顯膽怯地走了進去。她比以往任何時刻還更希望有一頂新帽子可以戴。

但她還是勇敢地走到接待處，遞上名片，要求謁見史崔帝奇伯爵，舉止當中沒有絲毫的猶疑。她猜想那位職員正在好奇地上下打量她。然而他還是接過名片，隨手遞給身邊一個小聽差，並低聲耳語了幾句。珍妮沒有聽到他們在說什麼。不久之後，聽差回來了，接著請珍妮跟著他走。他們搭乘電梯上樓，沿著一條走廊來到一扇高大的雙開門前面，這時聽差停下來敲門。過了一會兒，珍妮被領進一個寬敞的房間，面對一名高大瘦削、留著金色鬍鬚的男子。他一隻白皙無力的手正捏著珍妮的名片。

「珍妮．克利夫蘭小姐。」他嘴裡緩緩唸道，「我就是史崔帝奇伯爵。」

她張開嘴，露出兩排整齊潔白的牙齒，想要擠出一個微笑，可惜效果並沒有讓人感到愉悅。

「我知道你是來應徵的，」伯爵接著說，「好心的克萊寧上校派你過來的。」

「他真的是上校。」珍妮心裡想，並且對自己的洞察力沾沾自喜。然而，她只是點點頭而已。

「不好意思，我能提幾個問題嗎？」

沒等珍妮回答，他立刻就像克萊寧上校一樣盤問她。她的回答看來令他相當滿意。他點了點頭。

「小姐，現在請你走到門旁邊，再慢慢走回來。」

「也許他們想要我當時裝模特兒，」珍妮心裡一邊想，同時一邊照做了。「但是他們不會付給一個模特兒兩千英鎊。不過，我最好還是待會兒再來發問。」

史崔帝奇伯爵皺了皺眉，他用白皙的手指輕彈桌面。突然間他站了起來，打開隔壁的房門，衝著裡面的人講話。

他重新回到座位上時，一位矮小的中年女士走進房間，並隨手關上門。她體態豐滿，容貌非常醜陋，但是臉上的神情表明她是個重要人物。

「嗨，安娜·米哈洛夫娜，」伯爵說道，「你覺得她怎麼樣？」

那位女士將珍妮上下仔細打量一番，好像女孩是蠟像館的塑像一樣。她沒有裝腔作勢地向珍妮打招呼。

「她也許可以。」她終於說道，「就實際上的五官來說，相像的部分很少。不過身材膚色都不錯，比其他人都強。你覺得她怎麼樣，費奧多·亞歷山大洛維奇？」

「我同意你的觀點，安娜·米哈洛夫娜。」

「她能講法語嗎？」

「她的法語很出色。」

珍妮愈來愈覺得自己像個假人。這兩個古怪的傢伙看來已經忘記她是一個真實人物。

「可是，她會小心謹慎嗎？」女士問道，一邊直衝著珍妮皺眉頭。

「這位是波波倫斯基公主，」史崔帝奇伯爵用法語對珍妮說，「她在問你是否能小心謹慎？」

珍妮向公主答話。

「在有人向我解釋這個職務之前，我不會做出任何承諾。」

「說得好，小朋友。」女士評論道，「費奧多・亞歷山大洛維奇，我覺得她很聰明……比其他女孩聰明。告訴我，小朋友，你也有勇氣嗎？」

「我不知道。」珍妮困惑地說道，「我不願意受傷害，不過，我能忍受面對危機。」

「啊！這正是我想知道的。你不介意冒險吧，會不會介意？」

「哦！」珍妮叫道。「冒險！這沒什麼。我喜歡冒險。」

「你很窮？想要賺很多錢？」

「讓我試試吧。」珍妮幾乎是熱切地請求。

史崔帝奇伯爵和波波倫斯基公主交換了一下目光。隨後他們同時點點頭。

「要我把事情解釋一下嗎，波波倫斯基公主？」伯爵問道。

公主搖搖頭。

「公爵夫人要親自向她解釋。」

「沒有這個必要，也不明智。」

「不過，這是她的命令。你問完話之後，我得和她談談。」史崔帝奇聳聳肩，顯然他有些不快，然而他並不打算違抗命令。他轉身面對珍妮。

「波波倫斯基公主要帶你去見寶蓮大公夫人。別驚訝。」

珍妮一點也不驚訝。她一想到能見到一位在世的真正公爵夫人，就感到滿心歡喜。珍妮可不是社會主義者。在這一刻，她甚至不再擔心自己的帽子了。

波波倫斯基公主在前面領路，她走起路來搖擺蹣跚，儘管身體狀況似乎不妙，但她還是竭力在步伐之中顯露威儀。她們穿過隔壁的房間，這裡不過是前廳而已。隨後公主在更遠處的一面牆上敲了幾下。裡面有人應聲，公主打開門走了進去，珍妮緊跟在她身後。

「夫人，容我來向你介紹，」公主語調莊重地說，「這位是珍妮．克利夫蘭小姐。」

房間另一頭大扶手椅上坐著的年輕女子躍起身子跑了過來。她緊盯著珍妮看了一兩分鐘，隨後開心地笑了。

「這簡直太妙了，安娜。」她答道，「我從未料到事情會這麼順利。來吧，讓我們肩並肩看看彼此。」

她拉著珍妮的手走到房間另一邊，在一面掛在牆上的大穿衣鏡前停下腳步。

「看到了嗎？」她欣喜地喊道，「真是天生一對！」

其實在她第一眼看到寶蓮大公夫人時，珍妮就開始明白了。公爵夫人也許比珍妮年長一兩歲。她有同樣顏色的金黃色頭髮，同樣苗條的身材，也許只約略高出一些。現在她們兩人站在一起，乍看之下極為相似。即便是細看，她們的膚色也幾乎完全一樣。

公爵夫人拍了拍雙手，看來是個很開朗的年輕女子。

「真是再好不過了。」她宣布道，「安娜，你得代我向費奧多．亞歷山大洛維奇祝賀。他的表現太出色了。」

「可是，夫人，」公主低聲說道，「直到現在，她還不知道我們對她的要求是什麼。」

「說得也是。」公爵夫人說道，情緒稍微平靜下來。「我忘記了。哦，我會讓她明白。嗯，別打擾我們，安娜．米哈洛夫娜。」

「可是，夫人……」

「讓我們倆獨處吧。」

安娜．米哈洛夫娜生氣地跺腳，極不情願地離開了房間。公爵夫人坐下來，示意珍妮也坐下。

「那些上了年紀的女人真令人厭煩。」寶蓮評論道，「但是啊，生活中還真是離不開她們。安娜．米哈洛夫娜比大部分的人優秀多了。好了，小姐……啊，是的，珍妮．克利夫蘭小姐。我喜歡這名字。我也喜歡你。你有同情心。我馬上就能分辨一個人是否有同情心。」

「夫人，您真聰明。」珍妮這才第一次開口說話。

「我的確聰明。」寶蓮鎮定地說，「好了，現在讓我把事情跟你解釋一下。其實沒有什麼好解釋的。你知道奧斯特洛瓦的歷史。我所有的家人幾乎都死光了……被激進主義者一一除掉了。我也許是我們家族最後一位成員。我是個女人，不能登上王位。你以為他們會放過我吧。但事情不是這樣的。無論我去哪兒，總有人試圖暗殺我。很荒唐，不是嗎？那些浸泡在伏特加裡面的野獸從來都沒有什麼分寸。」

「我明白了。」珍妮說，她意識到自己該說些什麼。

「絕大部分時間我都過著一種退隱的生活，這樣可以採取預防措施。不過，偶爾我也會在公眾場合露面。比如說在這兒，我必須參加幾個半公開的典禮。還有，我回到巴黎之後也一樣。你知道，我在匈牙利有一棟房產。那裡的體育活動真是有趣極了。」

「真的嗎？」珍妮問道。

「無與倫比。我最愛體育活動了。而且……我不該告訴你這些，但我還是要說，因為你看起來非常有同情心。那裡正在制定一些計畫，是非常祕密的計畫。所以有件事很重要，也就是說，在今後的兩週內我不能遭到暗殺。」

「可是，警方一定會……」珍妮開口說道。

「警方？哦，是的，我相信他們很聰明。我們……我們也有自己的密探。暗殺發生之前，我可能會事先得到警告。不過，也可能會一無所知。」

她聳聳肩。

「我開始明白了。」珍妮緩緩說道，「你想要我做你的替身？」

「只是在某些場合。」公爵夫人急切地說，「我必須能夠隨時找到你，明白嗎？在往後的兩週內，我也許需要你兩次、三次，甚至四次。每次都是某種公開場合。當然啦，在私人場合你不能代替我。」

「當然不能。」珍妮表示同意。

「其實你會表現得很出色。費奧多．亞歷山大洛維奇居然想出刊登廣告這個點子，是不是很聰明啊？」

「假設，」珍妮說，「我被謀殺了，那會怎麼樣？」

公爵夫人聳聳肩。

「當然是有這種危險。但根據我們的密報，他們只是想綁架，並不想把我幹掉。不過，我必須很誠實地告訴你……他們就算出一枚炸彈也是不無可能。」

「我明白了。」珍妮說。

她竭力模仿寶蓮輕鬆的舉止。她急於談到錢的問題，可是又不知道如何圓融地導入這個話題。幸好寶蓮沒讓她大費周章地傷腦筋。

「當然啦，我們會支付給你可觀的費用。」她毫不經意地說，「我不記得費奧多．亞歷山大洛維奇提議的數目是多少。我們當時是說以法郎或是克郎寧[5]來計算。」

5 克郎寧是奧地利的錢幣單位。

「克萊寧上校，」珍妮說，「他說大約兩千英鎊。」

「是的。」寶蓮說道，臉上放出光彩。「我現在想起來了。我希望這個數目足夠吧？或者，你想要三千？」

「哦，」珍妮說，「如果對你沒什麼兩樣的話，我寧願要三千。」

「我明白了，你很會做生意。」公爵夫人和藹地說，「我真希望自己也能這樣。只是我對金錢一竅不通。我想要的東西就一定非得到不可，就是這樣。」

在珍妮看來，這種心態簡單卻又讓人欽佩。

「當然啦，就像你所說，這當中會有危險。」夫人心事重重地說道，「儘管在我看來，你似乎並不介意冒險。我自己也不介意。希望你別以為我是個膽小鬼，才要你來替代我的位置。我應該結婚，而且至少要有兩個兒子，你瞧，這對奧斯特洛瓦事關重要。有了子嗣之後，我發生什麼事就無關緊要了。」

「我明白了。」珍妮說。

「你接受嗎？」

「是的。」珍妮毅然說道，「我接受。」

寶蓮使勁拍了幾下手掌。波波倫斯基公主旋即出現在眼前。

「安娜，我已經跟她說過了。」公爵夫人宣布道，「她願意和我們合作，而且她將得到三千英鎊。告訴費奧多把這件事記下來。她的確非常像我，不是嗎？不過，我覺得她長得更漂亮一些。」

公主蹣跚地走出房間，再次返回時，後面跟著史崔帝奇伯爵。

「一切都安排好了，費奧多・亞歷山大洛維奇。」公爵夫人說道。

他鞠了一躬。

「我想知道，她能扮演你的角色嗎？」他問道，並且狐疑地打量著珍妮。

「我來向你示範。」女孩突然說，「夫人，您同意嗎？」她向公爵夫人問道。

後者爽快地點點頭。

珍妮站了起來。

「這簡直太妙了，安娜。」她說道，「我從未料到事情會這麼順利。來吧，讓我們肩並肩看看彼此。」

正像寶蓮曾經做過的那樣，她把另外一個女孩拉到鏡子前面。

「看到了嗎？真是天生一對！」

言語，舉止和姿勢，以及夫人問候的方式，堪稱是模仿得維妙維肖。公主點點頭，咕噥一聲表示讚許。

「演得不錯，」她斷言道，「可以騙過大多數人。」

「你很聰明。」寶蓮讚許地說，「我就扮演不了別人來拯救自己。」

珍妮相信她。她已經料到寶蓮很年輕，還很真誠。

「安娜會向你交代細節。」公爵夫人說道，「安娜，帶她到我的臥室來，讓她試試我的衣服。」

她頭微微一點，優雅地道別。隨後由波波倫斯基公主來護送珍妮。

「夫人就穿這些衣服來出席義賣市場的開幕儀式。」年老的女士解釋道，手裡拿著一件黑白相間的新潮禮服。「時間是在三天後。也許你得替代她。實際狀況我們也不知道。我們還沒接到消息。」

在安娜的命令下，她匆忙換下自己襤褸的衣衫，試穿那件上衣。剛好合身。公主滿意地點點頭。

「差一點就完美無瑕了……稍微長了一點，因為你比夫人矮大約一英寸。」

「這很容易解決。」珍妮迅速答道，「我注意到公爵夫人穿的是平底鞋。如果我穿上同一式樣的高跟鞋，就可以彌補不足的高度。」

安娜．米哈洛夫娜拿出夫人通常搭配這件衣服一起穿的鞋子給她看。它用鱷魚皮製成，有一條皮帶。珍妮記住它的樣子，然後設法找到一雙同樣的鞋……只有鞋跟不同。

「你最好穿顏色質料與夫人不同的衣服，」安娜．米哈洛夫娜說道，「如果事先接到通知要你做替換的話，才不會引起注意。」

珍妮想了片刻。

「火紅色的布料怎麼樣？我也許再戴一副普通的夾鼻眼鏡。這樣很容易改變一個人的容貌。」

兩個建議都被接受了。她們接著討論後面的細節。

珍妮離開旅館時，一百英鎊的鈔票裝進了她的錢包。她還被指示如何購置必要的全套衣服，並化名來自紐約的蒙翠索小姐住進布利茲賓館。

隔了一天，史崔帝奇伯爵前來看她。

「真是判若兩人。」他說著，一邊鞠了躬。

珍妮也模仿他回禮鞠躬。她非常喜歡這些新衣服，也喜歡過這種奢華的生活。

「這一切都很好，」她嘆了口氣。「不過，我想你的來訪，意味著我得開始上工了。」

「正是如此。我們接到了情報。可能有人企圖在夫人從義賣會場回家的途中綁架她。你知道的，義賣大會將在倫敦以外十英里的奧里恩大廳舉行。夫人必須親自參加，因為主辦這次義賣的安契斯特伯爵夫人認識她。但接下來的計畫由我制定。」

珍妮全神貫注地聽他描述大致情況。

她問了幾個問題，最後果斷地表示已完全明白自己該扮演的角色。

第二天早上天氣晴朗，對於要舉辦一個重要活動的倫敦市來說，這是一個極佳的好日子。活動是由安契斯特伯爵夫人主辦，目的是要救助住在英國的奧斯特洛瓦難民，義賣即將在奧里恩大廳開幕。由於考慮到倫敦多變的天氣，義賣會場在寬敞的奧里恩大廳內舉行，這裡五百年來都歸歷任安契斯特伯爵掌管。各式各樣的收藏品都已送來。有人提出一個絕妙的主意：一百位上流社會的女士從自己項鍊上取下一顆珍珠，每顆珍珠都將在第二天拍賣售出。當場還會有很多吸引人的餘興活動。珍妮一早就以蒙翠索小姐的身分抵達那兒。她身著火紅布料的衣服，頭戴一頂小號的紅色鐘形女帽。腳上穿著鱷魚皮的高跟鞋。

寶蓮大公夫人的到來是件盛事。她被護送著走上講台，一個孩子適時地獻上一束玫瑰。她做了簡短又動人的演說，然後宣布義賣開始。史崔帝奇伯爵和波波倫斯基公主在旁邊陪著她。

她穿著珍妮見過的那套衣服，白底上是醒目的黑色圖案，頭戴小號的黑色鐘形女帽，帽邊垂掛著不少白色羽毛，一塊鑲邊的面紗半遮著臉。珍妮衝著自己笑一笑。

大公夫人在會場上四處走動，參觀每個貨攤，購買幾樣物品，而且總是彬彬有禮。隨後她準備要離開了。

珍妮迅速明白了這個暗示。她請求與波波倫斯基公主說話，並要求被引見給大公夫人。

「啊，是的！」寶蓮大聲說，「蒙翠索小姐，我記得這名字。她好像是個美國記者。她為我們的國家做了不少事。我很高興可以為了她的報社接見她。有什麼地方可以讓我們不受別人打擾嗎？」

在公爵夫人的吩咐下，一間小接待室立即被安排出來，隨後史崔帝奇伯爵去把蒙翠索小姐帶進來。他退出房間之後，只剩波波倫斯基公主在一邊陪伴。於是兩人迅速交換了衣服。

三分鐘之後門開了，「大公夫人」出現在門口，手裡的玫瑰花束舉到臉上。

她衝著安契斯特女士彬彬有禮地彎身鞠躬，又用法語說了幾句道別的話，隨後便走出室外，登上已經在那裡等候的汽車。波波倫斯基公主坐在她的旁邊，接著車子發動開走了。

「噢，」珍妮說，「一切都很順利。不知道『蒙翠索小姐』現在怎麼樣了。」

「沒人會注意到她。她可以悄悄溜出去。」

「是的，」珍妮說，「我做得還不錯吧？」

「你的角色扮演得很出色。」

「伯爵為什麼不和我們在一起？」

「他必須留下來。必須有人負責夫人的安全。」

「我可不希望有人扔炸彈，」珍妮忐忑不安地說，「咦！我們偏離車道了。怎麼回事？」

車子正加快了油門，像箭一樣駛入一條小路。

珍妮跳起來，把頭伸出窗外，並且大聲責怪司機。他只是大笑著加快車速。珍妮又跌坐在座位上。

「你們的密探是對的。」她笑著說，「我們就是為了這件事才有此應變。我想我們撐得愈久，大公夫人就愈安全。無論如何，我們得給她足夠的時間安然返回倫敦。」

一想到即將面臨的危險，珍妮就變得勇氣十足。她不希望遇上炸彈，不過這種危險正符合她冒險的本能。

突然一個緊急煞車，車子猛然停下來。一名男子跳上腳踏板，手裡拿著一把左輪手槍。

「手舉起來。」他怒吼道。

波波倫斯基公主立即舉起雙手，但珍妮只是輕蔑地看他一眼，雙手依舊放在膝蓋上。

「問他為何這麼怒氣沖沖。」她向同伴用法語吩咐道。

但後者還沒來得及開口，那個男人已經破門而入。他開口說了一大堆外國話。

珍妮一個字也聽不懂，只是聳聳肩，什麼也沒說。司機從座位上下來，去和那個男人會合。

「可否請尊貴的女士下車？」他咧嘴笑著問道。

珍妮依舊把花舉在臉邊走出了車外。波波倫斯基公主跟在她身後。

「尊貴的女士請這邊走。」

珍妮沒理會這個男人嘲諷無禮的舉止，而是徑自往一間低矮破舊的屋子走去。這屋子距離他們停車的地方約有一百碼遠。原來這條路是死胡同，盡頭是大門和車道，而車道是通向這間顯然無人租住的房子。

那個男人依舊揮舞著手槍走在他們身後。上樓梯時，他從她們旁邊擦肩而過，撞開左邊的一扇門。房間裡面是空的，一張桌子和兩把椅子顯然才剛搬進來。

珍妮走進屋裡坐下。安娜・米哈洛夫娜跟在她身後。那個男人砰地把門關上，轉了幾下鑰匙。

珍妮走到窗邊向外張望。

「我是可以跳出去，」珍妮評論道，「但是跑不了多遠。不行，我們現在還得待在這裡想辦法。不知道他們是否會給我們吃的東西。」

大約半小時以後，她的問題有了答案。

有人端來一大碗熱氣騰騰的湯，放在她面前的桌子上。另外還有兩片麵包。

「顯然沒有貴族的奢華氣息。」門關好上鎖之後，珍妮愉快地評述道，「你先吃，還是我先來？」

波波倫斯基公主驚恐萬狀，對吃飯的建議置之不理。

「我怎麼吃得下？誰知道我的主人會不會遇到危險？」

「她沒事的。」珍妮說，「我擔憂的是自己。你知道，當這些傢伙發現他們抓錯了人，絕對不會高興的。事實上，他們會很不高興。我會盡可能扮演傲慢的公爵夫人這個角色，然後一有機會就逃走。」

波波倫斯基公主沒有答話。

珍妮餓了，所以把湯全都喝完了。味道有些奇怪，但起碼還算溫熱可口。

隨後她覺得昏昏欲睡。波波倫斯基公主看來在暗自抽泣。珍妮在那張不舒適的椅子上以最舒服的方式坐下，然後垂下頭。

她睡著了。

§

珍妮驀然醒來。她感覺到自己睡了很久，頭昏昏沉沉，很不舒服。

突然之間，她看到的東西嚇得她睡意全消。

她正穿著那件火紅布料的上衣。

她坐起身來向周圍張望。是的，她依舊在那個空房間裡。陳設都和她入睡前一模一樣，只有兩點例外。

首先是波波倫斯基公主已經不在另一張椅子上。其次是不知為何她已經換了衣服。

「我不會是在作夢吧。」珍妮說，「如果是作夢，我不該在這兒。」

她看著對面的窗戶，注意到另一個重要的事實。當她睡覺時，陽光是從窗戶傾瀉進來，但是現在，屋子在灑滿陽光的車道上投下一團清晰的影子。

「房子面向西方。」她沉思道，「我睡覺時是在下午，所以現在一定是第二天早晨。這麼說那湯裡面放了藥。所以……哦，我不知道。看起來一切都不對勁。」

她站起來走到門邊，門沒上鎖。她在屋裡搜尋了一遍，房間裡寂靜又空曠。

珍妮把手放到隱隱作痛的頭上竭力思索。

隨後在前門旁邊看到地上有張撕破的報紙。醒目的標題躍入眼簾。

「美國女匪在英格蘭，」她讀道，「紅衣女郎。奧里恩大廳義賣會發生重大劫案。」

珍妮蹣跚走到陽光下，坐在台階上讀起報紙。她的眼睛睜得愈來愈大。真相是既簡潔又明瞭。

寶蓮大公夫人離開後不久，三個男人還有一個紅衣女郎拿著手槍搶劫了眾人。他們劫走了那一百顆珍珠，隨後駕駛一輛高速跑車逃之夭夭。到目前為止，還沒有追查到他們的蹤跡。

根據臨時加印的最新消息（這是一份剛剛出版的晚報），上面有寥寥數語指出「紅衣女匪」是自稱來自紐約、目前住在布利茲賓館的蒙翠索小姐。

「我完了，」珍妮說，「全完了。我就知道這裡面一定有圈套。」

隨後她嚇了一跳。因為遠處傳來一種奇怪的聲音，那是一個男人的聲音，而且每隔不久就重複一次。

「該死，」那個聲音說，「該死。」接著又說：「該死！」

珍妮聽到這聲音，身子不禁一顫。這句話準確地表達了她自身的感受。她跑下台階，看見在樓梯拐角處躺著一個年輕人。他正竭力要從地上抬起頭來。珍妮發現這是她平生見過的最英俊長相。他的臉上有些雀斑，神情略顯古怪。

「該死，我的頭。」年輕人說道，「該死，我……」

他停下來盯著珍妮。

「我一定在作夢。」他聲音微弱地說。

「我也這麼說過。」珍妮說道，「但是我們沒有在做夢。你的頭怎麼了？」

「有人在我頭上敲了一下，幸虧它還很結實。」

他掙扎著坐起來，隨即做了個鬼臉。

「我想，我的大腦不久以後即可運作。我看到……我還在原來的地方。」

「你怎麼到這兒來的？」珍妮好奇地問道。

「說來話長。對了，你不是大公夫人吧，她叫什麼來著？你是嗎？」

「我不是。我是普通老百姓珍妮・克利夫蘭。」

「無論如何，你看起來並不普通。」年輕人說，滿懷欽佩地望著她。

珍妮臉紅了。

「我想應該幫你弄些水來，對吧？」她不安地問。

「這是通常的做法。」年輕人表示贊同。「但如果你找得到東西，我寧願來點威士忌。」

珍妮找不到威士忌。年輕人喝了一些水，說他好多了。

「我來說我的冒險故事，還是讓你先說？」他問道。

「你先說。」

「我的冒險故事不怎麼高明。我湊巧注意到大公夫人走進會場時穿著平底鞋，出來時卻穿著高跟鞋，我覺得奇怪。我不喜歡事情怪異難解。

「我騎著摩托車尾隨那輛車，看到你被帶進屋子。大約十分鐘後，一輛寬大的跑車飛馳而來。一個紅衣女郎和三個男人下了車，那個女郎正穿著平底鞋，他們也走進屋子。不久以後，穿平底鞋的女人身穿黑白色衣服走出來，隨同一個老婦和一個留金色鬍鬚的高大男人一起坐第一輛車走了。其餘的人坐跑車離開。我以為他們都走了，正要從窗戶進去救你，卻有人從背後在我頭上一擊。就是這樣。現在輪到你了。」

珍妮講了她的歷險經過。

「幸虧你跟來了，否則，」她最後說道，「我的麻煩可大了。大公夫人有完美的不在場證明。她在搶劫之前就離開了會場，然後坐車回了倫敦。但是，有人會相信我這離奇又難以置信的故事嗎？」

「絕對不會。」年輕人很篤定地說。

他們如此沉醉於各自的敘述，根本沒注意到周圍的情況。這會兒他們抬頭一看，略感驚訝地看到一個身材高大、容貌沮喪的男人斜倚在屋邊。他衝著他們點點頭。

「聽起來很有趣。」他評論道。

「你是誰？」珍妮質問道。

容貌沮喪的男人眨眨眼。

「法雷爾警官。」他柔和地說，「聽到你和這位女士的故事我很感興趣。女士的故事有些難以置信，不過有一兩件事例外。」

「比如說？」

「噢，例如我今早才聽說真正的大公夫人已經和巴黎的一個司機私奔了。」

珍妮喘了口氣。

「隨後我們得知這個美國『女匪』已經來到英國，我們原先預料會發生什麼驚天動地的事情。我可以向你們保證，警方會馬上對他們採取行動。你們可以等我一下嗎？」

他跑上台階闖進屋內。

「哦！」珍妮說道，她的語氣相當激昂。「我想，你能注意到那些鞋底，實在是太聰明了。」

「這真的沒什麼，」年輕人說，「我自幼生長在製鞋的行業中。我父親號稱鞋業之王。他希望我投身這個行業，結婚並安定下來，就這樣安貧樂道地過一生，不要成為什麼偉大的人物……只要遵循這個行業的規矩就行。但是我想成為藝術家。」他嘆了口氣說道。

「我很遺憾。」珍妮和藹地說道。

「我已經奮鬥了六年，結果卻是事與願違。我是個蹩腳的畫家。我很想放棄，然後像個敗家子似的回家。那裡有好差事正等著我呢。」

「有份工作是很重要的事。」珍妮帶著憧憬地說，「你能給我一份做鞋的工作嗎？」

「如果你願意，我可以給你更好的機會。」

「哦，那是什麼？」

「先別管這個，待會兒再告訴你。你知道，一直到昨天，我還從未遇上一個可以論及婚嫁的女人。」

「昨天？」

「在義賣會場上。後來我見到了她……只有她！」

他緊盯著珍妮看。

「飛燕草多美呀。」珍妮匆忙說道，臉上泛起了紅暈。

「這是羽扇豆。」年輕人說。

「這是什麼根本無關緊要。」珍妮說。

「一點都不重要。」他附和道，隨後湊近了距離。

08

豐收的星期日

The Listerdale Mystery

「哦，真的，這真是太好了，」陶樂絲．普拉特小姐第四次說道，「多麼希望那個老傢伙現在能看到我。她和她的詹姆斯！」

「老傢伙」如此苛刻的稱呼，乃是指普拉特小姐那位受人尊敬的雇主麥肯齊．瓊斯夫人。她強烈堅持客廳女僕應該取個合適的基督教名字。她老是否定陶樂絲這個名字，並且喜歡用普拉特小姐自己很不屑的名字珍妮來稱呼她。

普拉特小姐的同伴沒有即刻回答。原因很簡單：當你只花二十英鎊剛剛買了一輛第四手的奧斯汀迷你車、而且是第二次開著它外出時，你全部的注意力一定都集中在如何使用雙手雙腳以應變突發狀況。這件事還真是艱巨啊。

「呃……啊！」

愛德華．帕葛洛先生喊叫了一聲。車子發出可怕的刺耳聲，但總算躲過一場危機。這聲音足以讓一個真正的賽車手牙齒打顫。

「唉，你不太喜歡和女孩子多說話。」陶樂絲抱怨道。

帕葛洛先生沒有立即回答。原來此刻他正迎頭遭到一位小巴士駕駛員聲色俱厲的斥責。

「唉，真是不小心。」普拉特小姐把頭一揚說道。

「真希望他的車上也裝了這個煞車板。」她的情人悻悻然說道。

「煞車板出了什麼毛病嗎？」

「你可以把腳踩在上面，避免自己上西天。」帕葛洛先生說道，「不過事情似乎不是這樣。」

「噢，好了，泰德[6]，你不能指望花二十英鎊就能買到一切。畢竟我們現在坐在一輛真正的汽車裡頭，在星期日下午和別人一樣出城去。」

又傳來刺耳的撞擊聲。

「啊，」愛德臉上帶著勝利的喜悅說，「現在情況好一些了。」

「你開車技術真是棒極了。」陶樂絲欽佩地說。

女性的讚美讓帕葛洛先生壯起了膽子。他試圖疾馳通過哈默史密斯大道，卻又被一位警察當場喝斥了一番。

「唉，我總是不明白。」當他們向哈默史密斯大橋小心翼翼地繼續行駛時，陶樂絲開口說道，「我不知道這些警察到底想要幹什麼。看他們最近的行為舉止，本來還以為他們說話會客氣一點呢。」

「總之，我不想走這條路了，」愛德華悶悶不樂地說道，「我想走格雷韋斯特路，那條路可以痛痛快快地開車。」

「很可能又會掉進坑洞裡。」陶樂絲說道，「那天主人正是這樣。花了不止五英鎊。」

6 泰德是愛德華的暱稱。

「這些警察勉強還說得過去。」愛德華寬宏大量地說道，「他們也會為難那些有錢人，一點都不會留情面。一想到那些大亨走進車行，眼睛也不眨一下就能買下幾輛勞斯萊斯轎車，我簡直要氣得發瘋。這不合情理。我一點也不比他們差。」

「還有那些珠寶，」陶樂絲嘆了口氣。「那些龐德大街上的珠寶店。那些我叫不出名字的鑽石和珠寶！而我戴的項鍊卻只是一串伍爾沃廉價商店出售的便宜貨。」

她難過地思考這件事。愛德華又一次必須全神貫注地開車。他們順利地穿過理奇曼而沒有發生意外。先前與警察的爭執動搖了愛德華的勇氣，現在他只揀最容易的路走。每當前面出現大道的時候，他總是盲目地跟在任何一輛車子後面往前開。

就這樣，他發現此刻自己正在一條鄉間林蔭道上行進，而這樣的道路正是技藝高超的車手所夢寐以求。

「不走那條路真是一個明智的抉擇。」愛德華說道，他認為這一切都是自己的功勞。

「真是太妙了。」普拉特小姐說，「噢，那邊有人在賣水果。」

在一個位置得當的拐角處，果然有一張柳條編成的桌子，上面放著幾籃水果，旁邊有一面旗子上寫著「多吃水果」。

「多少錢？」

愛德華匆忙之間慌亂地拉了手煞車，並且達到預期的效果。

「新鮮草莓哦。」攤主說道。

他是個長相不討人喜歡的傢伙，眼睛有點斜視。

「這是女士們最喜愛的水果。新鮮水果，剛剛採摘下來。還有櫻桃，道地的英國貨。來一籃櫻桃嗎，女士？」

「它們看起來很不錯。」陶樂絲說道。

「非常可愛，正是如此。」那男人嗓音嘶啞地說，「女士，那個籃子會帶給你好運。」然後卑微地和愛德華說話。「兩個先令，先生，這個價錢太便宜了。如果你知道籃子裡是什麼樣的貨色，你一定會同意我的說法。」

「看起來真的很漂亮。」陶樂絲說道。

愛德華嘆了口氣，付了兩個先令。他的心裡正在忙著計算。待會兒還要吃茶點，加汽油……星期日開車出來玩的開銷可真不便宜。這是帶女孩子外出最麻煩的一件事！她們看見什麼都想要。

「謝謝你，先生。」長相不討人喜歡的傢伙說道，「在那籃櫻桃裡，你們會得到物超所值的東西。」

愛德華把腳猛然往下一踩，奧斯汀迷你車像是一隻被激怒的獵犬朝那個賣櫻桃的小販衝過去。

「對不起，」愛德華說，「我忘了車子的手煞車還沒放開。」

「小心點，親愛的。」陶樂絲說，「你會害他受傷。」

愛德華沒回答。車子又行駛了半英里之後，他們來到河邊一個很棒的地方。他們將奧斯汀停在路邊。愛德華和陶樂絲在河邊含情脈脈地坐下來吃櫻桃。他們的腳邊躺著一張星期日的報紙。

「有什麼新聞？」

愛德華終於問道，他四肢張開躺在地上，歪斜的帽子遮住眼睛。

陶樂絲瞄了一眼標題。

「悲痛欲絕的妻子；非同尋常的故事；上週有二十八人溺斃；飛行員之死的報導；令人震驚的珠寶搶劫案；價值五萬英鎊的紅寶石項鍊失蹤。哦，泰德！五萬英鎊耶，你想想看！」她接著讀下去。「這條項鍊由嵌在白金裡面的二十一顆寶石串成，從巴黎郵局掛號寄出。包裹寄到以後，人們發現裡面只有幾顆卵石，珠寶卻不翼而飛。」

「在郵局被人偷走了。」愛德華說道，「我想，法國郵局的辦事效率簡直是糟透了。」

「我倒是想見見那條項鍊是什麼模樣。」陶樂絲說道，「可能就像血液……鴿子血那樣閃閃發亮，這正是人們稱之為紅寶石的原因。我不知道一個人脖子上戴著這樣一串項鍊會有什麼感受。」

「得了，我想你永遠都無法體會，親愛的。」愛德華嘲諷地說。

陶樂絲把頭一甩。

「為什麼無法體會？我就是想知道嘛。在這個世上女孩子突然飛黃騰達的方式真是不可思議。也許有朝一日我會躍上舞台演戲。」
「舉止規矩的女孩不會出人頭地。」愛德華沮喪地說道。
陶樂絲想要張嘴反駁，卻又忍住了，只是低聲說：「把櫻桃遞給我。」
「我吃得比你還多。」她評論道，「我把剩下的分一分……咦，籃子底層究竟是什麼東西？」
她邊說邊把那東西從籃子裡取出來。那是一長串閃閃發亮的紅寶石。
他們倆盯著項鍊呆住了。
「你說這是從籃子裡拿出來的？」愛德華終於說出話來。
陶樂絲點點頭。
「就在籃子底層……放在水果下面。」
他們又互相瞪著彼此。
「它怎麼會到這兒來的？」
「我不知道。這件事有些蹊蹺。泰德，我們剛剛讀到報上的那條新聞……有關紅寶石的新聞。」
愛德華笑了。
「你難道真的以為手裡拿的是五萬英鎊嗎？」
「我剛才說過這事有些蹊蹺。嵌在白金裡面的紅寶石。白金是那種暗淡的銀色物質……

就像這樣。這些珠子不是在閃閃發亮嗎？這色澤不是很可愛嗎？不知道總共有多少顆？」她數了起來。「泰德，不多不少，正好二十一顆耶。」

「不會吧！」

「真的。數目與報上說的一致。哦，泰德，你不會以為……」

「這搞不好是真的。」泰德猶豫不決地說道，「有一種方法可以鑑定——用它在玻璃上面劃一下。」

「那是鑽石。不過，泰德，那個男人看起來很古怪……那個賣水果而且長相醜陋的男人。但是他也很有趣……說我們籃子裡的東西物超所值。」

「是的。聽我說，陶樂絲，他為什麼要把五萬英鎊拱手送給我們呢？」

普拉特小姐搖搖頭，感到十分沮喪。

「這看起來是不合情理。」她承認道，「除非警方正在追捕他。」

「警方？」愛德華臉色有些發白。

「是的。報紙上還說『警方已經有了線索』。」

愛德華的脊背上直冒冷氣。

「我不喜歡這樣，陶樂絲。想想看警察在追捕我們。」

陶樂絲張大嘴盯著他。

「我們什麼事也沒做啊，泰德。我們是在籃子裡找到的。」

「這故事聽起來有些愚不可及！根本是天方夜譚嘛。」

「是不大可能。」陶樂絲承認道，「哦，泰德，你真的認為這就是那條項鍊嗎？這簡直像童話一樣！」

「我倒不覺得這聽起來像是童話。」愛德華說道，「對我來說，這聽起來更像是那種主人公蒙冤被送進英格蘭達特穆監獄服刑十四年的故事。」

但是陶樂絲聽不進去。她已經把項鍊戴在脖子上，並從手提包裡拿出一面小鏡子，正在審視效果看起來如何。

「就像公爵夫人一樣。」她喜不自禁地低聲說道。

「我不相信這是真的，」愛德華語氣激烈地說道，「這是贗品，一定是假的。」

「是的，親愛的，」陶樂絲一邊說，一邊依舊專注地盯著鏡裡的自己。「非常有可能。」

「否則的話，這簡直是……巧合。」

「鴿子血的顏色。」陶樂絲喃喃說道。

「這太荒唐了。聽著，陶樂絲，你聽到我說的話沒有？」

陶樂絲放下鏡子，轉過身來面對他，一隻手依舊放在頸上的紅寶石。

「我看起來如何？」她問道。

愛德華盯著她，怒氣卻不自覺地拋到腦後。他從未見過陶樂絲這副模樣。她臉上帶著勝利的喜悅，流露出一種王室氣質。這是他從未領教過的陶樂絲。由於相信自己脖子上戴著價值五萬英鎊的項鍊，這使得陶樂絲．普拉特變成一個全新的女人。她看起來安詳之中流露著傲慢，就像是克麗奧佩脫拉[7]、施美拉美絲[8]，以及芝諾比婭[9]三位古代美女合而為一。

「你看起來……你看起來……令人傾倒。」愛德華卑微地說道。

陶樂絲笑了起來，她的笑聲也和往常全然不同。

「聽著，」愛德華說道，「我們得做些什麼才行。我們必須把它交到警察局或是什麼地方。」

「胡說。」陶樂絲說，「你剛才說過他們不會相信你。說不定你會被以偷竊罪送進監獄裡。」

「可是……可是我們還能怎麼辦呢？」

「把它保存起來。」煥然一新的陶樂絲．普拉特說道。

愛德華盯著她。

「保存起來？你瘋了。」

「是我們撿到的，不是嗎？哎呀，它這麼值錢。我們把它保存起來，我將來可以戴。」

「警察會抓你的。」

陶樂絲考慮了一兩分鐘。

「好吧，」她說，「我們把它賣掉。你可以買一輛或是兩輛勞斯萊斯，而我可以買一件鑽石頭飾和幾枚戒指。」

愛德華依舊盯著她。陶樂絲感到不耐煩。

「現在我們有機會了……就看你要怎麼做。這不是我們偷來的，你要是這麼說，我不會同意的。它來到我們身邊，這也許是我們圓夢的唯一機會。你難道一點勇氣也沒有嗎，愛德華．帕葛洛？」

愛德華這時終於說話了。

「把它賣掉？這可沒那麼容易。任何一位珠寶商都會想知道我從哪兒弄到這玩意。」

「你別把它拿到珠寶商那裡。你沒讀過偵探小說嗎，泰德？當然是把它拿到買賣贓物的黑市。」

「我怎麼知道黑市在哪兒，我可是正正當當守本分的人。」

「男人應該無所不知，」陶樂絲說道，「這是你們的本分。」

他看著她。她安詳寧靜，不屈不撓。

「我不敢相信你會這樣想。」他軟弱地說道。

「我原本以為你是一個更為勇敢的男人。」

7　克麗奧佩脫拉（Cleopatra），古埃及托勒密王朝的末代女王。

8　施美拉美絲相傳為巴比倫的創建者，以美麗、聰明、淫蕩聞名。

9　芝諾比婭（Zenobia），聰明、美麗，擅長政事，建立了橫跨亞非的王國，是古代的傳奇女王。

片刻沉寂。隨後陶樂絲站起身來。

「好了，」她輕快地說道，「我們最好還是回家吧。」

「脖子上戴著那條項鍊？」

陶樂絲取下項鍊，滿懷敬意地看了看，然後把它放進手提包裡。

「聽著，」愛德華說，「把它交給我。」

「不行。」

「別想，你得交出來給我。親愛的，我一向做人誠實。」

「得了，你盡可以繼續誠實下去。你不必與它有任何牽連。」

「哦，把它給我。」愛德華不顧一切地說道，「這件事交給我。我去找黑市。正如你所說，這是我們唯一的機會。我們是誠實正當地得到它……是用兩個先令買來的。這和古玩店裡那些紳士一生中每天的所作所為沒啥兩樣，他們居然還以此自豪。」

「正是如此！」陶樂絲說道，「哦，愛德華，你真是太棒了！」

她遞出項鍊。他把它放進口袋裡，感到興奮得意，因為自己是個敢作敢為的小夥子！懷著這樣的心情，他啟動了奧斯汀。他們兩個都太興奮了，連茶點也忘了去吃。他們靜靜地開車回倫敦。途中有一次在一個十字路口，一個警察朝著車子走過來，愛德華的心臟差點停止跳動。結果就像奇蹟似的，他們安然無恙地回到家裡。

愛德華最後對陶樂絲說的話充滿了冒險精神。

「我們要把這事做個了斷。五萬英鎊！這麼做的確值得。」

那天晚上，他夢見了代表英國政府財產的鏃形標記，以及英格蘭的達特穆監獄。他很早就起床，容貌憔悴，精神委靡不振。他還得著手去找黑市，但是要怎麼找，他一點主意都沒有！他在辦公室裡上班純粹是敷衍了事，因而在午飯前就招來兩次嚴厲的訓斥。

如何才能找到黑市呢？他想到倫敦東部的懷特查佩爾是個合適的地方……或者，還是斯特普尼？

他剛剛返回辦公室，就有人打電話找他。說話的是陶樂絲的聲音……音調悲切而且哭哭啼啼。

「是你嗎，泰德？我正在打電話，但是她隨時都會進來，那樣的話我就得掛電話了。泰德，你什麼都還沒做，對吧？」

愛德華回答說是。

「聽著，泰德，你什麼也別做。我整個晚上睡不著。這太糟糕了。心裡還在想著聖經上說不得偷竊的話。我昨天一定是瘋了……一定是這樣沒錯。最好什麼都別做。聽到了嗎，泰德，親愛的？」

帕葛洛先生是否偷偷感到如釋重負？也許有吧……但是他不會承認的。

「當我說要做一件事時，就一定會做到底。」他說話的口氣，就像是眼神剛毅的超人。

「噢，但是，親愛的泰德，你千萬別這樣做。哦，上帝，她來了。聽著，泰德，她今晚會去赴宴。我會溜出來見你。在見我之前什麼也別做。八點鐘在拐角處等我。」她的聲音變成了天使般的低語。「是的，夫人，我想是對方撥錯了號碼。他們找的是布魯斯伯里零二三四號。」

愛德華六點鐘下班時，報上的一個大標題吸引了他的視線。

珠寶搶劫案。最新進展。

他匆忙遞過一個便士，安然上了地鐵，很容易地找到一個座位，然後急切地細讀報紙起來。他輕而易舉地找到他要的內容。

他不禁低聲吹起口哨。

「這個嘛……我……」

接下來的一個標題吸引了他的視線。他讀完了報紙，一鬆手讓它滑落到地板上。

八點整，他已經在約會地點等待。陶樂絲上氣不接下氣地匆匆趕來見他，她面色蒼白，但是依舊美麗動人。

「你什麼也還沒做吧，泰德？」

「什麼也沒做。」他從口袋裡取出紅寶石項鍊。「你現在可以把它戴上了。」

「可是，泰德……」

「警方已經找到那條紅寶石項鍊，還有那個竊賊。你讀一讀這個！」

他把一張報紙拿到她面前。陶樂絲讀道：

新的廣告花招

「全英五便士集市」正在採取一種新的廣告伎倆。他們計畫向著名的伍斯沃零售店挑戰。昨天他們賣出一籃一籃的水果，而且以後每個星期日都將會繼續出售。每五籃水果當中，就有一籃裝著用不同顏色石頭製成的贗品項鍊。就其價格而言，能得到這些項鍊真是相當划算。昨天它們引發了市民的興奮和愉悅。「多吃水果」促銷活動將在下個星期日全面推出。我們向五便士集市所表現出來的行銷策略表示恭賀，並希望他們所提倡的購買英國國貨的運動能大獲成功。

「噢……」陶樂絲說。

停頓了片刻。

「噢！」

「是的，」愛德華說道，「我也有同感。」

一個路人將一張報紙塞進他手裡。

「拿著，兄弟，」他說道，「『一個道德高尚的女人，其價值遠超過紅寶石項鍊。』」

「說得好！」愛德華說道，「我希望這段文字能讓你高興起來。」

「我不知道，」陶樂絲狐疑地說，「我並不想看起來像個好女人。」

「你看起來不像。」愛德華說道，「這正是那個男人給我報紙的原因。你脖子上戴著那串項鍊，結果看起來一點也不像個好女人。」

陶樂絲笑了起來。

「你真可愛，泰德。」她說道，「走吧，我們一起去看電影。」

09

伊斯威特先生奇遇記

The Listerdale Mystery

伊斯威特先生看著天花板，然後又俯視地板，接著他的目光漸漸移到右側牆上。最後，他的視線突然緊盯著眼前的打字機。

潔白的紙上用大寫字母寫著一條標題。

上面這樣寫道「第二條黃瓜的祕密」，一個相當逗趣的標題。安東尼．伊斯威特認為任何一個讀到這條標題的人，都會立即對它產生興趣。「第二條黃瓜的祕密，」他們會這樣說，「這裡面會說些什麼東西？黃瓜？第二條黃瓜？我一定得讀讀這個故事。」這位偵探小說大師以純熟技巧寫出和普通蔬菜有關的精采故事，他們一定會為此而感動著迷。好極了。安東尼．伊斯威特非常清楚這個故事會是什麼樣子……麻煩的是不知為何他寫不下去了。小說的兩大要素是標題和情節，其餘的只是艱苦的準備工作。有時候甚至可以這麼說，單是一個標題本身就能構成情節，其餘的事就順理成章了。但是，眼前的題目依舊點綴在那張紙的頂端，故事情節卻毫無蹤影。

安東尼．伊斯威特再次將目光投向天花板、地板，甚至是壁紙，企圖以此來尋找靈感，但是依舊一無所獲。

「故事中的女主角名叫莎妮雅。」安東尼說著，一邊給自己打氣。「莎妮雅或是陶莉絲——她有象牙般蒼白的皮膚——倒不是健康不良的那種膚色，眼睛就像深不可測的水池。男主角名叫喬治，或是約翰，一個矮冬瓜英國人。還有花匠——嗯，我想，一定要有個花匠，我們得設法把那條黃瓜牽扯進來——花匠可以是蘇格蘭人。他對於早霜的悲觀態度令人覺得好笑。」

這種方法有時管用，只是看來今天早上行不通。儘管安東尼已經清楚看見莎妮雅、喬治，還有那個可笑花匠的身影輪廓，但是他們看起來都懶得動彈似的。

「當然啦，我也可以用香蕉。」安東尼絕望地想，「或是萵苣，或是甘藍菜……甘藍菜如何？事實上這是個密碼——失竊的無記名債券——居心險惡的比利時男爵。」

他的眼前曾一度出現了一絲亮光，但是隨即又消逝了。比利時男爵根本成不了氣候。安東尼突然想到早霜與黃瓜兩不相宜，這使得那個蘇格蘭花匠的笑點設計頓時全化為幻影。

「哦！見鬼了！」伊斯威特先生喊道。

他站起身來，一把抓起《每日郵報》。也許報上能找到某人被謀害的消息，這將可以賦予一位急得冒汗的作家些許靈感。然而今早淨是一些政治國際新聞。伊斯威特先生厭惡地把報紙拋在一邊。

接著他從桌上抓起一本小說。閉上雙眼，然後用手指輕輕翻開一頁。這是命運的安排，他的手指的正是「綿羊」這個名詞。在那一瞬間，耀眼的智慧火花迸裂，一個完整的故事在伊斯威特先生的腦海中展現開來。可愛的女孩——男友在戰爭中喪生，她的精神錯亂，去蘇格蘭山區牧羊——神祕地與往生的男友再次重逢，結局是綿羊與月光，就像奧斯卡影片那樣，女孩倒在雪地中死去，雪上留下兩串腳印……

這是個美妙的故事。安東尼嘆了口氣，從構思當中清醒過來，並難過地晃了晃腦袋。他很清楚編輯不會喜歡這種故事，儘管它聽起來也許很有美感。他們想要——而且堅持要（對了，他們得手後，偶爾也會支付豐厚的報酬）——神祕的黑衣女人，她被刺穿心臟，年輕的男主角被懷疑有罪，突然之間，在借助少得可憐的線索之下，謎團解開了，凶手正是那個最不可能的人……事實上，這條線索正是「第二條黃瓜的祕密」。

「儘管可能性只有十分之一，」安東尼沉思道，「但是編輯絕對不會知會我，就把標題改成像是『最陰險的謀殺案』之類亂七八糟的東西！啊，該死的電話。」

他怒氣沖沖地跑到電話前，拿起話筒。過去的一小時內，他已經兩度被鈴聲叫到電話機前，一次是對方撥錯了號碼，另一次是被一位他深惡痛絕的貴夫人糾纏去赴宴，但是她的死纏爛打讓他無法拒絕。

「喂！」他衝著話筒吼叫。

應聲的是個女人，聲音柔和親切，略帶外國口音。

「是你嗎，親愛的？」這聲音溫柔說道。

「哦……呃……我不知道。」伊斯威特先生小心翼翼地答道，「你是哪位？」

「是我，卡門。聽著，親愛的。我被跟蹤了……我的處境很危險……你必須馬上趕來，這是性命攸關的時刻。」

「不好意思，」伊斯威特先生禮貌地說道，「恐怕你撥錯……」

他還沒說完，她就打斷他的話。

「天啊！他們已經來了。如果他們知道我在做什麼，一定會殺了我。千萬別讓我失望，趕快來吧，你再不來我就必死無疑。你知道的，柯克大街三二〇號。暗號是黃瓜……噓……」

他聽到喀嚓一聲，對方掛了電話。

「唉，我真倒楣。」伊斯威特先生感到非常詫異地說道。

他走到菸葉罐面前，小心地填滿菸斗。

「我在想，」他沉思道，「這是自我潛意識所造成的異常現象吧。她不可能說出黃瓜這個名詞。這整件事非比尋常。她究竟說過黃瓜還是沒有？」

他猶豫不決地來回踱步。

「柯克大街三二〇號。不知道是什麼事？她正期待那個男人出現。我真希望當時可以在電話裡頭解釋一下。柯克大街三二〇號。暗號是黃瓜……哦，不可能，這太荒唐了，是大腦在緊張狀態下所產生的幻覺。」

他惡狠狠地盯著打字機。

「我不知道你究竟有何用處？我已經盯了你一個早上，這讓我獲益匪淺。作者應該從生活中尋找故事……從生活中，你聽到了嗎？現在我要出去找一個回來。」

他把一頂帽子扣在頭上，深情地凝視他那珍貴的琺瑯收藏品，隨後離開了寓所。

大多數倫敦人都知道，柯克大街是一條長道路，旁邊淨是一些古玩店，各種各樣的假貨價格令人咂舌。還有老字號大大小小的銅器店、玻璃器具店、門庭破敗的舊貨攤和舊衣物拍賣店。

三二〇號是專營舊玻璃的商店。各式各樣的玻璃器具把店裡擠得滿滿的。安東尼不得不沿著中央通道小心前行，通道兩邊是閃閃發亮的葡萄酒瓶，在他頭上搖晃而熠熠生輝的是一盞枝形吊燈。店鋪裡面坐著一位年邁的女士。她臉上的短鬚才剛萌生，這一定會讓許多大學生羨慕不已。她的舉止動作甚為粗魯。

她看著安東尼聲色俱厲地喝道：「有什麼事？」

安東尼屬於那種動輒會感到不安的年輕人，於是他馬上打聽一種白葡萄酒杯的價格。

「每半打四十五先令。哦，真的嗎，」安東尼說道，「相當不錯，不是嗎？這些多少錢？」

「它們很好看，是老式的沃特福德玻璃器具，一對十八基尼。」

伊斯威特先生覺得在給自己找麻煩。過了片刻後，在這個虎視眈眈的老婦人目光下，他已經猶豫著要買下某樣東西。但是他依舊無法說服自己離開這家店鋪。

「那一件呢？」他指著一盞枝形吊燈問道。

「三十五基尼。」

「啊！」伊斯威特先生遺憾地說道，「這樣的價錢我可付不起。」

「你想要什麼？」老婦人問道，「是結婚禮物嗎？」

「是的，」安東尼說道。他馬上接受了這個解釋。「要找到合適的東西可真不容易。」

「啊，是的。」女士臉上帶著毅然的表情站了起來。「一塊好的老式玻璃不會錯過任何一位主顧。我這裡有幾件老式的玻璃酒瓶，還有一套漂亮的甜酒酒具，正是送給新娘的東西……」

在接下來的十分鐘，安東尼承受了巨大的痛苦。女士把他牢牢抓在手裡。玻璃製造技藝中任何一件可以想像的作品，都被陳列在他眼前。他感到十分沮喪。

「漂亮，真是漂亮。」他搪塞地喊道，手裡放下一個硬塞給他的大高腳杯。隨後他匆忙說道：「你這兒有電話嗎？」

「不，這兒沒有。對面有個郵局，在那兒可以打電話。好了，你要哪一件，高腳杯，還是那些漂亮的老式酒杯？」

因為不是女人，所以安東尼對於如何不買東西就走出店面的藝術還無法掌握。

「那套甜酒酒具好了。」他怏怏不樂地說道。

這是看起來最微不足道的器具。當遞出來的是枝形吊燈時，他被嚇壞了。

他滿腹委屈地付了錢。隨後當老婦人在打包貨物時，他突然鼓起一股勇氣。頂多是被她認為古怪而已，況且她怎麼想又有什麼關係呢？

「黃瓜。」他的聲音清楚又堅定。

「呃？你剛才說什麼？」

「沒什麼。」安東尼挑釁地撒謊道。

「哦！我想你剛才是在說黃瓜。」

「我是這麼說沒錯。」安東尼挑釁地說道。

「唉，」老婦人說道，「你為什麼不早說呢？白白浪費我的時間。穿過那扇門上樓，她正在等你。」

安東尼恍如在夢中似的穿過那扇門，踏上骯髒不堪的樓梯。樓上的門微開著，露出一間狹小的起居室。

椅子上坐著一個女孩，呆呆地盯著門，臉上一副望眼欲穿的表情。

這個女孩！膚色正像安東尼筆下寫的那樣象牙般的蒼白。還有她的眼睛！那是什麼樣的眼睛！她不是英國人，他一眼就看出來了。甚至從她樸素的衣著中也流露出一種異國情調。安東尼在門口站住。不知怎麼的，他感到極為窘迫。看來是該解釋的時候到了。但是那個女孩歡樂地喊了一聲，然後就撲進他的懷裡。

「你來了，」她喊道，「你來了。哦，感謝天使和聖母。」

安東尼從來不錯過任何機會，他也熱烈地隨聲附和。最後她離開他的懷抱，帶著迷人的羞澀笑容仰視他。

「我本來不該認識你的。」她宣布道，「我真的不應該。」

「不應該嗎？」安東尼無力地說道。

「不應該，甚至你的眼睛也不太一樣，而且你比我想像中還要英俊十倍。」

「是嗎？」

安東尼心裡對自己說：「孩子，保持鎮靜，保持鎮靜。情勢進展得不錯，不過千萬別失去理智。」

「我能再吻你一下嗎？」

「當然可以。」安東尼真心誠意地說，「隨你吻多少下都行。」

接下來是一段令人愉快的插曲。

「不知道我究竟是誰？」安東尼心裡想，「希望那個真正的傢伙別出現。她真是太可愛了。」

女孩突然又掙脫他的懷抱，臉上露出瞬間的恐懼。

「沒人跟蹤你到這兒來吧？」

「天啊，沒有。」

「但是他們非常狡猾。你不像我這麼了解他們。包瑞斯是個魔鬼。」

「我會幫你很快把他解決掉。」

「你像一頭獅子……是的，你是一頭獅子。至於他們，就是一群烏合之眾了……他們全部都是。聽著，我拿到它了！如果他們知道的話，一定會殺了我。我好害怕，我不知道該怎麼辦。就在這時候，我想到了你……噓，那是什麼聲音？」

是樓下店面傳來的聲音。她示意他待在原地別動，然後躡手躡腳地走到樓梯口。當她返回時臉色蒼白，兩眼發直。

「哦，天啊！是警察。他們正在上樓。你有刀子嗎？左輪手槍？究竟是哪一種？」

「親愛的，你不會要我去殺一名警察吧？」

「哦，你瘋了……瘋了！他們會把你帶走，然後吊死你。」

「他們會怎麼樣？」伊斯威特先生問道，脊背上直冒冷氣。

樓梯傳來腳步聲。

「他們來了。」女孩低聲說道，「什麼也別承認。這是唯一的希望。」

「這還不簡單。」伊斯威特先生悄然應聲道。

片刻之後，兩個男人闖進屋裡。他們身著便服，但是一舉一動都說明了他們訓練有素。開口說話的是個矮個子，他身穿黑衣，灰色的眼睛顯得沉靜。

「康拉德．佛萊曼，你被捕了，」他說，「因為你謀殺了安娜．羅森伯格。你所說的話都將成為呈堂證供。這是逮捕令，你最好老老實實跟我們走。」

女孩差點大聲叫起來。安東尼臉上帶著鎮靜的微笑走上前。

「警官，你弄錯了。」他親切地說道，「我的名字叫安東尼．伊斯威特。」

兩名警探對他的聲明看來完全無動於衷。

「這個我們以後再說。」先前沒有開口的那人說道，「現在，請你跟我們走。」

「康拉德，」女孩抽泣著。「康拉德，別讓他們把你帶走。」

安東尼看著警探。

「你們會允許我和這位年輕女士道別吧？」

那兩個人比他想像中還要有禮貌。他們走向門邊。安東尼把那個女孩拉到窗戶旁邊一隅，急促地低聲和她說話。

「聽我說，我講的是真話。我不是康拉德．佛萊曼。你今早打電話的時候，他們一定幫你接錯電話號碼了。我的名字叫安東尼．伊斯威特。我是應你的請求而來的，因此……嗯，我就來了。」

她不相信地盯著他。

「你不是康拉德．佛萊曼？」

「不是。」

「哦！」她喊了一聲，語氣中流露出深深的痛楚。「但是我吻了你！」

「這沒什麼關係。」伊斯威特先生安慰她。「早期的基督徒還把這種行為視為一種習俗。我們之間很清白。現在你聽著，我會和他們一起走。我很快就會證明我的身分，而且他們不會再找你的麻煩了。你可以警告你這位親愛的康拉德，然後……」

「怎麼樣？」

「嗯……就這樣了。我的電話號碼是西北一七四三……小心別再讓他們接錯號碼。」

她淚中含笑地給了他迷人的一瞥。

「我不會忘記……真的，我不會忘的。」
「很好。再見。我說……」
「什麼事？」
「再提及早期的基督徒你不會介意吧？」
她抱住他的脖子與他相吻。
「我真的喜歡你……是的，我真的喜歡你。無論發生什麼事，你會記住我們今天的相遇，對吧？」
安東尼不情願地轉身，走近要逮捕他的人。
「現在可以走了。我想，你們不會拘留這位年輕女士吧？」
「不會的，先生，她和這案子無關。」矮個子斯文地說道。
「真是有禮貌的傢伙，這些倫敦蘇格蘭場的警察。」安東尼隨著他們走下狹窄的樓梯時，暗自思忖道。
店裡面那個老婦人不見了，但是安東尼聽到後門傳來重重的喘息聲。他猜想她可能站在門後，小心翼翼地觀望眼前發生的事。
走出骯髒的柯克大街，安東尼嘆了一口氣。他衝著兩名警察中較矮的那位開口說話。
「警官……我想，你是警官吧？」
「是的，先生。我是韋羅爾警官。這位是卡特巡佐。」

「哦，韋羅爾警官，是該談談正事的時候了……請你們好好聽著，我不是康拉德。我會告訴你們我為什麼來這裡。我叫安東尼．伊斯威特，我的職業是作家。如果你們和我一起去我的公寓，我想我能向你們證明我的身分。」

安東尼說話時的認真態度似乎打動了這兩名警探，一絲疑雲開始掠過韋羅爾的臉上，卡特顯然還是不太相信。

「我明明聽見，」他譏諷道，「剛才那位年輕的女士稱呼你『康拉德』。」

「啊！這是另外一回事。我不介意向你們坦承，我冒充一個名叫康拉德的人來見那位小姐。這是私事，你們應該明白吧。」

「說得比唱的還好聽，不是嗎？」卡特評論道，「不，先生，你得跟我們走。喬，叫住那輛計程車。」

一輛路過的計程車被攔了下來，三人上了車。安東尼抱著最後一線希望，向兩人之中比較願意相信他的韋羅爾說話。

「聽我說，警官，順便去我的公寓看看我說的是不是真話，這不會有什麼損害吧？如果可以的話，你們坐計程車去我家都沒關係……我來出錢好了！五分鐘礙不了什麼事的。」

韋羅爾上下打量著他。

「儘管聽起來很不可思議，」他突然說道，「但我會這麼做，是因為我相信你說的是實話。我們可不想因為抓錯人而在局裡出糗。地址是哪裡？」

「勃蘭登堡住宅區四十八號。」

韋羅爾探身向前對司機大聲說出地址。三人靜靜坐著直到目的地。卡特跳下車，韋羅爾示意安東尼跟在身後。

「不必把事情搞得不愉快，」他下車時解釋道，「就像是朋友來訪，好像伊斯威特先生帶了幾個朋友回家。」

對於這個提議，安東尼滿心感激。他對刑事局的評價每一分每一秒都在提高。很幸運地，他們在走廊裡遇到了搬運工羅傑斯。安東尼停下腳步。

「嗨！晚安，羅傑斯。」他隨口打招呼。

「晚安，伊斯威特先生。」搬運工恭敬地答道。

他喜歡安東尼，因為他是慷慨大方的典範。而這一點，他的鄰居們就做不到。

安東尼一腳剛踏上樓梯，便停下腳步。

「對了，羅傑斯。」他不經意地問道，「我住在這兒有多久了？我剛才還在和我這兩位朋友談論此事。」

「讓我想想，先生。到現在一定快要四年了。」

「和我想的一樣。」

安東尼得意地朝兩名警探瞥了一眼。卡特咕噥一聲，而韋羅爾的臉上綻放出微笑。

「很好，但是這樣還不夠，先生。」他說道，「我們上樓好嗎？」

安東尼用他的彈簧鎖鑰匙打開公寓房門。他記得僕人舒馬克外出了，這使得他感到放鬆。這場災難的目擊者愈少愈好。

打字機依舊是他離開時的擺設。卡特大步走到桌前閱讀紙上的標題。

「第二條黃瓜的祕密。」他語調沮喪地讀道。

「是我寫的故事。」安東尼漠然解釋道。

「這就對了，先生。」韋羅爾點點頭，眼睛閃閃發亮。「對了，先生，這是什麼樣的故事？第二條黃瓜的祕密究竟是什麼？」

「啊，你問倒我了。」安東尼說道，「正是這第二條黃瓜才惹出了這場麻煩。」

卡特專注地看著他，突然搖起頭來，並用手指頭重重敲了前額。

「真是前所未聞啊，可憐的年輕人。」他用清晰可聞的旁白低聲說道。

「好了，兩位，」伊斯威特先生輕快地說道，「我們來談正事吧。這是寄給我的信件，我的銀行存摺，還有和編輯的來往通信。你們還要什麼？」

韋羅爾仔細查看了那些遞交給他的紙張。

「就我個人而言，先生，」他客氣地說，「這些已經足夠讓我深信不疑了。但我不能承擔擅自把你放走的責任。你瞧，儘管可以肯定的是，你身為伊斯威特先生在這兒住了好幾年，但是說不定安東尼．伊斯威特與康拉德．佛萊曼是同一個人。我必須仔細搜查公寓，印下你的指紋，然後打電話給總部。」

「看來你倒是挺謹慎的。」安東尼評論說，「我絕對歡迎你們探查我的罪惡祕窟。」

警官咧嘴笑了。就一名警察而言，他還頗有人情味。

「先生，我一個人在這兒忙碌時，你可否和卡特一起到那邊的小房間去？」

「好吧。」安東尼不情願地說道，「能不能換另外一種方式進行？」

「什麼意思？」

「你，我，還有幾瓶威士忌和汽水一起到那個小房間，而我們的朋友巡官先生來徹底搜查。」

「你比較喜歡這樣，先生？」

「的確如此。」

他們讓卡特留下來鄭重其事地搜查桌子裡面的東西。他們走出房門時，還聽到他拿起話筒打電話給倫敦警察局。

「情況還不壞。」安東尼邊說邊坐下來，將一瓶威士忌和一瓶汽水放在旁邊，殷勤地招待韋羅爾警官。「是不是我先喝，好證明威士忌裡面沒放毒藥？」

警官笑了笑。

「這一切是很不合情理，」他評論道，「這一行幹了這麼久，多少對實情還可以略知一二。一開始我就知道我們弄錯了。但是，當然啦，例行公事還是得照辦。規矩就是規矩，你沒辦法不照章行事，對吧，先生？」

「你說的沒錯，」安東尼遺憾地說，「不過，巡佐看起來不怎麼友善，是嗎？」

「啊，卡特巡佐是個好人。但你想要騙過他可沒那麼容易。」

「我已經注意到了。」安東尼說道。

「對了，警官，」他補充說，「我可不可以聽一聽和我自己有關的事？」

「以什麼方式，先生？」

「別這樣嘛，你沒看到我已經快被自己的好奇心打敗了嗎？誰是安娜．羅森伯格，我為什麼要謀殺她？」

「先生，明天的報紙上會刊登一切。」

「昨天的我和今天的我可能相差十萬八千里。」安東尼引經據典說道，「警官，我真的認為你應該滿足我這種並不為過的好奇心。拋開你身為警官的謹慎，把一切都告訴我吧。」

「這不合乎規定，先生。」

「我敬重的警官先生，我們也算相當投緣，難道你還是要這樣對待我嗎？」

「嗯，先生，安娜．羅森伯格是個德國猶太人。她住在漢普斯特郡。不知她以什麼維生，總之她一年比一年變得愈來愈有錢。」

「我剛好相反。」安東尼評論道，「我有維持自己生計的方法，卻變得一年比一年窮。如果我住在漢普斯特郡，也許日子會好過些。我聽人家說漢普斯特郡住起來心曠神怡。」

「有一段時間，」韋羅爾接著說道，「她買賣舊衣服……」

「這就可以說得通了，」安東尼打斷說，「我還記得戰後賣掉了自己的制服……不是卡其布軍服，而是別的東西。整個公寓裡頭到處都是紅色的褲子和金色的鑲邊，眼花撩亂地丟在眼前。一個身穿格子西服的肥胖男人坐一輛勞斯萊斯車來我家，旁邊還跟著一個帶著手提包的僕人。他出價一英鎊十便士要買下這堆東西。最後我又加上一件獵裝，還有幾副蔡司眼鏡，總共才賣兩英鎊。胖紳士只打了一個信號，那個僕人就打開手提包，把東西統統都收進去。胖紳士拿出一張十英鎊的鈔票要我找零。」

「大約十年以前，」警官接著說，「有幾個西班牙人以政治避難為由來到倫敦，他們當中有一個叫唐．費南多．裴瑞茲，帶著年輕的妻子和年幼的孩子。他們一貧如洗，而妻子又正在生病。安娜．羅森伯格到他們的住所去詢問，看他們是否有東西要變賣。唐．費南多不在家，他的妻子決定賣掉一塊非常漂亮的西班牙圍巾，上面有精美的刺繡，那是她的丈夫在逃離西班牙之前送給她的最後一件禮物。唐．費南多回家以後，聽說圍巾賣掉了，不禁勃然大怒。他徒勞無功地試圖找回那塊圍巾。當他最後終於找到那個經營買賣舊衣服的女人時，她說那條圍巾轉賣給一個不知姓名的女人。唐．費南多絕望了。兩個月後，他在街頭被人用刀子捅傷，後來竟傷重而死。從此以後，安娜．羅森伯格的錢就多得讓人生疑。在隨後的十年中，她的房子至少有八次被夜賊光顧。其中有四次的盜竊企圖沒有得逞，東西完全沒丟；在另外四次當中，一條帶有某種刺繡的圍巾連同其他物品一起被偷走了。」

警官停頓了一下，看到安東尼急切的手勢，又繼續往下說。

「一個星期以前，唐·費南多年輕的女兒卡門·裴瑞茲從法國的一所修道院抵達英國。她做的第一件事情就是在漢普斯特郡尋找安娜·羅森伯格。據說她在那兒與老婦人發生了激烈的爭執，她臨走之前所說的話被一個僕人無意中聽到。

「『圍巾還在你這兒，』她喊道，『這些年來，你靠它發財致富，但我鄭重告訴你，它最終將會給你帶來厄運。對於它，在道義上你沒有擁有它的權利。總有一天，你會希望自己從未見過這條繡花圍巾。』

「三天以後，卡門·裴瑞茲從她住的旅館神祕地失蹤了。在她的房間裡找到一個名字和一個地址，這個名字就是康拉德·佛萊曼，還有一張據稱是古玩商人送來的字條，問她是否願意出售一條據信在她手中的刺繡圍巾。條子上的地址是假的。

「顯然這個謎團的中心就是這條圍巾。昨天早晨，康拉德·佛萊曼探望了安娜·羅森伯格。她與他單獨待了一個多小時。當他離去時，她居然臥床不起，而且從這次會晤之後，她就臉色蒼白渾身發抖。但是她吩咐說，如果他再來的話，一定要讓他進來。昨晚大約九點時，她起床外出，然後就再也沒有回來過。今天早晨，在康拉德·佛萊曼住過的房間裡發現了她的屍體，心臟被刀子刺穿了。在她旁邊的地板上，放了……你猜是什麼？」

「圍巾？」安東尼喘了口氣。「繡花圍巾？」

「比這還更恐怖的東西。是一件能夠解釋整個圍巾之謎、並揭示其潛在價值的東西……對不起，我猜署長來了……」

的確有人在按門鈴。安東尼竭力抑制自己的不耐煩，等著警官回來。現在他對於自己的處境已經不再擔心了。他們一旦取得指紋，就會意識到自己所犯下的錯誤。

然後呢，也許卡門會打電話來……

繡花圍巾！多麼離奇的故事……這故事和那個美貌女郎十分相配。

他從白日夢中猛然醒來。警官怎麼去了這麼久。他站起身來，拉開門。公寓裡頭異常地寂靜無聲。他們已經走了嗎？應該不會不告而別吧？

他大步走進隔壁的房間。裡面空空如也！起居室裡也一樣……空曠地叫人感到驚訝！裡面看起來凌亂不堪。天哪！他的琺瑯銀器！

他在公寓裡面來回狂奔。到處都是一個樣。這個地方已經被洗劫過了。像真正的鑑賞家一樣，安東尼喜歡收藏小玩意兒，但是現在每樣值錢的東西都被偷走了。

安東尼呻吟地頹然倒在一把椅子上，雙手捂著頭。突然間，他被大門的門鈴聲喚醒過來。他一開門正撞上羅傑斯。

「先生，請原諒。」羅傑斯說道，「那兩位紳士告訴我，說你可能想要找什麼東西。」

「哪些紳士？」

「先生，就是你那兩個朋友。我盡力幫他們包裝好物品。幸虧我在地下室裡找到兩個大箱子。」他的目光落到地板上。「我已經仔細把稻草掃乾淨了，先生。」

「你是在這兒打包的？」安東尼呻吟道。

「是的，先生。這不是你的意思嗎，先生？是那高個子紳士讓我這麼做的，先生。看到你在小房間裡忙著和另外一位紳士說話，我就沒有打擾你們了。」

「不是我在和他說話，」安東尼說道，「是他在和我說話……去他媽的可惡。」

羅傑斯咳嗽了一聲。

「我很遺憾你必須這麼做，先生。」

「必須這麼做？」

「必須和你小小的寶藏道別，先生。」

「呃？哦，是的。哈，哈！」他發出陰森的笑聲。「我想，他們現在已經開車走了。我是說，那些……我那幾位朋友？」

「哦，是的，先生，剛剛才走的。我把箱子放在計程車上，那個高個子先生再次上樓，隨後他們兩個從樓上跑下來，立即把車開走了……對不起，先生，出了什麼問題嗎？」

羅傑斯問得有道理。安東尼發出的空洞呻吟聲無論在任何時刻都會引起猜測。

「每件事都出了問題。謝謝你，羅傑斯。但我知道這不能怪你。讓我獨處一會兒。我想打個電話。」

五分鐘後，警官萊佛坐在他面前，手裡拿著筆記本，而他正把故事灌進警官的耳朵裡。萊佛警官這麼沒有同情心（安東尼暗想），他一點也不像個警官！事實上，他顯然是在裝腔作勢。又一個只懂辦案技巧而不管人性的典型警察。

安東尼講完了他的故事。警官也合上他的筆記本。

「怎麼回事？」安東尼焦急地問道。

「很顯然地，」警官說道，「又是帕特森幫幹的。他們最近連續做案。高個金髮男子，矮個黝黑男人，還有那個女孩。」

「那個女孩？」

「是的，一個非常美麗的女郎。通常是作為誘餌。」

「呃，是個西班牙女郎？」

「她也許會這樣自稱。她出生在漢普斯特郡。」

「我說過這地方令人心曠神怡。」安東尼喃喃說道。

「是的，事情很清楚。」警官說著，起身準備離去。「她打電話給你，然後編造一個故事……她猜想你一定會去。隨後她跑到吉布森老媽那裡，給她一筆小費，藉此可以使用她的房間，因為在公眾場合不方便……要和情人碰面，這你明白吧，和犯罪沒有任何關係。你自然上了當，隨後他們把你帶回家，一個人編故事給你聽，而另外一個人則盜走寶物。這無疑是帕特森幫……他們慣用的伎倆。」

「那我的東西呢？」安東尼焦急地問道。

「我們會盡力的，先生。不過，帕特森幫非常狡猾。」

「看來是這樣沒錯。」安東尼難過地說道。

警官起身離去。他才剛走，門鈴就響了。安東尼打開門，一個小男孩站在門口，手裡拿著一個包裹。

「先生，你的包裹。」

安東尼意外地接過包裹，他沒有料到會收到包裹。回到起居室裡，他把絲線剪斷。是那一套甜酒酒具！

「媽的！」安東尼罵了一句。

隨後，他注意到在一個玻璃杯底部，有一朵小小的塑膠玫瑰。他的思緒又回到了柯克大街的那間樓上房間裡。

「我真的喜歡你……是的，我真的喜歡你。無論發生什麼事，你會記住我們今天的相遇，對吧？」她是這麼說的。無論發生什麼……她當時是說……

安東尼竭力控制自己。

「這樣不行。」他告誡自己。

他的目光落在打字機上，於是神色堅定地坐了下來。

第二條黃瓜的祕密

他的神情又變得迷濛起來。繡花圍巾。屍體旁邊的地板上究竟找到什麼東西？是一件能夠解釋整個謎團的可怕物件？

當然了，什麼東西也沒有，這只是盜匪用來吸引他注意力而胡亂編造的故事。而故事的敘述者採用了古老的《天方夜譚》中的敘事技巧，在最引人入勝的地方戛然而止。但是，難道真的沒有一件能夠解釋整個謎團的可怕物件？現在也沒有嗎？如果有人費盡心思去找呢？

安東尼把那張紙從打字機上扯下來，換了另外一張。他打下了標題：

西班牙圍巾之謎

他靜靜地思忖片刻，隨後開始飛快地打起字來……

10

金色的機遇

The Listerdale Mystery

喬治．鄧達斯佇立在倫敦街頭沉思。

在他的周圍，賣苦力的和賺大錢的人群像席捲而來的潮水似的洶湧流動。此刻的喬治衣冠楚楚，褲線筆直，根本沒注意到他們。他正忙著考慮下一步行動。

剛剛發生了一件事！用下層社會的說法，喬治和他富有的舅舅（也就是李貝特暨吉林公司的艾佛瑞．李貝特）「吵了一架」。比較精確的說法是，這場「爭吵」完全是李貝特先生單方面的。那些言辭就像是憤怒的溪流從他嘴裡源源不斷奔湧而出。事實上，它們幾乎完全由重複的言辭所組成，然而這一點，似乎並未使他本人感到困擾。一件事情只是好好地說上一遍，然後就不去管它了，這可不是李貝特先生的座右銘。

爭執的主題倒不複雜……還不就是年輕人特有的愚蠢與乖戾：居然沒有請示就給自己放了一天假。李貝特先生講完了他所想說的話——其中有幾件事還說了兩遍——便停下來喘口氣，質問喬治這樣做是什麼意思。對此，喬治只是輕描淡寫地回答說，他覺得自己想要放一天假。事實上是想給自己一個假期。於是李貝特先生接著就問，週六下午和週日是拿來做什麼用的？更甭提不久前的聖靈降臨週[10]和即將到來的八月銀行假日了。

喬治說他不喜歡週六下午、週日，或是銀行假日。他想要一天真正的休假，在此期間，他才有可能找到多數倫敦人尚未聚集而至的某個地方。

隨後李貝特先生說，他已經為自己去世的姐姐的兒子盡了心力……沒有人會說他沒有給外甥機會。但是，顯然這份心意根本不管用。因此從今以後，喬治可以有五天真正的休假，再加上週六和週日，統統都可以用來做他想要做的事。

「金色的機遇向你拋來了，孩子。」李貝特先生帶著最後一絲詩歌般的浪漫情懷說道，「但是你沒抓住它。」

喬治回答說，在他看來，自己似乎正在這麼做。李貝特先生怒氣沖沖地撇開詩歌情懷叫他滾出去。所以喬治……在沉思。他的舅舅是否會對他產生惻隱之心？他內心究竟是喜歡喬治，還是只有冷漠與厭惡？

正在此時，一個聲音……一個最不可能的聲音問候道：「你好！」

一輛小轎車在他身旁停了下來。這是一輛深紅色的跑車，車身前面是長長的引擎蓋，而駕車的正是那位漂亮又討人喜歡的上流社會女子：瑪麗・蒙翠索（對她最好的描述是，專門刊登照片的報紙絕對會在一個月內把她的肖像刊登四次以上）。此時此刻，她正衝著喬治嫻雅地微笑。

「我從不知道男人也會看起來像一座孤島。」瑪麗・蒙翠索說道，「要上車嗎？」

「當然好啊。」

喬治毫不猶豫地上了車，在她身邊坐下來。

10 指聖靈降臨節開始的一週，尤其是指前三天。

他們駕車緩緩前行，因為交通狀況不允許有其他選擇。

「我已經對這座城市感到厭倦了。」瑪麗．蒙翠索說道，「從前我為了看它究竟是什麼模樣而來，如今我要回倫敦去了。」

喬治並未冒昧地糾正她的地理觀念錯誤，只是說這個主意棒極了。

他們時而緩緩前行，時而橫衝直撞……那是當瑪麗．蒙翠索有機會超車的時候。喬治從後視鏡裡看著她，覺得她似乎興致不錯。只是想到人生只能死一回，他就覺得自己最好還是別和她搭訕閒聊。他寧願這位漂亮的司機把注意力集中在手上的工作。

反而是她，偏偏在海德公園角落急轉彎時又打開了話匣子。

「你願意娶我嗎？」她不經意地問道。

喬治急促地喘了口氣。不過，或許是因為一輛看來必會招致災難的巨型巴士所致，他很快做出了答覆，而且還頗為自豪。

「我願意。」他輕鬆地說。

「哦，」瑪麗．蒙翠索含糊地說道，「也許有一天你會。」

他們平安地將車開上直線道，此時喬治看到海德公園地鐵站新近張貼的海報。在「政治形勢危急」和「上校站在被告席上面」之間插入的一條標題是：「上流社會女子將嫁給公爵」。另一個標題是「艾契爾公爵與蒙翠索小姐」。

「關於艾契爾公爵的這條標題，內容說的是什麼？」喬治嚴厲地質問道。

「我和賓戈嗎？我們訂婚了。」
「但是你……你剛才說……」
「哦，這件事呀。」瑪麗・蒙翠索說道，「你瞧，我現在還沒下定決心要嫁給誰。」
「那你為什麼和他訂婚？」
「只是想試試看而已。大家似乎都覺得和貴族攀關係很難，其實一點也不！」
「運氣真背啊。我是說……呃……賓戈。」
喬治一邊說，一邊竭力控制自己以綽號稱呼一位尚在人世的公爵而感到的難堪。
「是的，運氣一點也不好。」瑪麗・蒙翠索說道，「如果賓戈有任何事走運就好了，我對這一點深表懷疑。」
喬治又有了另一項發現，依舊是借助一張顯眼的海報。
「哦，今天在阿斯科特有賽馬錦標賽。我早該想到那是你今天原定要去的地方。」
瑪麗・蒙翠索嘆了口氣。
「我想要有個假期。」她黯然神傷地說道。
「唉，我也是。」喬治高興地說道，「所以我舅舅就一腳把我踢開，叫我滾蛋去挨餓。」
「那麼如果我們結婚，」瑪麗說道，「我每年兩萬英鎊的收入就可以派上用場了？」
「那當然，它可以為我們的家添置一些物品。」喬治說。
「說到家，」瑪麗說，「我們不如到鄉間去找一個自己喜歡的家。」

看來，這是一項簡單又誘人的計畫。他們順利地穿過帕特尼大橋，到達金斯頓彎道。瑪麗心滿意足地嘆了口氣，腳下油門一踩，很快抵達了鄉間。半小時後，瑪麗突然歡呼一聲，激動地伸出手來指向前方。

在他們面前的山脊上，蓋著一棟房地產仲介稱之為（很少是真的）具有「歐洲」魅力的房子。想像一下仲介商對這個國家多數房屋的描述鮮少是恰如其分，如此一來你就可以知道這棟房子是長什麼樣了。瑪麗在一扇白色大門外停下車來。

「我們把車停在這兒上去看看。這是我們的房子！」

「沒錯，是我們的房子，」喬治隨聲附和道，「只是，現在裡面似乎有住人。」

說到別人，瑪麗不屑地把手一揮。他們一起沿著彎彎曲曲的車道向山上走去。來到近處，這棟房子看起來更是賞心悅目。

「我們去看看窗戶裡面。」瑪麗說。

喬治表示反對。

「你以為別人……」

「我才不去考慮他們。這是我們的房子，他們只是基於某種偶然的機緣才住在裡面。況且，今天天氣不錯，他們一定外出了。如果真的有人把我們抓住，我會說……我會說……我還以為這裡是帕……帕登施坦格夫人家。很抱歉我弄錯了。」

「嗯，這麼說應該沒問題。」喬治深思熟慮地說。

他們透過窗戶向裡看。屋子裡面的陳設令人愉悅。他們才剛剛走到書房，就聽到身後傳來嘎吱的腳步聲。他們轉過身來，站在面前的是一個令人無可挑剔的管家。

「啊！」瑪麗說道，隨後臉上綻開迷人的微笑，並且問道：「帕登施坦格夫人在家嗎？我正在想她是否在書房裡面。」

「小姐，帕登施坦格夫人在家。」管家說道，「請這邊走。」

他們做了自己唯一能做的事，就是跟在他的身後。喬治心裡盤算著這件事不知會如何收尾。他心裡暗忖，像帕登施坦格這樣的名字，兩萬人當中才有一個。這時他的同伴低聲說：「這事交給我。沒事的。」

喬治巴不得把這事交給她。他心裡想，像這種場合，需要女性的策略來解決。

他們被領進一間客廳。管家尚未離去門就開了。一位身材高大、面色紅潤、留著染色金髮的女士滿臉期盼地走進屋來。

瑪麗．蒙翠索迎上前去，隨後佯裝吃驚而停下腳步。

「哎呀！」她喊道，「不是艾美！這真是奇怪！」

「的確很奇怪。」一個聲音冷冷地說。

跟在「帕登施坦格夫人」後面的是個男人。一個身體健壯、面如鬥牛犬、惡狠狠地皺著眉頭的男人。喬治心想，自己從未見過如此醜陋的畜生。這個男人把門關上，再用背抵住。

「奇怪。」他譏諷地重複道，「不過，我想我明白你們的把戲！」他突然掏出一把特大號的左輪手槍。「舉起手來。我再說一遍，舉起手來。貝拉，搜一搜他們。」

嗜讀偵探小說的喬治時常不明白搜身是什麼樣的感覺。現在他明白了。

那男人對於喬治和瑪麗身上沒有藏匿任何致命武器而感到滿意。

「你們自以為很聰明，是嗎？」那個男人嘲諷道，「溜進這裡還裝作若無其事。這次你們犯了一個錯誤，一個大錯誤。事實上，我非常懷疑你們的親友是否能再見到你們。啊！你想幹嘛？」喬治稍一動彈，他就吼道，「別耍花招了。我一看見你就想給你一槍。」

「喬治，小心點。」瑪麗顫抖著說。

「我會的。」喬治答道，「我會非常小心。」

「現在往前走。」那個男人說道，「貝拉，把門打開。你們兩個，把手舉在頭上。女士走在前面……對，就是這樣。我跟在你們兩人身後。穿過大廳，向樓上走……」

他們照著做了。他們還能怎麼辦呢？瑪麗走上樓梯，高舉著雙手。喬治跟在後面。他們身後是那個高大的惡棍，手裡舉著左輪手槍。

瑪麗走到樓梯頂端，轉過拐角處。在同一時刻，喬治毫無預警地飛起一腳向後踢去，正中那個男人的腹部。他仰面摔到樓下。喬治旋即轉過身，縱身躍下樓梯，用膝蓋抵住他的胸部，並用右手拾起對方摔下來時掉落的手槍。

貝拉尖叫著穿過一扇門逃走了。瑪麗跑到樓下，她的臉像紙一樣蒼白。

「喬治，你沒有把他殺死吧？」

那個男人靜靜地躺著。喬治俯下身來。

「我想，我沒把他殺死。」他遺憾地說道，「他只是昏迷了。」

「感謝上帝。」她呼吸急促。

「幹得真漂亮。」喬治說道，語氣中對自己相當欽佩。「看來還得向老騾子多加學習。啊，怎麼啦？」

瑪麗拉了拉他的手。

「走吧，」她焦急地說，「趕快走。」

「我們得找點什麼東西把這傢伙捆起來，」喬治一心想著自己的計畫。「你不能四處找條繩子或帶子嗎？」

「不，我不能。」瑪麗說，「走吧，快點，快點，我害怕極了。」

「你不必害怕。」喬治帶著男人的自負說道，「有我在這兒。」

「親愛的喬治，走吧……為了我。我不想捲進這種事裡面。我們還是快走吧。」她說「為了我」時的異樣表情動搖了喬治的決心。他任憑自己被拉著跑出屋子，然後沿著車道奔向停在一旁的車子。瑪麗聲音微弱地說：「你來開車。我覺得自己不行了。」

喬治用力握住了方向盤。

「但是我們得解決這件事，」他說，「天知道那個長相醜惡的傢伙是個什麼樣的無賴。如果你不願意，我不會去叫警察……但我要自己試試看。我應該能查出他們的來龍去脈。」

「別這樣，喬治，你別這麼做。」

「有這麼棒的冒險機會，你卻希望我退出？門都沒有。」

「我不知道你這麼嗜血。」瑪麗一把鼻眼淚一把涕地說。

「不是我嗜血。不是我先起頭的。是那個混帳傢伙……他用大號手槍威脅我們。對了，為什麼我把他踢到樓下時槍沒有響？」

他停下車，從放槍的車子側袋內摸出那把手槍。仔細查看之後，他吹了一聲口哨。

「哦，該死的，這裡面沒裝子彈。早知如此……」他停頓片刻，感到疑雲重重。「瑪麗，這件事非常奇怪。」

「我知道。正因為這樣，我求你別再管這件事了。」

「不行。」喬治堅定地說。

瑪麗傷心地嘆了口氣。

「我知道，」她說，「我必須告訴你了。最糟糕的是，我真的不知道你會如何接受。」

「你說什麼……告訴我。」

「事情是這樣的。」她停頓了一下。「我覺得現在的女孩子應該要齊心協力，她們多少必須了解她們所遇到的男人。」

「噢？」喬治感到非常困惑。

「對女孩子來說，最重要的是在緊急情況下男人會怎麼做……他是否鎮定、勇敢、機敏。這種事你幾乎永遠都不會知道……直到一切都為時已晚。緊急情況也許不大可能出現，直到結婚多年以後。關於男人，你所知道的只是他的舞技如何，以及是否善於在雨夜中叫到出租車。」

「都是非常實用的技能。」喬治說道。

「是的。但是女人需要的男人，必須是真正的男人。」

「只有身處曠野，男人才是真正的男人。」喬治漫不經心地說道。

「對極了。但是在英格蘭，我們沒有寬曠的空地，所以人們不得不創造一個人工的情景。這也是我現在正在做的事情。」

「你是說……」

「是這樣的。那間屋子事實上是屬於我的。我們到那兒是設計好的——不是偶然的。而那個男人——那個幾乎被你殺死的男人——」

「怎麼樣？」

「他是魯布・華萊士——那位電影演員。他總是扮演職業拳擊手，這你知道——其實他是最可親、最溫柔的男人。我約了他。而貝拉是他的妻子。正因為如此，我真怕你會殺了他。當然手槍沒有上子彈。它是劇院的財產。哦，喬治，你生氣了嗎？」

「我是你第一個……呃……實驗的對象嗎？」

「哦，不。總共有……我想想……九個半！」

「誰是那半個？」喬治好奇地問道。

「賓戈。」瑪麗冷冷答道。

「他們當中沒人想到像騾子一樣去踢他嗎？」

「不，他們沒有。有些人想要發脾氣，有些人立即咆哮起來，但是他們都被趕到樓上，然後被捆起來，嘴巴被堵住。隨後，當然啦，我總是設法鬆開綁住我的繩子，像書中那樣，然後幫他們解開繩索，隨後一起逃走，並發現這棟屋子是空的。」

「沒人想到騾子的把戲，或是其他什麼的嗎？」

「沒有。」

「如果是這樣，」喬治優雅地說，「我原諒你。」

「謝謝你，喬治。」瑪麗溫順地說。

「事實上，」喬治說，「唯一的問題是：我們現在要去哪兒？我不確定是蘭貝斯宮，還是倫敦民事律師公會。」

「你在說些什麼？」

「證書。我是指一種特別的證書。你太喜歡與一個男人訂婚，隨後再讓另一個男人來娶你。」

「我可沒有讓你娶我！」

「你說過，在海德公園的轉角。我要求婚就不會選在那個地方，但是這種事情，人人都有自己的癖好。」

「我可沒有做這種事。我只是開玩笑地問你是否願意娶我？我並沒有當真。」

「如果我去詢問律師，我敢確定他會說這是真正的求婚。還有我也知道，你的確想嫁給我。」

「才不呢。」

「失敗了九次半還不要？想像一下和一個能把你從險境中救出來的男人共度一生，那會是什麼樣的安全感呢？」

如此的雄辯使瑪麗有些招架不住。然而，她還是堅定地說道：「我不會嫁給任何人，除非他跪著向我爬過來。」

喬治看著她，她真是可愛。但喬治還擁有除了踢腿以外的其他騾子脾氣。他也一樣堅定地說道：「跪在女人面前有失體面。我絕不會這麼做。」

瑪麗露出誘人的惆悵。

「真是遺憾。」

他們開車返回倫敦。喬治堅定又沉默。瑪麗的臉被帽沿遮住。當他們通過海德公園的轉角時，她柔聲低語道：「你不能跪在我面前嗎？」

喬治堅定地說：「不。」

他感覺到自己像個超人。她對他的態度越發敬重。但不幸的是，他開始懷疑她自己是否也有騾子一般的脾氣。他突然把車停下來。

「失陪一下。」他說。

他跳出車外，返身回到剛才經過的一輛賣水果的手推車，隨後又立即返回，動作之迅速令趕來質問他們為何把車停下的警察都望塵莫及。

喬治繼續開車，同時把一顆蘋果扔到瑪麗膝上。

「吃點水果，」他說，「這是有象徵意義的。」

「象徵意義？」

「是的。原先是夏娃給亞當蘋果，如今是亞當給夏娃蘋果。明白了嗎？」

「明白了。」瑪麗滿腹狐疑。

「我該把你送到哪兒？」喬治鄭重其事地問道。

「請送我回家。」

他把車開到格羅夫諾廣場，臉上依舊全然無動於衷。他跳出車外，走到她面前扶她下車。她最後一次懇求。

「親愛的喬治……不行嗎？只是為了讓我開心。」

「不行。」喬治說。

就在這時候，事情發生了。他腳下一滑，試圖恢復平衡，但是未能成功。他跪在她面前的地上。瑪麗歡娛地尖叫一聲，雙手拍了起來。

「親愛的喬治！我願意嫁給你。你可以直接開車去蘭貝斯宮與坎特伯雷大主教堂安排這件事。」

「我不是有意這麼做的。」喬治火爆地說，「這是一個……呃……一塊香蕉皮。」他把罪魁禍首拿在手中申辯道。

「別介意了。」瑪麗說道，「事情已經發生了。如果將來我們吵架，你奚落是我向你求婚的話，那我就可以反駁說，是你跪在地上求我嫁給你的。都是因為那塊該受神保佑的香蕉皮！你剛才是要說這是一塊該受神保佑的香蕉皮嗎？」

「差不多吧。」喬治說道。

§

當天下午五點半，有人通知李貝特先生他的外甥前來拜望。

「上門來負荊請罪吧，」李貝特先生自言自語道，「我對這個孩子的確有些過分，但這也是為了他好。」

他傳達指令，允許喬治進來。

喬治步履輕快地走進房間。

「舅舅，我想和你說幾句話。」他說，「今天早上你對我太不公平了。我想知道如果你在我這個年齡被親友拋棄，是否也可以走到大街上，在十一點十五分到五點三十分的時間裡獲得一份一年兩萬英鎊的收入。這正是我辦到的事！」

「孩子，你瘋了。」

「我沒瘋，我是靠我的聰明才智辦到的！我將迎娶一位年輕、富有、漂亮的上流社會女子為妻。而且為了我，她還拋棄了一位公爵。」

「娶一位富有的女子？這可真是讓我料想不到。」

「說得對。如果不是——真是非常幸運——她來問我，我這輩子也不敢去問她。她後來又畏縮了，但是我讓她改變了主意。舅舅，你知道這一切是怎麼辦到的嗎？是一項明智的兩便士花費以及抓住金色的機遇。」

「什麼兩便士？」

李貝特先生問道。他一聽到錢，立刻就有了興致。

「一根香蕉……手推車上落下來的。並不是每個人都能想到那條香蕉。什麼地方可以領到結婚證書？是蘭貝斯宮還是倫敦民事律師公會？」

11

王公的綠寶石

The Listerdale Mystery

詹姆斯．龐德再次把注意力集中在手裡的書。這是一本黃色小冊子，封面上印著一行簡潔又誘人的說明：「你想要薪資每年增加三百英鎊嗎？」書的定價是一先令。詹姆斯才剛剛讀完兩頁。內文講述如何察看老闆的臉色，如何培養一種生龍活虎的個性，以及如何營造一種高效率的氛圍。他剛讀到一個更為微妙的話題：「有時候應該坦率，有時候應該審慎。」這本黃色小冊子如是說，「強人不會永遠『有什麼就說什麼』。」詹姆斯合上這本小書，舉目凝視外面廣袤的蔚藍大海。一絲恐怖的疑雲浮上他的心頭，他不是一個強人。強人應該能夠左右眼前的局勢，而不是成為它的犧牲品。於是在這天早上，詹姆斯第六十次叨念自己的失策。

他正在度假。度假？哈哈！笑死人了。是誰勸他來這個時髦的海濱勝地「海上金普頓」？是葛莉絲。是誰讓他入不敷出？葛莉絲。而他居然欣然同意了。她把他弄到這兒，但是結果如何呢？當他待在一棟距離海濱區不到一英里半的不起眼公寓裡面時，葛莉絲本該待在一間相似的公寓裡（不是同一間，詹姆斯生活圈裡的人都很審慎），她卻公然把他丟到一邊去，而且居然住在海濱區的艾斯普納旅館。

現在看來，她在那兒還有別的朋友。朋友！詹姆斯再次冷笑。他的思緒回到過去三年對葛莉絲那種輕鬆怡然的追求階段。當他第一次對她另眼相看時，她簡直是欣喜若狂。不過，自從她在大街上開的巴特斯女帽店一舉成名之後，情況就不一樣了。當時詹姆斯威風凜凜，但是現在呢，哎呀，情況完全相反。套用一句行話來說，葛莉絲正在「賺大錢」。這使得她趾高氣揚。是的，不可一世地趾高氣揚。詹姆斯感到困惑，腦海裡又浮現出某本詩集的隻言片語，大意是說：「為了一個好男人所付出的愛，我感謝上帝而齋戒。」但這種事在葛莉絲身上根本看不到。在飽食了艾斯普納旅館的早餐之後，她全然忽略了一個好男人所付出的愛。事實上，她正在接受一個名叫克勞德‧索普渥的男人的呵護。詹姆斯覺得這個人根本沒有道德觀念。

詹姆斯把一隻鞋跟放在泥土上磨蹭，然後望著遠處的地平線愁眉不展。海上金普頓。究竟是什麼原因吸引他來這兒？對於富人和那些趕時髦的人來說，這裡是個絕佳勝地。這兒有兩家大型旅館，還有綿延數英里之遙且風景如畫的別墅，這些房地產分別屬於那些當紅的女演員、富有的猶太人，以及娶了富有妻子的英國貴族。這裡面積最小的別墅光擺設家具，每週的租金就要二十五基尼。真是難以想像那些更為寬敞的房子租金會要多少。在詹姆斯的背後，就是這樣一棟宮殿。它的主人是著名的運動員愛德華‧坎皮恩勳爵。此時此刻屋裡貴賓雲集，其中還有一位印度王公馬拉普塔那，此公的財富難以計數。那天早上詹姆斯在週報上曾讀到有關他的新聞。他在印度有豐厚的家業，他的宮殿，他收藏的奇珍異寶，報紙上還特別提到一塊聞名遐邇的綠寶石，並且宣稱它有鴿子蛋那麼大。詹姆斯長在城鎮，對於鴿子蛋大小的體積有些懵懂，但是他心裡留下的印象卻是美好的。

「如果我有一塊這樣的綠寶石，」詹姆斯說道，再次朝著地平線皺起眉頭。「我就把它拿給葛莉絲看。」

他的心頭隱隱約約有些傷感，但說出來之後反而好過些。身後傳來陣陣笑聲，他猛一回頭，正碰上葛莉絲。在她旁邊還有克拉拉．索普渥、艾麗絲．索普渥、陶樂絲．索普渥，還有……哎呀！克勞德．索普渥。女孩子們挽著手臂，正在咯咯咯發笑。

「哎呀，你這傢伙可真怪。」葛莉絲頑皮地喊道。

「是啊。」詹姆斯回答道。

他心裡琢磨著，自己本該找到一句更強而有力的話來反駁。因為僅用一個「是啊」的字眼，是無法給別人留下生龍活虎的印象。他腹中作嘔地盯著克勞德．索普渥。克勞德．索普渥就像音樂劇中的男主角一樣衣著華美。詹姆斯熱切地盼望自己將來能看到這樣的場景：「海灘上有一隻熱情的狗，把沾滿沙子的潮溼前爪搭在克勞德一塵不染的法蘭絨白褲子上。」他自己身上穿的是一條耐穿的深灰色法蘭絨褲子，這條褲子已經穿了好幾年。

「這兒的空氣難道不清……新嗎？」克拉拉說道，一邊還用鼻子吸氣表示相當滿意。

「很提神啊，不是嗎？」

她說著咯咯咯地笑起來。

「這是新鮮空氣，你知道的。」艾麗絲．索普渥說道，「就像營養品一樣。」

她也咯咯咯地笑了。詹姆斯心想：「我真想讓她們愚蠢的腦袋瓜撞在一起。她們不停地笑些什麼呢？又沒什麼好笑的事情。」

清白無辜的克勞德疲憊地低聲說：「我們真的要去海裡游泳嗎？會不會太累了？」

游泳的想法被一片刺耳的尖叫聲接受了。詹姆斯也加入他們的行列。他甚至還略施小計，拉著葛莉絲落在別人後面。

「聽著！」他抱怨道，「我最近幾乎連你的影子也見不到。」

「好了，現在我們又在一起啦。」葛莉絲說道，「而且，你可以和我們去旅館吃午飯，至少……」

她猶豫地看著詹姆斯的褲子。

「怎麼了？」詹姆斯來勢洶洶地質問道，「是不是我的穿著打扮不夠瀟灑，配不上你？」

「親愛的，我的確認為你該多花點工夫。」葛莉絲說道，「這裡的人個個都很瀟灑。你瞧瞧克勞德．索普渥！」

「我已經瞧過了。」詹姆斯輕蔑地冷冷說道，「我這輩子從未見過有誰像他一樣蠢得像頭驢。」

葛莉絲挺直了身子。

「沒有必要批評我的朋友，詹姆斯，你這樣說有失體面。他的衣著就像旅館裡任何一位紳士一樣端莊。」

「呸！」詹姆斯喝道，「你知道我前兩天在《社會軼聞》上讀到什麼嗎？哦，是什麼公爵……某某公爵，我不記得了。但無論如何絕對是位公爵，他是英格蘭穿著品味最差的人，這是真的！」

「我相信，」葛莉絲說道，「但是，你該明白，他畢竟是個公爵。」

「那又怎樣？」詹姆斯質問道，「有朝一日我要是做了公爵呢？就算不是公爵，起碼也是貴族。」

他拍了拍口袋裡的黃色小冊子，然後背誦了一長串國內貴族的名字，他們的出身比詹姆斯．龐德還要寒微得多。葛莉絲只是咯咯咯地笑。

「別傻了，詹姆斯。」她說，「不如你就幻想自己是海上金普頓的伯爵吧！」

詹姆斯瞪著她，惱怒與絕望交織在一起。海上金普頓的空氣一定吹進了葛莉絲的腦袋瓜。

金普頓的海灘是塊綿長平坦的沙灘。一列海濱更衣棚沿著海岸線均勻地排開，綿延了約有一英里半。一行人在一排六間更衣棚前停了下來，上面都醒目地標示著「僅供艾斯普納旅館的遊客使用」。

「我們到了。」葛莉絲歡娛地說，「但是，詹姆斯，恐怕你不能和我們一起進去，你得去那邊的公共更衣棚。我們在海灘見！」

「再見！」

詹姆斯說著，一邊大步朝著所指的方向走去。

十二間破舊的棚子肅穆地立在海邊。一個上了年紀的水手守在一旁，手裡拿著一卷藍色的紙張。他接過詹姆斯遞來的一枚硬幣，從他的紙卷上撕下一張藍色的票券，扔過一條毛巾，然後用大拇指向身後一比。

「排隊等著。」他嗓音沙啞地說道。

就在此時此刻，詹姆斯意識到競爭這一項事實。除了他以外，別人也想要到海裡面去。不僅每個棚子都有人，而且每個帳棚外面都有一群神色堅定的人在彼此乾瞪眼。詹姆斯排在人最少的隊伍後面等候。帳棚的線繩分別往兩邊一分，一個身上幾乎沒穿什麼衣物的漂亮少女躍入眼前。她整理自己的泳帽，臉上表情似乎並不介意把整個早上都浪費掉。她大步走到海邊，然後坐在沙灘上呈陶醉狀。

「這可不妙。」詹姆斯自言自語道，然後立即排到另一支隊伍後面。

等了五分鐘以後，第二個帳棚裡的聲音側耳可聞。隨著拉扯聲響起，簾子一分，從裡面走出四個孩子、一位父親和一位母親。帳棚這麼小，看起來真像是在變戲法。在那一瞬間有兩個女人向前一躍，雙雙抓住帳棚的一片簾子。

「對不起。」第一個年輕女子微微喘氣地說道。

「對不起。」另一個年輕女子瞪著眼睛說道。

「你該知道，我比你早到這兒十分鐘。」第一個年輕女子飛快地說。

「大家都知道我已經在這兒足足等了十五分鐘。」第二個年輕女子不買帳地說。

「好了，好了。」老水手說著走了過來。

兩個女人都衝著他尖聲喊叫。當她們喊叫完之後，他用大拇指衝著第二個年輕女子一比，簡潔地說：「該你了。」

隨後他轉身離去，對於抗議聲充耳不聞。他既不知道也不想知道是誰先到的，然而他的決定正像報上所說的是最終判決。絕望的詹姆斯一把抓住了他的手臂。

「喂！」

「什麼事，先生？」

「我還要多久才能等到一個帳棚？」

老水手漠然地瞥了一眼排隊的人潮。

「可能一個小時，或者一個半小時，我也不知道。」

就在此刻，詹姆斯望見葛莉絲與索普渥家的女孩子們，她們正輕盈地沿著沙灘跑向大海之中。

「媽的！」詹姆斯自語道，「哦，媽的！」

他再次拉了那個老水手。

「我不能在別的地方找個帳棚嗎？這邊的棚屋怎麼樣？看起來像是空的。」

「這些棚屋，」老水手威嚴地說，「是私人屬地。」

他申斥完之後，繼續向前走去。詹姆斯覺得受到污辱，他從等待的人群中脫身而出，沿著海灘狂奔起來。這太過分了！過分到忍無可忍的地步！他怒視著身邊一間間整齊的更衣棚。此刻，他從獨立自由派變成了狂熱的社會主義派。為什麼富人可以擁有更衣棚，能在任何時刻跳入大海裡游泳，而不必在人群中等候呢？

「我們的制度，」詹姆斯口齒不清地說，「完全錯了。」

海上傳來年輕人的嬉鬧叫喊，其中夾雜著拍打水花的聲音。是葛莉絲的聲音！蓋過她喊叫的咯咯聲，是克勞德・索普渥蠢到極點的笑聲。

「媽的！」

詹姆斯氣得咬牙。以前他從未這麼咬牙切齒過，這種感覺只有在讀小說時看到過。他停下腳步，狂亂地揮動手中的棍子，堅定地轉過身背對著大海。他凝視著前方，把所有的仇恨都集中在「鷹之巢」、「布埃納遠景」，還有「我的願望」上。這是海上金普頓居民的習俗，替他們的更衣室起各種稀奇古怪的名字。「鷹之巢」在詹姆斯看來愚不可及，而「布埃納遠景」又超出他的語言能力範圍之外。但是他的法語程度足以讓他明白第三個名字的意思。

「我的願望，」詹姆斯說，「我想，這正是我的願望。」

就在此時，他注意到儘管其他更衣棚的門都緊緊關著，唯獨「我的願望」的門微開。詹姆斯若有所思地左右瞧了瞧海灘，那兒多半是一些大家庭的母親正忙著照顧她們的孩子。現在才十點，海上金普頓的貴族們來此游泳的時候還沒到。

「塗脂抹粉的僕人們端來的鵪鶉與蘑菇，現在正送入可能還躺在床上的貴族嘴裡呢。哧！十二點以前不會有人來這兒。」詹姆斯心裡想。

他又瞭望海上。像是反覆出現的主旨樂段一樣，葛莉絲的尖聲喊叫一再從空中飄來。緊接著是克勞德．索普渥的「哈，哈，哈」。

「等著瞧吧。」詹姆斯從牙縫裡擠出幾個字。

他推開「我的願望」的門走了進去。看到鉤子上掛著各式衣物，他先是驀然一驚，隨即又鎮靜下來。這間棚屋分成兩個部分，右邊鉤子上掛著一件女孩子的黃色運動衫、一頂破舊的巴拿馬草帽，還有一雙沙灘鞋。左邊則是一條穿舊的灰色法蘭絨褲子、一件套頭衫，還有一頂防水帽，這表明男女是分開的。詹姆斯匆忙走到棚屋的男士那一邊，飛快地脫掉衣服。三分鐘後，他已經在海裡暢然地吸氣吐氣了，同時做出種種快捷有如職業運動員的泳式——頭部潛在水下，而雙臂在海中揮舞——就是那種姿勢。

「哦，你在這兒！」葛莉絲喊道，「那邊等待的人這麼多，我還以為你得過好一陣子才能來呢。」

「真的嗎？」詹姆斯問道。

他依舊親切又忠實地遵照那本黃色小冊子。「強人有時也會謹慎行事。」此刻他克制住自己的脾氣。他必須以愉快又堅定的態度和克勞德．索普渥談話，後者正在教葛莉絲手臂伸出水面划水。

「不，不，老兄，你全弄錯了。我來教她。」

他的語氣非常自信，因此克勞德不得不垂頭喪氣地退到旁邊。遺憾的是，他的勝利是短暫的。英格蘭水域的溫度從不鼓勵游泳者在裡面久待。葛莉絲與索普渥家的女孩子已經下頜發青，牙齒打顫。她們跑上海灘，而詹姆斯獨自一人回到「我的願望」。他使勁地用毛巾擦身，隨後套上內衣，感到心滿意足。他覺得自己已經表現出生龍活虎的個性。突然間，他靜靜地站在那裡，因為他被嚇呆了。屋外傳來女孩們說話的聲音，而且與葛莉絲她們的聲音截然不同。片刻之後，他意識到事情的真相：「我的願望」的合法主人到了。如果詹姆斯衣著整齊的話，本來也許會儀態莊重地等待她們到來，然後試圖做出解釋。但是這時他已經完全慌了手腳。「我的願望」的窗戶被深綠色簾子剛好遮蓋住。詹姆斯撲向門邊，死命地抓住門把。外面有人徒勞無功地試圖轉動把手。

「門鎖上了，」是個女孩的聲音，「我記得佩格說過門是開著的。」

「不，是沃格說的。」

「沃格真是太過分了，」另一個女孩說道，「這下子慘了，我們必須回去拿鑰匙才行。」

詹姆斯聽到她們的腳步聲漸漸遠去。他噓出一口長氣，匆匆忙忙披上其餘衣服。兩分鐘後，他已經在海灘上不經意地散步，臉上一副若無其事的表情。十五分鐘後，葛莉絲與索普渥家的女孩和他在海灘上會合。接下來的早晨時光在擲石子、沙灘上寫字、嬉戲打鬧中安然度過。隨後，克勞德瞥了一眼手錶。

「該吃午飯了。」他說道，「我們最好還是往回走吧。」

「我餓壞了。」艾麗絲．索普渥說。

其他女孩也都說餓壞了。

「一起走嗎，詹姆斯？」葛莉絲問道。

毫無疑問，詹姆斯正在怏怏不樂。他挑剔她說話的語調。

「我的衣服不能與你相配，我不去。」他難過地說，「也許是因為你太出眾了，我最好還是別去。」

這是在暗示葛莉絲說不，但是海濱的空氣並未影響到葛莉絲。她只是答道：「很好。隨你便。那麼今天下午見囉。」

詹姆斯站在那兒目瞪口呆。

「唉！」他嘆道，一邊盯著漸漸遠去的女孩。「唉，所有的人……」

他心情抑鬱地走到鎮上。在海上金普頓有兩家餐館，裡面都炎熱嘈雜，而且人滿為患。這次又像在更衣棚一樣，詹姆斯不得不排隊等候。而且他不得不等待更長的時間。前面剛剛出現一個空位，一位才來沒多久的主婦就肆無忌憚地搶在他前面。終於，他好不容易在一張小桌旁坐下來。在他左側幾個頭髮剪得參差不齊的少女正在喋喋不休地談論義大利歌劇。幸好詹姆斯對音樂一竅不通。他漠然地打量了一下菜單，把雙手深深插進口袋裡。他心裡想：「無論我要什麼，結果答案總是『沒有』。我的運氣一向不佳。」

他把右手伸入口袋深處摸索，卻觸及一個異樣的東西。感覺上像是一塊卵石，一塊大型圓形卵石。

「我把石頭放在口袋裡做什麼？」詹姆斯心裡想。

他抓住它。這時一個女服務員飄然而至。

「請來些炸比目魚，還有炸薯條。」詹姆斯說道。

「沒有炸比目魚。」服務員低聲說道。她眼望著天花板，猶如在夢中。

「那就來點咖哩牛肉吧。」詹姆斯說。

「咖哩牛肉也沒有了。」

「那這張菜單上面哪些東西不會『沒有』了？」詹姆斯質問道。

女服務員看起來心情很不好，她用一隻灰白色的食指戳在「蔬菜燉羊肉」上。詹姆斯只好聽天由命，點了蔬菜燉羊肉。他心裡對餐館的服務態度怒火中燒。他從口袋裡掏出手來，手中抓著那塊石頭。他打開手掌，漫不經心地去看手裡的東西，隨即嚇了一跳，以至於那些細枝末節的小事都拋到腦後。他瞪大了眼睛看著。他手裡拿的不是一塊卵石，它是——他幾乎無法質疑——一塊綠寶石，一塊碩大的綠寶石。詹姆斯盯著它，心裡充滿了恐懼。不，這不可能是塊綠寶石，這一定是有色玻璃。不可能有這麼大的綠寶石，除非……印刷字體在詹姆斯眼前跳動：「馬拉普塔那王公……聞名遐邇的綠寶石，體積有鴿子蛋般大。」這是……這可能是……他手上這塊綠寶石嗎？女服務員端來蔬菜燉羊肉，詹姆斯急著把手合上。他的背脊裡熱氣與涼氣直冒。他覺得自己陷入了可怕的困境。如果這是那塊綠寶石呢？可能是嗎？他鬆開手掌不安地偷看。詹姆斯對寶石並不內行，但這件珠寶的顏色濃度和光澤使他確信這的確是那件寶物。他把雙肘支在桌上，向前傾身，視而不見地看著面前盤子裡的蔬菜燉羊肉凝結成塊。他一定得把這事想明白。如果這是王公的綠寶石，那他該怎麼辦呢？「警察」這個詞在他的心頭一閃。如果有人找到什麼貴重的東西，應該把它交到警察局吧。詹姆斯正是聽從這樣的訓誡長大的。是的，不過……這塊寶石是如何跑到他的褲袋裡？警察一定會這麼問。這是個令人尷尬的問題，而且這個問題的答案他現在還沒找到。這塊寶石是如何跑到他的褲袋裡？他絕望地看著自己的雙腿，就在此刻，他的心裡掠過一絲疑慮。他仔細一看，一條舊的灰色法蘭絨褲子與另一條舊的灰色法蘭絨褲子的確非常相像。但是，詹姆斯隱約覺得這不是他的褲子。他靠在椅背上，對於這個發現呆若木雞。他現在才明白發生了什麼事，在匆忙逃出更衣棚的時候，穿錯了褲子。他還記得自己把褲子掛在一條舊褲子旁邊的鉤子上。是的，這就解釋了目前的處境，他拿錯了褲子。可是，為什麼把價值上千萬英鎊的寶石放在那兒呢？他愈想這事，就愈覺得離奇。當然了，他會向警察解釋——這很尷尬——不用懷疑，這種事一定會令人尷尬。這裡必須提及一個事實，就是他有意闖進別人的更衣棚。這當然不是什麼嚴重的過失，但是仍然會讓他蒙羞。

「先生，還要點別的嗎？」

又是那個女服務員。她目光犀利地盯著未曾被碰過的蔬菜燉羊肉。詹姆斯匆忙把菜往自己盤子上倒了一些，然後要求結帳。拿到帳單付了錢，他才走出店外。正當他猶豫地站在街上時，對面的一張海報映入他的眼簾。鄰近的哈契斯特小鎮有一家發行晚報的報社，而詹姆斯讀的正是這家報紙的內容，上面宣布了一個簡短又轟動的消息：「王公的綠寶石失竊」。

「我的天啊！」

詹姆斯聲音微弱地說著，隨即側身靠在一根柱子上。他打起精神，摸出一個便士，買了份報紙。他沒有費什麼工夫就找到要看的東西。當地新聞中鮮有轟動的消息。報紙頭版登著大字標題：「愛德華．坎皮恩勳爵家裡發生震驚世人的夜賊案件。聞名遐邇的綠寶石被竊。馬拉普塔那王公損失慘重。」文字寥寥無幾，事實清楚明白。愛德華．坎皮恩勳爵前一天傍晚在家裡款待幾位朋友。席間，王公想向一位在場的女士出示這塊寶石。當他去取寶石時，才發現它不見了。警察被召喚而來。目前還未找到線索。詹姆斯任憑報紙落在地上。他依然不明白寶石是如何跑到更衣棚內一條舊法蘭絨褲子的口袋，但他時時刻刻都意識到警方會懷疑他所說的話。他究竟該怎麼辦呢？此刻，他正站在海上金普頓的一條幹道上，口袋裡放著和鉅款相當的贓物；在同一時間，這個地區的全部警力都在忙著尋找同一件贓物。他眼前有兩條出路。第一條路，他可以直接去警察局，然後敘述自己的故事……但是老實說，詹姆斯害怕這麼做。第二條路，想個法子擺脫這塊綠寶石。他想到可以把它放在一個齊整的小包裹裡，再寄給王公。隨後他又搖搖頭。這種做法他在偵探小說裡讀到太多了。超級警探會手拿放大鏡和種種新奇的儀器，然後開始忙碌地偵查。任何一個稱職的警察都會仔細查看詹姆斯的包裹，不出半個小時就可以查出寄送者的職業、年齡、習性以及容貌，然後再過幾個小時即可將其擒獲。

正在此時，一個再簡單不過的計畫浮現在詹姆斯腦海中。現在是午飯時間，海灘上的人比較少了，他可以返回「我的願望」，把褲子掛在原處，然後重新取回自己的衣物。於是他步履輕盈地向海灘走去。儘管如此，他的良心還是感到隱隱刺痛。寶石是應該歸還給王公。他有個想法，自己或許可以做些偵查工作……也就是說，重新取回自己的褲子與那條褲子更換之後，他就可以著手調查。他心裡這麼想，同時邁步向那個老水手走去。他把他視為和金普頓有關的資訊源泉。

「對不起！」詹姆斯禮貌地說道，「我想我的一位朋友查爾斯·蘭普頓先生，在這個海灘上有一處更衣棚。它的名字好像是叫『我的願望』。」

老水手端坐在椅子上，嘴裡叼著一支菸斗，目光凝視著大海。他挪動了一下菸斗，視線依舊盯著遠處的地平線說道：「『我的願望』屬於愛德華·坎皮恩勳爵，這件事大家都知道。我從未聽過查爾斯·蘭普頓先生，他一定是剛來這裡不久。」

「謝謝你。」詹姆斯說著轉身離開。

這個消息使他不知所措。當然啦，王公本人不可能把寶石裝在口袋裡，然後就忘得一乾二淨。詹姆斯搖搖頭，這種說法不能令他滿意。顯然家庭聚會中的某一成員就是那個竊賊。眼前的情形使詹姆斯聯想起他最喜愛的一些偵探小說。

然而，他的目標依舊堅定不移，好在一切都輕而易舉。海灘上正像他所希望的那樣幾乎空無一人。更幸運的是，「我的願望」的門依舊微微半開著。就在轉眼之間，他已經溜進棚內。他正要從鉤子上提起自己的褲子，這時候身後傳來一個聲音，他連忙轉過身來。

「我總算抓到你了，小子！」這個聲音說道。

詹姆斯張大嘴巴瞪著眼睛。在「我的願望」的門口站著一個陌生人，是個衣著體面、年約四旬的男人。他的目光有如獵鷹。

「我總算抓到你了！」陌生人重複道。

「你……你是誰？」詹姆斯結結巴巴地問道。

「倫敦警視廳的梅瑞麟警官。」對方很乾脆地答道，「請你把那塊綠寶石交出來。」

「那塊……那塊綠寶石？」

詹姆斯試圖拖延時間。

「我已經說過了，不是嗎？」梅瑞麟警官正色道。

他說起話來乾淨利落，一本正經。詹姆斯強打起精神。

「我不知道你在說什麼。」他擺出一副尊嚴的架式。

「哦，不，小夥子，我想你明白我的意思。」

「整件事，」詹姆斯說道，「是個錯誤。我可以輕而易舉地解釋……」他停了下來。對方面露厭倦之色。

「你們這些傢伙總是這樣說，」倫敦警視廳的人冷冷地低聲說道，「我想，你是在海灘漫步時撿到的，是不是？通常就是這一類的解釋。」

詹姆斯心裡的確是這麼想，這一點他意識到了，但是他依舊在爭取時間。

「我怎麼知道你真的是警察？」他心虛地質問道。

梅瑞麟將外衣向後一掀，露出一枚徽章。詹姆斯看著他，眼睛差點瞪出眼眶。

「現在，」對方得意地說，「現在你明白自己是在和誰作對了！你是個新手……我可以看得出來。你第一次幹這種事，不是嗎？」

詹姆斯點點頭。

「我也這麼想。現在，小夥子，是你把綠寶石交給我，還是我來搜你的身？」

詹姆斯總算說出話來。

「我……我沒帶在身上。」他宣稱道。

他正在絕望地考慮問題。

「你把它留在住處了？」梅瑞麟問道。

詹姆斯點點頭。

「很好，」警官說道，「我們一塊過去。」

他抓住詹姆斯的手臂。

「我不會讓你跑掉的。」他溫和地說，「我們去你的住處，然後你把那塊寶石交給我。」

詹姆斯說話的聲音都變了腔調。

「如果我照辦，你會放我走嗎？」他戰戰兢兢地問道。

梅瑞麟顯得有些為難。

「我們想知道這塊寶石究竟是如何被拿走的，」他解釋道，「還有那位與此事有牽連的女士。當然了，如果這一切都順利，王公並不想聲張此事。你了解這些當地的統治者嗎？」詹姆斯對於當地的統治者一無所知，只有當下這起轟動一時的事件例外。他點點頭，露出一副心領神會的模樣。

「當然啦，這樣做是不合規定，」警官說，「但是你會安然無恙地脫身。」

詹姆斯再次點點頭。他們已經路過艾斯普納旅館，正要走進市鎮。詹姆斯指點方向，而對方卻一直緊緊抓住詹姆斯的手臂。

突然間，詹姆斯躊躇著欲言又止。梅瑞麟目光犀利地看著他，隨後笑了起來。他們正從警察局旁邊經過，他注意到詹姆斯表情痛苦地掃視裡面。

「我會給你一次機會。」他和顏悅色地說道。

就在此刻，事情突然急轉直下。詹姆斯怒吼一聲，擒住了對方手臂，他高聲喊叫：「來人啊！抓賊。來人啊！抓賊。」

不到一分鐘，他們就被人群包圍起來。梅瑞麟試圖把他的手臂從詹姆斯手中掙脫出來。

「我控告這個人，」詹姆斯喊道，「我控告這個人從我的口袋裡偷東西。」

「你這個傻瓜，你在說什麼？」對方喊道。

一位警察走上前來處理這件事。梅瑞麟先生和詹姆斯被帶進警察局裡。詹姆斯反覆重申他的指控。

「這人扒了我的口袋，」他焦躁地聲稱，「他右邊的口袋裡裝著我的錢包。就在那兒！」

「這個人瘋了。」對方發著牢騷。「警官，你可以自己來看一看，馬上就會知道他說的是否屬實。」

在警官的示意下，一名警察小心翼翼地把手伸入梅瑞麟的口袋，他取出一樣東西，然後吃驚地喘著粗氣把它舉高。

「天啊！」警官驚訝地喊了一聲。「這絕對是王公的綠寶石。」

梅瑞麟比任何人都感到難以置信。

「這太奇怪了，」他倉卒地說道，「太奇怪了。一定是這個人在我們一起走路時把它放進我的口袋。這是栽贓陷害。」

梅瑞麟強勢的個性使得警官開始意志動搖。他轉而懷疑詹姆斯。他對那名警察耳語了幾句，後者隨即走了出去。

「好吧，兩位，」警官說道，「讓我來聽聽你們的說法，一個一個來。」

「當然沒問題，」詹姆斯說道，「我正在海灘散步，突然間遇到這位先生。他謊稱認識我。我不記得以前見過他，但是我不好意思這麼說。於是我們就一起邊走邊聊。不過我對他起了疑心，正當我們走到警察局前面時，我發現他正把手伸進我的口袋裡，所以我就抓住他高喊求援。」

警官把目光移向梅瑞麟。

「現在該你了，先生。」

梅瑞麟看起來有些窘迫。

「情況大致上是如此，」他緩緩說道，「但並不完全是這樣。不是我來接近他，而是他來接近我。一定是他想擺脫這塊綠寶石，所以當我們閒聊時，他就趁機把它塞進我的口袋。」

警官手上的筆停了下來。

「嗯，」他不偏不倚地說道，「好了，待會兒會有一位先生過來，他會幫我們把這件事查個水落石出。」

梅瑞麟皺了皺眉頭。

「我真的沒辦法再等了，」他喃喃說道，一邊從口袋裡掏出錶。「我還有約。警官，你不會真的認為是我偷了綠寶石，然後把它放在口袋裡和人散步閒聊吧？」

「這不大可能，先生，我承認你說得對。」警官答道，「但你還是得再等個五到十分鐘，直到我們澄清這件事。哦！勳爵大人到了。」

一個四十歲左右的男人跨步走進房間裡。他穿著一條破舊的褲子和一件舊運動衫。

「好了，警官，這究竟是怎麼回事？你說已經找到那塊綠寶石？好極了，幹得真是漂亮。這些人是幹什麼的？」

他的目光掠過詹姆斯落在梅瑞麟身上，後者原本強勢的個性現在看來卻變得畏縮。

「噢，瓊斯！」愛德華·坎皮恩勳爵大聲喊道。

「你認識這個人，愛德華勳爵？」警官機敏地問道。

「當然認識，」愛德華勳爵冷冷地說，「他是我的僕人。一個月前來到我這兒。倫敦派來的人立即識破他，但是他的行李中絲毫沒有寶石的蹤跡。」

「他把它放在外衣口袋裡，」警官聲明道，「這位先生幫我們逮住他。」

他指了指詹姆斯。詹姆斯立刻受到熱烈的稱讚，並且被握住了手。

「親愛的小夥子，」愛德華·坎皮恩勳爵說道，「這麼說，你一直都在懷疑他？」

「是的，」詹姆斯說，「我不得不編了一個故事，說他掏我的口袋，這樣才把他騙進了警察局。」

「嗯，很好，」愛德華勳爵說，「真是好極了。你得和我回去一起吃午飯，如果你還沒吃過的話。時間有些晚了，我知道，快兩點了。」

「是的，」詹姆斯說道，「我還沒吃過午飯。不過……」

「行了，別說了。」愛德華勳爵說，「你知道，王公想要為找回綠寶石而向你致謝。對了，我還沒聽你詳細敘述這整個經過。」

他們走出警察局站在台階上。

「我想，」詹姆斯說，「我還是告訴你這件事情的真相。」

接著他就這麼做了。勳爵感到很有意思。

「這是我一生中聽過最有趣的故事，」他宣稱道，「現在我都明白了。瓊斯偷了那塊寶石以後，一定是匆忙趕到更衣棚，因為他知道警方一定會徹底搜查屋內。那條舊褲子我偶爾外出釣魚時會拿來穿，沒人會去碰它，而他可以趁有空的時候回去取出寶石。他今天去了之後，發現寶石不見了，一定大吃一驚。你一出現，他就意識到是你拿走了那塊寶石。不過我還是不太明白，你是如何看穿他的警察身分是偽裝的！」

「一位強人，」詹姆斯心裡想，「知道何時應該坦承，何時應該審慎。」

他不以為然地笑了笑，手指輕輕滑過衣服翻領裡面，摸到那家無名俱樂部的小型銀質徽章——莫頓公園超級自行車俱樂部。太巧了吧，那個叫瓊斯的傢伙也是這家俱樂部的成員！

「喂，詹姆斯！」

他轉過身來。葛莉絲與索普渥家的女孩正在對街叫他。他轉身面對愛德華勳爵。

「能等我一下嗎？」

他穿過大街向她們走去。

「我們要去看電影，」葛莉絲說，「突然想到你可能會跟來。」

「對不起，」詹姆斯說，「我得回去和愛德華．坎皮恩勳爵共進午餐。是的，就是那位穿著舒適舊衣服的男人。他想要帶我去見馬拉普塔那王公。」

12

天鵝輓歌

The Listerdale Mystery

倫敦某個五月的早上十一點，柯恩先生正探頭向窗外張望。他身後是麗池飯店套房裡面富麗堂皇的起居室。這套房是為剛抵達倫敦的著名歌劇明星波拉．娜佐科夫夫人預定的。柯恩先生是夫人的經紀人，他正在等著會見夫人。房門開了，他驀然回頭，卻發現出來的是娜佐科夫夫人的祕書李德小姐。她面色蒼白，但辦事效率卻極高。

「哦，是你，親愛的。」柯恩先生說，「夫人還沒起床嗎？」

李德小姐搖搖頭。

「她叫我十點過來。」柯恩先生說，「我已經等了一個小時。」

他沒有流露出不滿神情，也沒有表現出訝異。柯恩先生已經習慣了藝術家的種種怪癖。他身材魁梧，臉上刮得乾乾淨淨，身上的衣著體面得不得了，簡直是無可挑剔。他的烏黑頭髮閃閃發亮，他的潔白牙齒顯得咄咄逼人。他說話時S音發得含糊糊。這倒不是他口齒不清，但其實也差不了多少。無需費多大腦筋即可猜到他父親的名字八成就是科漢。正在此刻，房間另一端的門開了，一個衣著整潔的法國女孩匆匆走了出來。

「夫人起床了嗎？」柯恩急切地問道，「快告訴我們，艾莉絲。」

艾莉絲隨即高高舉起雙手。

「夫人今天早上像是中了邪一樣，每件事都惹她生氣！先生昨晚送給她美麗的黃玫瑰，她說這在紐約還算可以，但是到了倫敦送這些花給她就是白癡。她說在倫敦只有紅玫瑰才像話。她隨即打開房門，把黃玫瑰摔在走廊上，剛好不偏不倚地砸在一位先生身上。我猜那人是一位行伍出身的紳士，他當然是怒不可遏！」

柯恩揚起眉毛，但沒有流露出別的表情。隨後他從口袋裡掏出一個便箋簿，用鉛筆在上面記下「紅玫瑰」。

艾莉絲從另一扇門匆匆離去，而柯恩再次面向窗外。薇拉・李德坐在辦公桌旁，開始拆封信件並把它們分類整理。十分鐘靜悄悄地過去了，隨後臥室的門突然開了，波拉・娜佐科夫來勢洶洶地出現了。她的亮相立即使這房間變小了。薇拉・李德顯得更加面無血色，而柯恩也畏縮成一個沒分量的背景人物。

「啊哈！我的孩子們，」歌劇女伶說道，「我這不是很準時嗎？」

她個頭很高，就歌劇演員而言，她並不顯得過分肥胖。她的手臂和腿依舊苗條，她的脖頸像漂亮的石柱一樣渾圓。她的頭髮捲成大波浪垂掛在腦後，並閃爍著深紅色。如果說這顏色至少有部分要歸功於染髮水的話，這效果可真的是毫不遜色。她不再年輕了，至少也有四十歲，儘管閃閃發亮的黑眼睛周圍的皮膚已經鬆弛起了皺紋，但她臉上的皺紋依然可愛。她笑起來像個孩子，吃東西像隻鴕鳥，發脾氣時像個魔鬼，但她卻被公認是當時最偉大的歌劇女高音。她直接走向柯恩。

「你是否按照我說的去做了？是不是已經把那架可惡的英國鋼琴搬走，並且把它扔進了泰晤士河？」

「我幫你另外找了一架。」柯恩說道，用手指了指房間角落。

娜佐科夫奔了過去，掀開琴蓋。

「是一台埃拉德鋼琴。」她說，「不錯。現在讓我們來試試看。」

美妙的女高音唱出一個音，隨後跟著音階輕快地起伏兩次，接著又舒緩地漸進至高音部，就這樣持續此一高音階，接著加大音量，最後聲音又歸於柔和，減弱至無。

「啊！」波拉．娜佐科夫天真又滿足地說道，「我的聲音多美妙！即使在倫敦，我的歌喉也算是優美的了。」

「沒錯。」柯恩衷心地向她祝賀道，「可以肯定的是，全倫敦都將為你而傾倒，正如在紐約那樣。」

「你真的這麼想？」歌唱家問道。

她的嘴唇浮現出一絲微笑。顯然對她來說，這問題不過是例行公事罷了。

「當然是這樣。」柯恩回答說。

波拉．娜佐科夫合上鋼琴蓋，然後邁著緩慢起伏的步伐走向桌邊。這種步伐在舞台上效果奇佳。

「好了，好了。」她說，「讓我們談談正事吧。你已經做好一切準備啦，我的朋友？」

柯恩從他放在椅子上的公事包裡取出一疊紙。

「沒什麼大更動。」他評論道，「你將在科芬園演唱五次，三次唱《托斯卡》，兩次唱《阿伊達》。」

「《阿伊達》！我呸，」歌劇女伶說道，「這齣戲太讓人厭煩了。但是《托斯卡》就不一樣。」

「啊，是的。」柯恩說，「那是你的角色。」

波拉．娜佐科夫坐直了身子。

「我是世界上最偉大的『托斯卡』。」她淡然說道。

「是的。」柯恩讚許地說，「沒人能與你相比。」

「羅斯卡瑞將演出『史卡匹亞』吧？」

柯恩點點頭。

「還有艾米爾．利比。」

「什麼？」娜佐科夫尖叫起來。「利比，就是那個討厭的小青蛙，咕哇……咕哇……咕哇。我可不跟他一起唱。我會咬他，我會抓他的臉。」

「哎呀呀，」柯恩安慰她。

「告訴你，他根本不會唱歌。他只是一隻會汪汪叫的雜種狗。」

「好了，我們會拭目以待的。」柯恩說道。

他很聰明，從不與個性倔強的歌唱家爭論。

「那『卡瓦拉多斯』呢？」娜佐科夫問道。

「由美國男高音歌唱家亨斯戴爾演唱。」

對方點點頭。

「是個不錯的小男孩，他唱得很美。」

「另外，我想貝拉爾也將演唱一次。」

「他是個藝術家。」夫人慷慨大方地說道，「但是，讓那個咕呱亂叫的青蛙利比來演唱『史卡匹亞』。呸……我才不和他一起唱呢。」

「這件事交給我吧。」柯恩安慰道。

他清了清嗓子，又拿起另外一疊紙。

「我正在為你安排艾伯特廳的一場特別音樂會。」

娜佐科夫扮了個鬼臉。

「我知道，我知道。」柯恩說，「但是大家都會這樣做。」

「我會唱得非常出色。」娜佐科夫說，「屆時人會多得擠破天花板，而我將賺到一大筆錢。哦！」

柯恩又一次翻弄他的紙張。

「這裡有一個與眾不同的要求。」他說道，「是勞頓伯理夫人寫來的信。她想找你去演唱。」

「勞頓伯理？」

歌劇女主角皺緊眉頭，像在竭力回憶著什麼。

「我最近看過這名字。是個城鎮……或是村子，對吧？」

「是的，這是哈福德郡的一個小地方。至於勞頓伯理伯爵的住所，其實是勞頓伯理城堡，這是個真正絕妙的老式封建領地，裡面有精靈與家人畫像、隱祕的樓梯，還有一座一流的私人劇院。他們財源滾滾，老是在上演私人戲碼。她建議我們演出整場歌劇，最好是演《蝴蝶夫人》。」

「《蝴蝶夫人》？」

柯恩點點頭。

「而且他們準備支付大筆酬勞。當然啦，我們得擺平科芬園的抗議糾紛，不過即便如此，從金錢角度來看，也完全值得你這麼做。王室成員很可能會到場。這是最好的廣告效益。」

夫人揚起她那依舊動人的下巴。

「我需要做廣告嗎？」她傲慢地問道。

「你太出色了，任何讚美都不過分。」柯恩靦腆地說道。

「勞頓伯理。」歌唱家喃喃說道，「我在什麼地方見過……」

突然間她一躍而起，奔向房間內中央的那張桌子，開始翻看放在上面一張帶有插圖的報紙。

她的手突然停了下來，目光停留在一個版面上，隨後任憑報紙滑落到地板上。她又緩緩地回到自己的座位。她的心緒突然改變，像是完全變了一個人似的，不僅舉止安詳，甚至可以說是莊重。

「做好去勞頓伯理的準備。我想去那兒演唱，但有個條件——演出的歌劇必須是《托斯卡》。」

柯恩眼裡透露著疑慮。

「這很困難，對於私人演出而言，你知道的，舞台布景和諸如此類的東西不容許換戲碼。」

「要嘛是《托斯卡》，不然就是不唱。」

柯恩緊緊盯著她，他看到的某些東西似乎讓他感到信服，於是點點頭站了起來。

「我盡力而為。」他平靜地說道。

娜佐科夫也站了起來。要她解釋自己的決定，這使她看起來比以往更加焦躁不安。

「這是我扮演過最偉大的角色，柯恩。我唱那個角色的方式絕對和所有女伶都不一樣。」

「這是個很棒的角色。」柯恩說道，「潔芮塔去年以演出這個角色而轟動一時。」

「潔芮塔！」

娜佐科夫喊道，臉上泛起紅暈。接下來，她不厭其煩地詳述她對於潔芮塔唱腔的看法。

柯恩已經習慣聆聽歌唱家之間的相互評價。直到長篇大論結束了，他才又回過神來。他隨後執拗地說：「無論如何，她能趴在地上演唱《維西・德阿特》。」

「為什麼不行呢？」娜佐科夫質問道，「誰阻止她來了？我能躺著並且在空中搖擺雙腿來演唱它。」

柯恩搖搖頭，臉上的表情極其認真。

「我不相信這麼做會被人們接受。」他告訴她。「不過，這種唱法依舊盛行。」

「沒人能像我那樣演唱《維西．德阿特》。」娜佐科夫信心十足地說道，「我是用修道院裡的聲音來演唱的……正如多年前那些好心的修女教我的那樣。就像是唱詩班裡的孩子或是天使那樣，沒有感覺，沒有激情。」

「我知道。」柯恩發自內心地說，「我聽過你的演唱，真是美妙極了。」

「這是藝術。」歌劇女伶說道，「付出代價，忍受痛苦，承受磨難。最終不僅獲得知識，而且擁有一種回溯過往的能力，一直回溯到開始，重新找回失去的童心之美。」

柯恩詫異地看著她。她的目光盯著他旁邊，眼神裡透露出一種古怪茫然的神情。她這副模樣讓他感到有些毛骨悚然。她的嘴唇張開，輕聲對自己說了些什麼。他剛好能聽見。

「終於，」她喃喃說道，「終於……在過了這麼多年以後。」

§

勞頓伯理夫人既有雄心壯志，又有藝術天賦，還能成功駕馭這兩種特質。而她很幸運，因為她的丈夫既沒有雄心壯志，也沒有藝術天賦，所以從來不會礙她的事。勞頓伯理伯爵魁梧健壯，除了對於馬匹之外，一無其他愛好。他崇拜自己的妻子，而且為她感到自豪。他很高興自己的豐厚財產能使她縱情於自己的種種計畫。那個私人劇院是他的祖父在約莫一百年前所修建的。這是勞頓伯理夫人的主要消遣，她已經在裡面上演了一齣易卜生的劇作，一場超新派風格的戲劇，裡面淨是些離婚與毒藥之類的情節。另外還有一齣立體派舞台布景的詩歌幻想劇。即將演出的《托斯卡》引起各界的興趣。勞頓伯理夫人為此正在舉行一場盛大的家庭聚會，而倫敦的各界名流都乘車趕來助興。

娜佐科夫夫人一行在午飯前趕到。新近走紅的美國男高音亨斯戴爾即將演唱「卡瓦拉多斯」，而羅斯卡瑞將演唱「史卡匹亞」。製作費動用了鉅資，但是沒人關心這個。波拉・娜佐科夫興致勃勃，她迷人優雅，表現出令人愉悅又見多識廣的自我個性。柯恩既有些意外，又感到高興，心裡祈禱這種局面能維持下去。

午餐之後，一行人進入劇場，查看舞台布景和各式陳設。管弦樂隊由英格蘭最著名的指揮之一塞繆爾・李其先生負責。一切看起來都進展順利。但奇怪的是，正是這件事使柯恩先生感到不安。他在紛擾的氛圍中倒能更為自在，這種反常的安寧使他困擾不已。

「事情看起來是進展得過於順利了。」柯恩先生低聲自言自語。「夫人像是隻吃了奶油的貓一樣，這種安寧的局面持續不了多久，一定會發生什麼事情。」

也許是因為長期與歌劇界打交道，柯恩先生養成了一種第六感。顯然他的預感很靈。當天傍晚還不到七點，法國女僕艾莉絲神色悲哀地向他跑來。

「啊，柯恩先生，快來，拜託你趕快來。」

「發生了什麼事？」柯恩先生焦急地質問道，「夫人因為什麼事情生氣了……跟人吵架了，呃，是這樣嗎？」

「不，不，不是夫人，是羅斯卡瑞先生。他病了，他快要死了！」

「快要死了？哦，快去看看。」

柯恩匆忙跟在她身後走進患病的義大利人的臥室。這個身材矮小的人躺在床上，或者說正在床上用力扭來扭去。如果事態不是這麼嚴重的話，這畫面倒是滿惹人發笑。波拉·娜佐科夫俯身在他旁邊，她匆忙與柯恩打招呼。

「啊！你來了。我們可憐的羅斯卡瑞，他難過得要死。一定是吃了什麼東西。」

「我要死了。」矮個子呻吟道，「疼……疼死了。噢！」

他又一次扭動身軀，雙手捂著肚子在床上翻來滾去。

「我們必須找醫生來。」柯恩說道。

當他要去開門時，波拉一把抓住了他。

「醫生已經在路上了，他會為這個可憐人竭盡全力醫治，這件事已經安排好了，可是，羅斯卡瑞今晚不能演唱了。」

「我再也不能演唱了，我要死了。」義大利人呻吟道。

「不，不會的，你不會死，」波拉說道，「只是消化不良。但你今晚無法演唱了。」

「我中毒了。」

「是的，無疑是食物中毒。」波拉說道，「艾莉絲，陪著他等醫生來。」

歌唱家把柯恩拉到門外。

「我們該怎麼辦？」她問道。

柯恩無可奈何地搖搖頭。時間迫在眉睫，再去倫敦找人來替代羅斯卡瑞已經不可能了。勞頓伯理夫人剛聽到她的客人生病的消息，匆忙沿著走廊趕來與他們會面。她最關心的——正如波拉．娜佐科夫一樣——是《托斯卡》的演出能否順利進行。

「如果附近就有人可以替換……」歌劇女伶呻吟道。

「啊！」勞頓伯理夫人突然叫了起來。「對了！布烈松。」

「布烈松？」

「是的，艾多亞．布烈松。你知道的，著名的法國男中音。他住在離這兒不遠處。這個星期的《鄉村寒舍畫刊》登了他鄉間寓所的照片。他正是合適的人選。」

「這真是天大的好消息。」娜佐科夫喊道，「布烈松扮演的『史卡匹亞』，我記得很清楚，是他最偉大的角色之一。但他已經退休了，不是嗎？」

「我會找他來。」勞頓伯理夫人說，「這事交給我來辦。」

她行事果斷，立即打發西班牙僕人蘇伊薩出去做準備。十分鐘後，艾多亞．布烈松先生的鄉間寓所裡闖進一位激動不安的伯爵夫人。勞頓伯理夫人一旦下了決心，就很難改變主意。布烈松先生意識到除了服從已別無選擇。他出身寒微，但最終爬到這一行業的巔峰，而且與王公貴族平起平坐，這一切讓他感到心滿意足。然而，自從他退休住進這古色古香的寓所後，他知道了什麼叫作不滿。他懷念讚頌與掌聲，而英國鄉間對他的認同遠非他原先想像的那樣簡單。所以，對於勞頓伯理夫人的請求，他感到非常高興和樂意。

「我會盡自己的綿薄之力。」他面帶微笑說，「你們知道，我有很長一段時間沒有當眾演唱了。我甚至不收學生，只是作為特例才收那麼一兩個。但是，因為羅斯卡瑞先生不幸身感不適……」

「是可怕的疾病。」勞頓伯理夫人說道。

「他不算是個真正的歌唱家。」布烈松說。

他不厭其煩地解釋箇中緣由。看來自從艾多亞·布烈松退休以後，就再也找不到出色的男中音了。

「娜佐科夫夫人將演唱『托斯卡』。」勞頓伯理夫人說，「你一定認識她吧？」

「我從未見過她。」布烈松說，「我曾在紐約聽過她演唱。一個偉大的藝術家，對戲劇有著卓越的見解。」

勞頓伯理夫人鬆了一口氣。世人沒辦法了解這些歌唱家，他們之間存在著異乎尋常的嫉妒和反感。大約二十分鐘後，她重新走進城堡的門廳，一邊得意地揮動著手臂。

「我找到他了。」她大聲笑著說，「親愛的布烈松先生的確非常好心，我會永遠牢記於心。」

大家圍住這個法國人，他們的感激和欣賞對他來說就像是最好的奉承。艾多亞．布烈松儘管已經年近六旬，但是相貌依舊英俊，體格保持魁梧黝黑，個性令人陶醉傾倒。

「讓我看看，」勞頓伯理夫人說，「夫人在哪兒？哦！她在那兒。」

當大家在歡迎這個法國人時，波拉．娜佐科夫沒有參與。她靜靜地坐在壁爐遮蔽處的一張高背橡木椅上。當然啦，壁爐裡沒有生火，因為傍晚天氣很暖和，而這位歌唱家正用一把大棕櫚葉製成的扇子慢慢搧涼。她顯得如此高傲，如此超然，以至於勞頓伯理夫人生怕冒犯了她。

「布烈松先生，」她把他領到女歌唱家面前。「你說你還沒見過娜佐科夫夫人。」

波拉．娜佐科夫最後搖動……幾乎是舞動了一下她的棕櫚葉，接著把它放下來，向法國人伸出一隻手。他接住她的手，深深一躬身，歌劇女伶嘴裡輕輕說了句什麼話。

「夫人，」布烈松說道，「我們以前從未一起演唱過。這是我的報應！但是，命運對我大發慈悲，趕來拯救我了。」

波拉輕聲笑了起來。

「你真是太好了，布烈松先生。當我還是一個可憐的無名歌劇演員時，我曾經坐在你的腳邊。你在歌劇《利哥萊托》裡的演唱，那是真正的藝術，堪稱登峰造極！沒人能與你相提並論。」

「唉！」布烈松假裝嘆氣道，「我的鼎盛時期已經結束了。『史卡匹亞』、『利哥萊托』、『拉達姆斯』、『夏普利斯』，這些歌劇裡的角色我唱過不知有多少遍了，但是現在……還是別唱了吧！」

「唱吧……就在今晚。」

「我是說真的，夫人……我忘了。就在今晚。」

「你和許多『托斯卡』一起唱過，」娜佐科夫自負地說，「但從未和我一起唱過呢！」

法國人鞠了一躬。

「不勝榮幸。」他輕聲說，「這是一個偉大的角色，夫人。」

「我們需要的不僅是一位歌唱家，而且必須是一位藝術表演大師。」勞頓伯理夫人插話道。

「說得也是。」布烈松附和道，「還記得我年輕時在義大利，曾經去米蘭一家偏僻的劇院。那個座位只花了我幾個里拉，但是那晚我聽到的演唱和在紐約大都會歌劇院聽到的一樣出色。一個年紀輕輕的女孩演唱『托斯卡』，她的演唱就像是天使一樣。我永遠都不會忘記她演唱《維西・德阿特》時的聲音，清脆、純淨，只是缺乏戲劇張力。」

娜佐科夫點點頭。

「這需要後天的工夫。」她靜靜地說道。

「是的。這個年輕的女孩——名字叫作碧安卡．卡佩利——我對她的職業生涯感到興趣。透過我她得到了寶貴的機會，但是她愚蠢……令人遺憾地愚蠢。」

他聳了聳肩。

「她是怎麼個愚蠢呢？」

說話的是勞頓伯理夫人二十四歲的女兒布蘭琪．愛茉莉。這女孩身段苗條，有一雙很大的藍眼睛。

法國人不失禮節地轉過身來。

「唉！小姐，她和一個卑鄙的傢伙——是個無賴，同時是幫派份子——攪和在一起。警方找他的麻煩，他被判了死刑；她跑來求我想辦法救出她的情人。」

布蘭琪．愛茉莉盯著他。

「你幫她了嗎？」她專注地問道。

「小姐，我能做些什麼呢？我只是那個國度裡頭的異鄉人。」

「你說話也許有些分量吧？」娜佐科夫提示著，聲音低沉而響亮。

「即使有，我也懷疑自己是否應該運用自己的影響力。這個男人根本不值得我這麼做，但我盡了全力來幫助這個女孩。」

他微微一笑。這個英國女孩突然發現在他的微笑之中，蘊含著某種令人討厭的東西。她覺得他此刻的話完全心口不一。

「你盡了自己所能。」娜佐科夫說道，「你真是好心，她一定滿心感激囉？」

法國人聳了聳肩膀。

「那個男人被處死刑，」他說，「而那個女孩進了修道院。唉，你瞧，這世界失去了一位歌唱家。」

娜佐科夫低聲笑了起來。

「我們俄國人可沒有那麼堅貞。」她滿不在乎地說道。

歌唱家說話的時候，布蘭琪．愛茱莉湊巧在看柯恩。她看到他臉上表情驀然一驚。他的嘴半張著，但是波拉警告地看了他一眼，他才順從地把嘴巴牢牢閉上。

管家出現在門口。

「該吃午飯了。」勞頓伯理夫人一邊說，一邊站起身來。「你們真是可憐啊，我為你們感到難過。歌唱之前必須忍饑挨餓真是一件可怕的事。幸好後來總有一頓可口的晚餐。」

「我們會滿心期待，」波拉．娜佐科夫說道，隨後又輕聲笑道：「演完再說！」

§

在劇院裡，《托斯卡》的第一幕剛剛演完。觀眾騷動起來交頭接耳。迷人優雅的王室成員坐在前三排的天鵝絨椅子上。大家都在竊竊私語，覺得在第一幕當中，娜佐科夫的演出離她的名聲相去甚遠。大多數觀眾沒有意識到歌唱家這麼做方才表現了她的藝術，她在第一幕中節省了嗓音和體力。她將托斯卡塑造成一個快活輕浮的人物，玩弄愛情，風騷又愛嫉妒，情緒易於激動。布烈松的演出很成功，儘管他的嗓音已過了黃金時期，但他所演的無所顧忌的「史卡匹亞」形象依舊栩栩如生。在他扮演的浪蕩子角色中看不到任何衰老的蹤影。他塑造的史卡匹亞是個英俊、甚至和藹的人物，外表之下只是隱約流露出些許歹毒之意。在最後一段戲裡，在風琴聲的演奏中，史卡匹亞站在那裡沉思，得意地盤算著染指托斯卡的計畫，布烈松扮演的這個角色真是出神入化。現在第二幕開始了，場景是在史卡匹亞的公寓裡。

這次當托斯卡登台時，娜佐科夫的藝術才能充分發揮出來了。呈現在觀眾眼前的是一位自信的優秀女演員所扮演的一個身在極度恐懼處境的女人。她自在地向史卡匹亞打招呼，表現得若無其事，她居然還微笑著回答他的問題！在這一幕中，波拉．娜佐科夫用她的眼神表演，她的舉止表現出極度的鎮靜，臉上無動於衷卻又掛著微笑。只是她那不停掃視史卡匹亞的目光中，卻透露出她的真實情感。故事就這樣接著演下去，在刑場拷問的那一幕，托斯卡喪失了鎮靜，她伏在史卡匹亞腳下徒勞地懇求憐憫，全然一副自暴自棄的模樣。一位音樂鑑賞家老勳爵康萊爾也被深深打動了，坐在他旁邊的一位外國大使對他低聲說：「就在今晚，她超越了自我，好一個娜佐科夫。沒有任何一個女人能像她那樣在舞台上表演得如此淋漓盡致。」

康萊爾點點頭。

此刻，史卡匹亞開口道出了他的價碼，於是托斯卡慌張地向窗口逃去。隨後遠處傳來鼓聲，托斯卡疲憊地倒在沙發上。史卡匹亞站在她身邊，嘴裡述說著他的手下正在如何豎起絞刑架……接著是沉默，隨後又是遠處的鼓聲。娜佐科夫趴在沙發上，她的頭部下垂幾乎觸及地板，頭髮整個遮住顏面。接下來的氣氛和剛才二十分鐘裡的激情、緊張形成鮮明對比，她的聲音漸漸放開，響亮又清脆，這聲音正像她告訴柯恩的那樣，像是唱詩班裡的孩子或天使。

我為了藝術為了愛情而活，對於任何生靈我從未傷害過。
狡詐之徒遇上多少苦難，我都願意伸出援手。

這段用義大利語唱出來的歌詞，詮釋的方式是一種好奇且迷惑的童音。隨後她再次跪下懇求，直到史波雷塔出現的那一刻。精疲力竭的托斯卡終於屈服了。而史卡匹亞則說出他那一語雙關的致命言詞。史波雷塔再次離去。隨後是那個戲劇性的時刻，托斯卡用顫抖的手舉起一杯葡萄酒，並看見桌上的刀子，於是拿過來藏在身後。

布烈松站了起來。他英俊莊重而充滿熱情。

「托斯卡，我的末日到了！」

刀子閃電般地刺進他的身體，托斯卡的嘴裡發出復仇的低語。

「托斯卡正是這樣親吻的！」

娜佐科夫以前從未如此欣賞托斯卡的復仇行動。最後一聲尖銳的低語「該死的傢伙」之後，劇院裡響起一種奇怪而寧靜的聲音。

「現在我原諒他了！」

當托斯卡開始她的儀式時，劇院裡響起了柔和的安魂曲。她把蠟燭放在他頭部的兩側，把十字架放在他的胸部，最後她又在門口停下來回頭凝望，遠處傳來隆隆的鼓聲，此刻大幕落下。這一次，滿場觀眾爆出真正的熱烈回響，但這次的回響注定是短暫的。有人從舞台側翼後面匆匆跑出來與勞頓伯理伯爵說話。他站起來詢問了一兩分鐘，然後轉身召喚唐納德·卡索普爵士，此人是一位著名的內科醫生。幾乎是同一時間，事情的真相在觀眾中傳開了。好像是發生了一起事故，有人受了重傷。一位歌劇演員在幕前出現，他解釋說布烈松先生不幸遇到一起事故，歌劇不能繼續演出了。於是謠言再次傳開，說是布烈松被捅了一刀，由於娜佐科夫失去了理智，她如此專注於自己的角色，以至於真的捅了那個同台演出的男人一刀。康萊爾動爵正在和他的大使朋友說話，感覺到有人碰了碰他的手臂，因此回頭一看，正遇上布蘭琪·愛茉莉的目光。

「這不是意外事故。」女孩說道，「我敢確定這不是事故。你沒聽到他在午飯前講的那個義大利女孩的故事嗎？那女孩就是波拉·娜佐科夫。故事講完後，她說自己是俄國人，而我看到柯恩先生露出十分詫異的神情。她或許取了俄國名字，但他很清楚她是義大利人。」

「親愛的布蘭琪。」康萊爾勳爵說道。

「告訴你，這件事我非常確定。在她臥室裡頭有一份圖片報紙，正好翻到布烈松先生住在他鄉間村舍的那一頁。她來這裡以前就知道了。我想她一定是給那可憐的矮冬瓜義大利人吃了什麼，結果他就生病了。」

「這是為了什麼？」康萊爾勳爵喊道，「為什麼？」

「你還不明白嗎？這整件事就是托斯卡故事的翻版。他想讓她待在義大利，不過她忠於自己的情人，但是她仍舊去找他，希望他救她的情人，而他假意答應。結果呢，他卻讓她的情人死去。現在她終於來復仇了。你沒有聽到她低聲說『我就是托斯卡』嗎？當她這麼說的時候，我看到布烈松的表情，在那當下他已經知道真相了……他認出她了！」

在化妝室裡面，波拉．娜佐科夫坐著不動，一件白色的貂皮大衣裹住了她的身體。有人敲門。

「進來。」歌劇女伶說道。

艾莉絲走了進來，她在哭泣。

「夫人，夫人，他死了！而且……」

「什麼？」

「夫人，我該怎麼說呢？有兩位警官先生想要和你談談。」

波拉．娜佐科夫立刻站起來。

「我去見他們。」她平靜地說。

她從頸上摘下一串珍珠項鍊，放在法國女孩的手裡。

「這是給你的，艾莉絲，你是個好女孩。我要去的地方不需要這個。你明白嗎，艾莉絲？我再也不能唱《托斯卡》了。」

她在門邊站了一會兒，眼睛掃視著化妝室，似乎在回顧她過去三十年的舞台生涯。

隨後，她從齒縫間輕輕說出另外一齣歌劇裡面的最後一句台詞：「這場喜劇落幕了！」

專文推薦

藏在日常細節中的冒險

楊照（作家）

一開始，就都在那裡了。

一九二〇年，阿嘉莎．克莉絲蒂出版了《史岱爾莊謀殺案》，神探白羅就已經退休了。而且在這個案子裡，藉由敘述者海斯汀的轉述，就鋪陳出克莉絲蒂小說最基本的偵探原則：

「那些看來或許無關緊要的小細節……它們才是重要的關鍵，它們才是偉大的線索！」

「豐富的想像力就像洪水一樣，既能載舟亦能覆舟，而且，最簡單直接的解釋，往往就是最可能的答案。」

「沒有任何謀殺行為是沒有動機的。」

還有，一個不討人喜歡的死者，一群各有理由不喜歡死者、因而也就都有殺人動機的人，這些人彼此之間構成複雜的關係，有的互相仇視，有的互相愛戀，麻煩的是，有些愛人其實貌合神離，有些仇人其實私下愛慕；更麻煩的是，不論是愛或是仇，都有可能是扮演出來的。

一個外來的偵探必須周旋在這些嫌疑者之間，從他們口中獲取對於案情的了解，換句話說，他必須在很短的時間內，搞清楚誰是誰、誰跟誰吵架、誰跟誰偷情，然後判斷誰說的哪一句是實話、哪一句是謊言。常常謊言比實話對於破案更有幫助。

再偷偷透露一下，如果要和小說裡的凶手及小說背後的作者鬥智，就像克莉絲蒂對英國社會的了解，祕訣就在於要去追究小說裡的人物背景，尤其是他們的階級地位。基本上，階級地位愈高、權力愈大、愈有錢者，說的話就愈不要相信。例如在《史岱爾莊謀殺案》中，僕人、園丁說的話遠比有頭有臉的人說的要可信多了。就算要說謊，他們的謊言也比較天真，而且往往出於善良動機。當你歸納線索時，就會知道他們並非故意說謊，那是因為他們的認知受到蒙蔽或誤導，而你慢慢就從這蒙蔽或誤導中被引導到真相。

《史岱爾莊謀殺案》出版那年，克莉絲蒂三十歲，但書稿其實早在五年前就寫好了，畢竟要找到有人願意出版一個看來再平凡不過的家庭主婦寫的小說，並不是那麼容易。

所有和克莉絲蒂接觸過的人，都對於她的「正常」留下深刻印象。她看起來就和她那個年紀的典型英國家庭主婦一樣，害羞、靦腆，只能在社交場合勉強跟人聊些瑣事話題，完全無法演講，甚至連只是站起來對眾賓客說幾句客套話，請大家一起舉杯，她都做不到。她不演講，也很少答應接受採訪，就算採訪到她也很難從她口中得到有趣的內容。她會講的，幾乎都是記者本來就知道、或者自己就可以想得出來的。

例如說白羅這個神探的來歷。克莉絲蒂回答：他應該是個外國人，這樣就能在英國日常生活中看出英國人自己看不出的線索。她自己碰過的外國人，只有第一次大戰剛爆發時到英國避難的比利時人。比利時警察怎麼能跑到英國來？那一定是因為他已經退休了。他有潔癖，所以對於現場會有特殊的直覺，馬上感受到不對勁的地方。一個有潔癖的人，好像應該長得矮小些才相稱，一個矮小有潔癖的人最適當的名字，就是希臘神話裡的大力士「赫丘勒斯（Hercules）」，製造出荒唐的對比趣味。那白羅這個姓是怎麼來的呢？克莉絲蒂很誠實地說：「我不記得了。」

一切都如此順理成章，一切都如此合邏輯，不是嗎？有記者問她怎麼看自己的舞台劇〈捕鼠器〉，創下了英國劇場、甚至全世界劇場連演最多場紀錄的名劇？克莉絲蒂的回答也還是中規中矩，合理合節：那是一齣小戲，在一個小劇院演出，成本很低，任何人想到了都可以帶家人或朋友去看，老少咸宜，並不恐怖，也不特別荒謬打鬧，可是又什麼都有一點，包括恐怖和荒謬打鬧的成分。

她的身上找不出一點傳奇、怪誕色彩，那她為什麼能在五十年間持續寫偵探小說，創造了那麼多謀殺，還創造了那麼多詭計？

首先因為她是女性，以及她的身世，包括她的階級身分，使得她在描寫故事場景時比一般男性作者來得敏感。因為在她之前的偵探推理小說男性作家的階級身分都是高高在上，基本上他們會從較高的角度看社會，比較看不到底層的感受。

而她的婚變以及婚變中遭逢的痛苦，都使她更能體會與觀察，將英國社會的複雜細節融入小說的核心情節，讓探案與線索分析結合在一起。

克莉絲蒂一生結過兩次婚，第一次在一九一四年，婚後不久，丈夫就參加了歐戰，是英國皇家空軍最早一批飛行員。一九二六年，這個丈夫有了外遇，直率地向克莉絲蒂要求離婚，在那之前，克莉絲蒂的媽媽才剛過世，雙重打擊之下，又遇到車子無法發動，克莉絲蒂崩潰了，她棄車而走，忘記了自己究竟是誰，躲進一家鄉間旅館，登記時寫了她心裡唯一有印象的名字——她丈夫情婦的名字。

離婚後，一次在晚宴中，有人提起近東烏爾考古的最新收穫，克莉絲蒂就取消了原定要去西印度群島的計畫，改訂了跨越歐洲到君士坦丁堡的「東方快車」，是的，就是這趟旅程給了她寫《東方快車謀殺案》的靈感。不過更重要的是，在烏爾，她認識了一位年輕的考古學家，比她小十四歲，這個人後來成了她的第二任丈夫。

這位考古學家陪她去參觀在沙漠中的烏克海迪爾城，卻在沙漠中迷路困陷了。幾小時中克莉絲蒂卻沒有一點驚慌不安，當下考古學家就決定要向她求婚。

原來，克莉絲蒂的內心是有這種冒險成分的。要不然她不會兩次選到的，都是喜愛冒險的丈夫，而她本身大概也不會吸引一個在各種危險情境下挖掘古代寶藏的人，讓他願意向一個大他十四歲的女人求婚。

這樣說吧，維多利亞時代後期的英國環境，壓抑限制了克莉絲蒂冒險、追求傳奇的內在衝動，她只好將這樣的衝動寄託在丈夫和寫作上。她一邊陪著第二任丈夫在近東漫走，一邊在小說中寫各式各樣的謀殺與探案。謀殺和探案都是冒險，還有，偵探偵查中做的事——蒐集線索，還原命案過程——其實和考古學家的考掘，如此相似！

克莉絲蒂寫得最好的，正是「藏在日常中的冒險」。她個性中的雙面成分，造就了特殊的偵探魅力。既嚮往非常傳奇，卻又有根深柢固的日常邏輯信念，兩者都在克莉絲蒂的小說中扮演了重要角色。她的謀殺案幾乎都和日常習慣緊密編織在一起，日常環境成了凶手最重要的掩護。有些日常規律明顯地被破壞了，讓我們很自然以為那會是謀殺的線索，沿著這些線索形成了閱讀中的推理猜測，然而白羅早就提醒了，真正重要的反而是那些「細節」，也就是看來像是依隨日常邏輯進行的事，或說藏在日常邏輯中因而不被看重的事，那裡要嘛藏著凶手的核心詭計、煙幕，要嘛藏著凶手致命的破綻。

凶案的構想，就是如何讓異常蓋上日常、正常的面貌，又如何故意將日常、正常予以扭曲，製造假象；那麼偵探要做的，就是如何準確地在日常中分辨出真正的異常，將假的、明顯的異常撥開來，找出細節堆疊起來的異常真相。

此外，克莉絲蒂的小說裡隱藏著極其曖昧的情感價值觀，最典型、最有名的就是《東方快車謀殺案》。透過追查過程，讓讀者知道為什麼凶手要訴諸於這種手段，其動機具有可同情之處，再加上克莉絲蒂對身分階級的觀察，她比較相信或讓讀者相信那些沒有權力、地位的人，隨著偵查節奏去認識可能或必須懷疑的人。克莉絲蒂最擅長營造「多重嫌疑犯」的小說特質，因為讀者在閱讀時必須被迫去認識很多不一樣的人。在她最受歡迎的作品，大概都具備這樣的特質。

當然，她的作品中還有兩個最突出的神探，即白羅和瑪波。白羅是比利時人，但為什麼必須是外國人？這是因為英國人具有高度階級意識，這種觀念一路滲透到所有互動細節，包括人與人之間如何說話。而白羅因為不是英國人，他會發現一般英國人不太看得出來的東西，以及兩個人互動的方法哪裡不正常。至於瑪波為什麼得是老太太？她一如那個年代的老人家，總是靜靜坐著打毛線，因為不起眼，自然讓人放鬆防備，所以瑪波探案的線索都是來自於這樣的互動模式。

然而，白羅有很明顯的優勢，瑪波的身分使她基本上只能進行「靜態」的辦案，案子的空間受到侷限，白羅卻可以跨越各種空間，恣意揮灑。而且白羅擁有警官身分，可以合理出現在各種犯罪現場，瑪波能出現的地方，相形之下就勉強、不自然多了。白羅是明白的outsider，在英國，只要他出現，就會覺得有外人在而感到緊張，於是很容易露出平常不會表現的行為；瑪波則看起來是 insider，但實質上是 outsider，因為總是沒人發現她、當她空氣人。這兩人的探案，是兩個極端。雖然讀者最愛白羅，但克莉絲蒂自己偏愛瑪波勝於白羅。

不管後來的偵探、推理小說發展了多少巧妙詭計，克莉絲蒂卻不會過時，因為她的推理如此密切地和日常纏繞在一起；活在日常中，我們就無可避免被克莉絲蒂的「日常細節推理」吸引，隨時讀來都充滿驚奇趣味。

名家盛讚克莉絲蒂（依推薦時間排序）

金庸（作家）

克莉絲蒂的寫作功力一流，內容寫實，邏輯性順暢，也很會運用語言的趣味。閱讀她的小說，在謎底沒有揭露之前，我會與作者鬥智，這種過程非常令人享受。其作品的高明之處在於：布局的巧妙完全意想不到，而謎底揭穿時又十分合理，讓人不得不信服。

詹宏志（作家、PChome 網路家庭董事長）

推理小說在從先輩柯南．道爾等人的發明中出現力量時，誕生了一位《天方夜譚》故事中每天說故事說個不停的王妃薛斐拉．柴德，也就是「謀殺天后」克莉絲蒂，整個世界對聽這些故事才有如此的熱情。他們捨不得睡覺，每天問後來還有嗎、還有嗎，永遠不肯離去，這就是克莉絲蒂對推理小說的最大貢獻。

可樂王（藝術家）

所謂「克莉絲蒂式」的推理小說，就是一場和一個天才的寫作者或高明的恐怖份子在紙上捕掠捉殺的戰事。即便是一列火車、一處飯店或一間酒吧，在克莉絲蒂寫來皆充滿神祕和猜謎。在人生適合的下午裡，我總是一面嚼著口香糖，一面跟著矮子偵探白羅穿梭謀殺現場，克莉絲蒂的推理作品無疑是推理世界中最充滿「魔術性」的小說。

吳若權（作家、節目主持人）

我從小就對推理小說情有獨鍾，克莉絲蒂一系列的作品尤其令我愛不釋手。多年來，閱讀推理小說的經驗讓我覺悟：讀者在文字情節中推展開來的驚嘆，不只是因緣於故事的本身，而是自我性格的投射。從這個觀點來看克莉絲蒂一系列的作品，她簡直就是洞徹人性的算命師。而讀者，在她的文字中，發現了自己無可奉告的命運。

藍祖蔚（國家電影及視聽文化中心董事長）

做過藥劑師，難免懂得毒藥；嫁給考古學家，難免也就嫻熟文明的神祕；再加上曾經失蹤九天，一切不復記憶的離奇經驗，的確提供了寫作靈感，但若少了想像力，那些片羽靈光縱使辛辣如辣椒，卻不足以成菜。

推理小說重布局、重人物描寫，克莉絲蒂最厲害的卻是犀利的人性觀察，她一手創造的白羅探長，潔癖個性完全和她相反，更將她所憎厭的人格特質集於一身，殊不知，唯有不對著鏡子寫作，才能夠跳出框架與制式反應，開闢無限寬廣的新世界，建構多面向的詭異迷宮。

看完她的小說，你只會更加訝異，到底是什麼樣的心靈才能成就這般視野？

李家同（作家、前暨南大學校長）

克莉絲蒂的整體布局十分細膩，最後案情也都講解得非常詳細，回頭去看，在書中都找得到線索。故事的情節與內容也很好看，不是像一個流氓在街上被殺掉那麼單調。……看小說應該要花腦筋、要思考，從小就要養成思辨的能力，看她的小說，就是對邏輯思考能力極佳的訓練。

袁瓊瓊（作家）

雖然被公認是冷靜理性的謀殺天后，但是在理性之下，克莉絲蒂的底色依舊是感情。克莉絲蒂很明白，所有的慾望之後，都無非是某種愛情。在以性命相搏的犯罪世界裡，凶手以終結他人的性命來遂私欲，不過是為了成全自己的愛，或者是成全自己的恨。

鄧惠文（精神科醫師）

以推理小說作家而言，克莉絲蒂的風格相當獨樹一格。她的偵探在辦案時，靠的不光是科學證據的搜集，而是大量運用犯罪心理學，及對人性的深刻了解。例如在《五隻小豬之歌》中，白羅便是藉由聽取嫌疑犯訴說案情時所不自覺顯露的主觀意識及中心思想，而看出其中破綻，找出真凶。白羅是靠腦袋辦案，以心理層面去剖析案情，即使人們敘述的是同一件事，他可以聽出不同角色因出發點及看待角度不同所透露的情緒觀感，從而抽絲剝繭，還原事實真相。

克莉絲蒂所塑造的人物也生動且各具特色，不同個性所出現的情緒反應描寫，皆細膩而準確，讓讀者產生豐富的想像空間，一展卷便欲罷而不能。

吳曉樂（作家）

克莉絲蒂使用的語言平易近人，主要是以角色與情節的對應來斧鑿出故事的深度，堆疊出讓讀者回味的迂迴空間。而她筆下的角色往往性別、階級、性格、族群各異，塑造出多元又豐富的人物群像。

文學作品不問類型，若要流傳於世，最終仍得上溯至「人性」的理解與反思。而阿嘉莎·克莉絲蒂的作品中，我們可以看到人類屢屢得和自己的人生討價還價，或千方百計讓主觀意識與客觀條件達成某種程度的整合，讀者在重建人物的心理軌跡時，也見識到自身的是非成敗，我認為，這也是克莉絲蒂的作品能夠璀璨經年、暢銷不衰的主因。

許皓宜（心理學作家）

克莉絲蒂筆下的故事看似在談人性的醜惡，實則像一位披著小說家靈魂的心靈引導者，用她的文字訴說著人們得不到「愛」時的痛苦。於是在故事終了的剎那，你不得不對人生多了幾分「看透感」：原來，我們心裡的那些痛苦、報復與自我折磨的慾望，不是因為「憤恨」，而是起於對「愛的失落」。這或許是我們在情感世界中最珍貴且深刻的一種覺察了。

推理小說荒謬驚悚嗎？不，它其實很寫實。它幫我們說出心裡的苦、怨、醜陋的慾望，於是，我們可以重新學習愛了。

一頁華爾滋 Kristin（影評人）

從有記憶以來，閱讀克莉絲蒂最迷人之處往往不在真正的凶手是誰，而是在於「Why」（為什麼）與「How」（如何進行），在於人性與心理描摹的故事肌理。依循其書寫脈絡，會發覺不只是邏輯清晰、布局縝密、著重細節，她總能完美掌握敘事節奏，書中人物彷彿真實存在般鮮明躍然紙上，讀者情緒會隨精準文字保持流轉、跳動、收放，掩卷時並無太多真相水落石出的暢快，反倒淡淡的惆悵化為餘韻襲上心頭，原來還是種種意料之外，卻屬情理之中的人性盲目使然。私以為，那成就了克莉絲蒂的推理故事之所以無比迷人的主因之一。

冬陽（推理評論人）

雖然阿嘉莎．克莉絲蒂的作品並非我的推理閱讀啟蒙，卻是養成閱讀不輟的重要推手。首先，她無庸置疑是個說故事能手，打開我名為好奇的開關；其次是設計犯罪事件的巧妙多元，既日常又異常，凶手更是叫人意想不到。沒錯，我相信每個當讀者的都忍不住想破案，想早偵探一步識破詭計，或者像考試結束鈴響前一秒，瞎猜都要指著某個角色大喊「你就是犯人」！然後會忍不住作弊——不是翻到最後幾頁窺探真凶身分，而是往前翻查讓人起疑的段落、偵探顯然掌握重要線索的時刻，直到忍不住豎白旗投降，看神探（我知道啦，真正把我耍得團團轉的聰明人是作者）頭頭是道地分析我遺漏錯置的片片拼圖，終於看清真相全貌。這，就是偵探推理，我因此熟悉遊戲規則、沉醉在每一場迷人故事裡，成為這個類型書寫的俘虜，享受至今不疲的美好滋味。

石芳瑜（作家、永樂座書店店主）

布局細膩、處處留下線索，破案解說詳細，說明了這位安靜、害羞的推理小說女王心思縝密，且充滿想像力。密室殺人，完美犯罪，《東方快車謀殺案》不愧為古典推理小說的經典。再加上神祕的東方色彩，隨著火車抵達的迫切時間感，連非推理小說迷都會神經拉緊，讀完大呼過癮。

家庭主婦缺少人生經驗？處女座的阿嘉莎．克莉絲蒂充分展現她過人的寫作天分，靠得是從小開始的閱讀，以及對偵探小說的著迷。三十歲寫下第一本偵探小說《史岱爾莊謀殺案》的克莉絲蒂，在那個時代並不能說是「早慧」，但寫作生涯五十五年中，共創作了八十部偵探小說，卻令人難以企及。這位害羞靦腆的小說女神，大概是相信只要有足夠的理由，每個人都有殺人的可能！

余小芳（暨南大學推理研究社指導老師、台灣推理作家協會常務理事）

學生時代加入推理社團，社課指定讀物便是經典作品《一個都不留》，成為我對克莉絲蒂的初步印象，自此沉浸於推理小說的世界。隔年寒假陪同學參與轉學考，在斜風細雨的走廊中，滿足讀完《東方快車謀殺案》。隨著歲月遠走，已昇華成趣味回憶。

踏入推理文學領域需要認識的作家，阿嘉莎．克莉絲蒂絕對名列其中，她的作品常有英國小鎮風光、莊園式的謀殺、設備豪華的交通工具等，還有特色鮮明的偵探活躍其中。書中少有血腥、暴力的橋段，布局巧妙且結構嚴密，手法純粹、知性，故事內容與人物性格融為一體，以高超的想像力結合說好故事的能耐，為推理小說開創新局面。克莉絲蒂推理全集重編改版，值得新舊讀者一起探索。

林怡辰（國小教師、教育部閱讀推手）

多年後，還是難忘第一次閱讀阿嘉莎．克莉絲蒂作品的感動和激動。這套將近一世紀的作品，文筆流暢，邏輯縝密，過程中不斷與作者較量、猜出凶手，直到最後解答不禁佩服，蛛絲馬跡處處展現作者的精妙手法，於是又拿起另一部作品，再次沉溺在謀殺天后所編織的日常世界中的奇幻，無可自拔。犯罪動機和手法穿越時空限制，如今讀來合理且依舊令人感動，閱讀中趣味橫生，難怪成為後來諸多偵探小說的原型。

克莉絲蒂創作生涯中產出的八十部推理作品，至今多部躍上大銀幕，無怪乎被稱之為「經典」，喜愛推理偵探作品的人不可不讀，你會驚異於她在文字中施展的魔法！

張東君（推理評論家、科普作家）

我愛克莉絲蒂！這位在台灣有時會被稱為克奶奶的超級暢銷推理小說家，即使是自認沒讀過她的書的人，也都會在各種書籍或影視作品中看到對她致敬的片段。由於她喜歡旅行和冒險，那些經驗與體驗都成為書中的場景，因此閱讀她的作品時，不只是雀躍地跟著偵探推理，也有了虛擬的旅行體驗。或者當成旅遊導覽書，在出發去尼羅河、去英國鄉間、去搭船搭火車時，就塞一本克奶奶的作品到隨身背包中。

我還是大學新生時，就聽學姐說她哥哥經常看克奶奶的小說，而且邊看邊狂笑。於是我跟著效仿，在某次搭飛機之前買了第一本小說當旅伴，不只看得超開心，看完後還到處找尋書中出現的那種有兜帽的斗篷，當成出門時的必備用品。克奶奶的作品是跨越文字、國界的。只要看過一本，就會不停地追下去。還好，真的是還好只有八十本。何況這次是全新校訂的紀念珍藏版，當然不能錯過！

發光小魚（呂湘瑜）（文史作家、助理教授）

一部好的偵探小說，除了情節設計巧妙之外，還需要洞悉人性，如此方能合理地交代人物的言行舉止與動機。阿嘉莎·克莉絲蒂便是其中翹楚，她的作品不管是偵探、愛情小說或戲劇，必要元素都是謎題與人性。在寧靜無波的場景下暗潮洶湧，永遠都有意料之外，讀者的情緒也會隨著劇情的進行起伏糾結。克莉絲蒂觀察到時代的變化，將犯罪心理融入作品中，於是，看她的小說不只能得到解謎的快樂，同時對人性也能夠有所省思。

此外，克莉絲蒂豐富的人生歷練及旅行經歷，例如一九二二年的環球之旅、居住過也旅行過的巴黎和埃及，甚至是追隨考古學家丈夫前往的中東，都讓她的小說讀來更加充滿異國情調。如果你也愛旅行，不如就讓我們一同搭上那一班南法的藍色列車，或由伊斯坦堡出發的東方快車，跟著白羅鑽進一樁奇案，一嘗旅程中破解謎題的快感吧。

盧郁佳（作家）

國小時，家裡買了一套阿嘉莎．克莉絲蒂全集，從此成了我的毒品，在白癡課本將我的腦袋啃噬成海綿般空洞時，撫慰受創的心靈，那時我仍對人心險惡一無所知。

數學課教你列算式，樂趣遠不如克莉絲蒂教你住宅平面圖、偷換時序的密室魔術，你從庭園長窗進房間，我從房門直通鄰房，他從走廊進房……從而學會故事是建構邏輯。她文風多變，時而《四大天王》中讓神探白羅向助手海斯汀大賣關子，眉頭緊皺，山雨欲來，預示天翻地覆，只能靠他拯救世界；時而用維吉尼亞．吳爾芙《自己的房間》中俏皮的語言，讓貧苦村姑安妮在《褐衣男子》中回憶南非出生入死的冒險，竟源於她耽讀村裡圖書館爛舊的冒險愛情小說，還有戲院每週末放映〈帕米拉歷險記〉，帕米拉每集從飛機跳落高空、搭潛艇、爬上摩天大樓，每次被黑幫老大抓到總不一刀斃命，卻老要用瓦斯毒死她，暗示續集又會逃出生天。

長大才發現，克莉絲蒂小說就是我的〈帕米拉歷險記〉：它以歌劇般輝煌龐大的天真陰謀、精細的人際觀察（一句話重音放在哪個字、從膝蓋鑑定女人的年齡等），召喚年輕讀者抱持浪漫精神投入未知的壯遊，瘋魔、衝撞、冒犯，傷痕累累毫無懼色。正如瓦斯在冒險片中太多、現實中卻太少；陰謀在現實中沒有克莉絲蒂寫得那麼複雜，但她刻畫的心理卻是現實中解謎的試金石。

賴以威（臺灣師範大學電機系副教授）

或許可以為經典下幾個定義：該領域的愛好者更都讀過；不是這個領域的愛好者，許多人也都聽過；影響後續的作品，在很多著作中都可以看到它的影子；值得反覆再三閱讀，每隔一陣子再讀都可以獲得閱讀的樂趣，有更多的體悟。我永遠記得第一次讀《東方快車謀殺案》時，被那宛如嚴謹設計數學謎題的鋪陳、推進給深深吸引、震撼。從這幾個角度來說，克莉絲蒂的推理小說被稱之為「經典」，可說是當之無愧。

謝哲青（作家、旅行家、知名節目主持人）

克莉絲蒂小說的魅力在於透過每個角色的對白，藉由不斷的說話來表現人物的個性，以彰顯其人格特質中一些無法被忽略的事實。我們從他們的言語、講話的過程和字裡行間，竟然就能知道誰是兇手。

我從克莉絲蒂的小說學到很多，除了推理小說有趣的事實之外，最重要的是，我在工作的職場跟人應對的時候，如何從語言和對話裡去捕捉某些隱而不顯的事實。許多人們欲蓋彌彰的東西，無論心事也好、祕密也好，克莉絲蒂都會用文學的手法，讓你理解語言的奧妙和魅力。

克莉絲蒂的書寫會讓你覺得彷彿自己也在現場，你可以從聽到的對話當中，學會如何理解人心的一些小技巧，這是小說家最出色、最偉大的地方。我們必須學習傾聽別人說話——這些人講話是真誠的嗎？他想要跟你分享什麼資訊？這些資訊可靠嗎？——這是我在閱讀推理小說時，最大的收穫和理解。

阿嘉莎・克莉絲蒂大事記

1890		• 九月十五日出生於英格蘭德文郡托基鎮。
1894	4 歲	• 開始在家自學，父母親、姐姐教導閱讀、寫作、算術和彈鋼琴。
1895	5 歲	• 家中經濟走下坡，舉家搬至法國，學會流利的法語。
1905	15 歲	• 在巴黎寄宿學校學鋼琴和聲樂，但生性極度害羞，未成為職業鋼琴家，最終回到英國。
1907	17 歲	• 陪同母親前往埃及調養身體，對社交活動充滿興趣，但尚未對日後感興趣的埃及古物點燃熱情。 • 回英國後繼續寫作、參與業餘戲劇表演。
1908	18 歲	• 寫出第一篇短篇小說〈麗人之屋〉，同時也寫出第一部愛情小說《白雪黃漠》，以筆名向出版社投稿，但屢遭退稿。
1912	22 歲	• 與英國皇家軍官亞契・克莉絲蒂（Archibald Christie）熱戀。 • 八月爆發第一次世界大戰，亞契奉派到法國作戰。
1914	24 歲	• 耶誕夜結婚，亞契隨即返回戰場。克莉絲蒂參與紅十字會工作，在醫院擔任護士和藥劑師，因此對藥理和毒物非常熟悉，造就後來多部推理小說情節都以毒藥殺人。
1916	26 歲	• 開始嘗試寫推理小說，寫出第一部小說《史岱爾莊謀殺案》，主角偵探赫丘勒・白羅的靈感，來自於大戰期間英國鄉間的比利時難民營。本書歷經數家出版社退稿後，終獲柏德雷・海德（The Bodley Head）圖書公司的出版機會，之後並簽下另五本小說的合約。
1919	29 歲	• 前一年亞契返回英國，八月生下女兒露莎琳。

1920	30歲	• 出版《史岱爾莊謀殺案》。
1922	32歲	• 出版第二部小說《隱身魔鬼》，主角是夫妻檔偵探湯米和陶品絲。 • 與亞契至南非、澳洲、紐西蘭、夏威夷和加拿大等國旅行十個月，在南非得到《褐衣男子》的靈感。
1923	33歲	• 三月出版第三部小說《高爾夫球場命案》，白羅再度登場。
1926	36歲	• 四月母親過世，克莉絲蒂陷入憂鬱。 • 六月在「威廉・柯林斯父子出版社」出版《羅傑艾克洛命案》。 • 八月亞契因外遇提出離婚，十二月初一次爭吵後，克莉絲蒂離家棄車失蹤，消息登上全國新聞。
1927	37歲	• 一月在悲痛心情中寫出《藍色列車之謎》，第一次創造出聖瑪莉米德村，即後來瑪波小姐居住的村子。 • 分居期間在雜誌刊登以白羅為主角的短篇小說，後來集結出版《四大天王》。 • 十二月在雜誌刊登短篇小說〈週二夜間俱樂部〉，瑪波小姐初登場，後來收錄在一九三二年出版的短篇小說集《十三個難題》。
1928	38歲	• 十月正式離婚，仍保留「克莉絲蒂」姓氏。 • 秋天搭乘「東方快車」前往土耳其的伊斯坦堡，再轉往伊拉克首都巴格達，參觀考古現場烏爾，認識考古學家伍利夫婦（Leonard and Katharine Woolley）。
1930	40歲	• 二月應伍利夫婦之邀再訪烏爾，認識考古學家麥克斯・馬龍（Max Mallowan），九月於英國愛丁堡結婚。這段婚姻開啟克莉絲蒂旺盛的創作生涯，兩人到中東考古現場的旅行為許多作品帶來靈感。

		• 婚後克莉絲蒂開始維持固定的寫作行程。十月出版《牧師公館謀殺案》，是第一部以瑪波小姐為主角的小說。 • 出版第一部以「瑪麗 · 魏斯麥珂特」（Mary Westmacott）為筆名的《撒旦的情歌》，並陸續發表了五部非犯罪小說。
1932	**42 歲**	• 出版《危機四伏》。
1934	**44 歲**	• 出版《東方快車謀殺案》，是白羅海外辦案三部曲之一，故事靈感來自中東的旅行經歷。一九七四年第一次改編成電影大獲好評。
1936	**46 歲**	• 出版《美索不達米亞驚魂》，白羅海外辦案三部曲之二。
1937	**47 歲**	• 出版《尼羅河謀殺案》，白羅海外辦案三部曲之三，故事背景是年輕時與母親同遊的埃及。一九七八年第一次改編成電影大受歡迎。
1939	**49 歲**	• 二次大戰期間，克莉絲蒂在大學學院醫院擔任義務藥師，學習到最新的毒藥知識，對於推理小說寫作大有助益。 • 出版《一個都不留》，是克莉絲蒂最著名作品之一。
1941	**51 歲**	• 出版《密碼》，呈現出克莉絲蒂對戰爭的看法。 • 出版《豔陽下的謀殺案》。
1942	**52 歲**	• 出版《藏書室的陌生人》、《五隻小豬之歌》等名作。
1944	**54 歲**	• 以「瑪麗 · 魏斯麥珂特」為筆名出版第三部作品《幸福假面》，被美國書評人發現是克莉絲蒂的作品，讓她從此失去匿名創作的自在樂趣。

1950	60 歲	• 獲選為皇家文學學會的會員。
1953	63 歲	• 出版《葬禮變奏曲》。
1956	66 歲	• 一月獲頒大英帝國爵級大十字勳章（GBE）。 • 十一月以「瑪麗・魏斯麥珂特」為筆名出版《愛的重量》，是這個筆名的最後一部作品。
1958	68 歲	• 成為「偵探作家俱樂部」主席。
1960	70 歲	• 馬龍獲頒大英帝國爵級大十字勳章。
1961	71 歲	• 獲得艾克塞特大學頒發榮譽文學博士學位。
1968	78 歲	• 馬龍獲封為爵士，克莉絲蒂亦被稱為馬龍爵士夫人。
1971	81 歲	• 獲頒大英帝國爵級司令勳章（DBE），獲封為女爵士。
1973	83 歲	• 出版最後一部創作《死亡暗道》，亦為湯米和陶品絲最後一次辦案。
1974	84 歲	• 最後一次公開露面，出席電影《東方快車謀殺案》首映會。
1975	85 歲	• 八月六日，白羅成為有史以來第一次在《紐約時報》頭版刊出訃聞的小說主角，宣傳九月即將出版的《謝幕》，這也是白羅最後一次辦案。
1976	86 歲	• 一月十二日去世。 • 十月出版《死亡不長眠》，瑪波小姐的最後一次辦案。

克莉絲蒂推理原著出版年表

1920 史岱爾莊謀殺案 The Mysterious Affair at Styles（神探白羅系列）
1922 隱身魔鬼 The Secret Adversary（神探湯米＆陶品絲系列）
1923 高爾夫球場命案 The Murder on the Links（神探白羅系列）
1924 白羅出擊 Poirot Investigates（神探白羅系列）
1924 褐衣男子 The Man in the Brown Suit（神探雷斯上校系列）
1925 煙囪的祕密 The Secret of Chimneys（神探巴鬥主任系列）
1926 羅傑艾克洛命案 The Murder of Roger Ackroyd（神探白羅系列）
1927 四大天王 The Big Four（神探白羅系列）
1928 藍色列車之謎 The Mystery of the Blue Train（神探白羅系列）
1929 七鐘面 The Seven Dials Mystery（神探巴鬥主任系列）
1929 鴛鴦神探 Partners in Crime（神探湯米＆陶品絲系列）
1930 牧師公館謀殺案 The Murder at the Vicarage（神探瑪波系列）
1930 謎樣的鬼豔先生 The Mysterious Mr. Quin（神探鬼豔先生系列）
1931 西塔佛祕案 The Sittaford Mystery
1932 十三個難題 The Thirteen Problems（神探瑪波系列）
1932 危機四伏 Peril at End House（神探白羅系列）
1933 十三人的晚宴 Lord Edgware Dies（神探白羅系列）
1933 死亡之犬 The Hound of Death
1934 三幕悲劇 Three Act Tragedy（神探白羅系列）
1934 李斯特岱奇案 The Listerdale Mystery
1934 帕克潘調查簿 Parker Pyne Investigates（神探帕克潘系列）
1934 東方快車謀殺案 Murder on the Orient Express（神探白羅系列）
1934 為什麼不找伊文斯？ Why Didn't They Ask Evans?
1935 謀殺在雲端 Death in the Clouds（神探白羅系列）
1936 ABC 謀殺案 The A.B.C. Murders（神探白羅系列）
1936 底牌 Cards on the Table（神探白羅系列）
1936 美索不達米亞驚魂 Murder in Mesopotamia（神探白羅系列）

1937 巴石立花園街謀殺案 Murder in the Mews（神探白羅系列）
1937 尼羅河謀殺案 Death on the Nile（神探白羅系列）
1937 死無對證 Dumb Witness（神探白羅系列）
1938 白羅的聖誕假期 Hercule Poirot's Christmas（神探白羅系列）
1938 死亡約會 Appointment with Death（神探白羅系列）
1939 一個都不留 And Then There Were None
1939 殺人不難 Murder Is Easy（神探巴鬥主任系列）
1940 一，二，縫好鞋釦 One, Two, Buckle My Shoe（神探白羅系列）
1940 絲柏的哀歌 Sad Cypress（神探白羅系列）
1941 密碼 N Or M?（神探湯米＆陶品絲系列）
1941 豔陽下的謀殺案 Evil Under the Sun（神探白羅系列）
1942 五隻小豬之歌 Five Little Pigs（神探白羅系列）
1942 藏書室的陌生人 The Body in the Library（神探瑪波系列）
1942 幕後黑手 The Moving Finger（神探瑪波系列）
1944 本末倒置 Towards Zero（神探巴鬥主任系列）
1944 死亡終有時 Death Comes as the End
1945 魂縈舊恨 Sparkling Cyanide（神探雷斯上校系列）
1946 池邊的幻影 The Hollow（神探白羅系列）
1947 赫丘勒的十二道任務 The Labours of Hercules（神探白羅系列）
1948 順水推舟 Taken at the Flood（神探白羅系列）
1949 畸屋 Crooked House
1950 謀殺啟事 A Murder Is Announced（神探瑪波系列）
1951 巴格達風雲 They Came to Baghdad
1952 殺手魔術 They Do It with Mirrors（神探瑪波系列）
1952 麥金堤太太之死 Mrs. McGinty's Dead（神探白羅系列）
1953 黑麥滿口袋 A Pocket Full of Rye（神探瑪波系列）
1953 葬禮變奏曲 After the Funeral（神探白羅系列）

1954　未知的旅途 Destination Unknown
1955　國際學舍謀殺案 Hickory, Dickory, Dock（神探白羅系列）
1956　弄假成真 Dead Man's Folly（神探白羅系列）
1957　殺人一瞬間 4:50 from Paddington（神探瑪波系列）
1958　無辜者的試煉 Ordeal by Innocence
1959　鴿群裡的貓 Cat Among the Pigeons（神探白羅系列）
1960　哪個聖誕布丁？ The Adventure of the Christmas Pudding（神探白羅系列）
1961　白馬酒館 The Pale Horse
1962　破鏡謀殺案 The Mirror Crack'd from Side to Side（神探瑪波系列）
1963　怪鐘 The Clocks（神探白羅系列）
1964　加勒比海疑雲 A Caribbean Mystery（神探瑪波系列）
1965　柏翠門旅館 At Bertram's Hotel（神探瑪波系列）
1966　第三個單身女郎 Third Girl（神探白羅系列）
1967　無盡的夜 Endless Night
1968　顫刺的預兆 By the Pricking of My Thumbs（神探湯米＆陶品絲系列）
1969　萬聖節派對 Hallowe'en Party（神探白羅系列）
1970　法蘭克福機場怪客 Passenger to Frankfurt
1971　復仇女神 Nemesis（神探瑪波系列）
1972　問大象去吧 Elephants Can Remember（神探白羅系列）
1973　死亡暗道 Postern of Fate（神探湯米＆陶品絲系列）
1974　白羅的初期探案 Poirot's Early Cases（神探白羅系列）
1975　謝幕 Curtain: Hercule Poirot's Last Case（神探白羅系列）
1976　死亡不長眠 Sleeping Murder（神探瑪波系列）
1979　瑪波小姐的完結篇 Miss Marple's Final Cases（神探瑪波系列）
1991　情牽波倫沙 Problem at Pollensa Bay
1997　殘光夜影 While the Light Lasts

國家圖書館出版品預行編目（CIP）資料

李斯特岱奇案 / 阿嘉莎・克莉絲蒂（Agatha Christie）著；和強譯. -- 二版.-- 臺北市：遠流出版事業股份有限公司, 2024.10
面；　公分. -- (克莉絲蒂繁體中文版20週年紀念珍藏；72)
譯自：The Listerdale Mystery
ISBN 978-626-361-896-1(平裝)

873.57　　113012897

克莉絲蒂繁體中文版 20 週年紀念珍藏 72

李斯特岱奇案

作者 / 阿嘉莎・克莉絲蒂
譯者 / 和強

主編 / 陳懿文、余式恕　校對 / 呂佳真
封面、內頁設計 / 謝佳穎　排版 / 連紫吟、曹任華
行銷企劃 / 舒意雯　出版一部總編輯暨總監 / 王明雪

發行人 / 王榮文
出版發行 / 遠流出版事業股份有限公司
地址 / 104005臺北市中山北路一段11號13樓
電話 / (02)2571-0297　傳真 / (02)2571-0197　郵撥 / 0189456-1
著作權顧問 / 蕭雄淋律師

2004年2月1日 初版一刷
2024年10月1日 二版一刷
定價 / 新臺幣380元 (缺頁或破損的書，請寄回更換)

ISBN 978-626-361-896-1

遠流博識網 http://www.ylib.com　E-mail: ylib@ylib.com
遠流粉絲團 https://www.facebook.com/ylibfans